# 상아와 원숭이와 공작새

# 상아와 원숭이와 공작새

초판 1쇄 펴낸 날 / 2008년 11월 18일

지은이 • 폴 앤더슨 | 옮긴이 • 김상훈 | 펴낸이 • 임형욱 | 편집주간 • 김경실 |
책임기획 • 김상훈 | 편집장 • 정성민 | 디자인 • AM | 영업 • 이다윗 | 독자교열 • 김두경 김태진 심완선 |
펴낸곳 • 행복한책읽기 | 주소 • 서울시 중구 필동3가 15 문화빌딩 403호
전화 • 02-2277-9216,7 | 팩스 • 02-2277-8283 | E-mail • happysf@naver.com
인쇄 제본 • 동양인쇄주식회사 | 배본처 • 뱅크북
등록 • 2001년 2월 5일 제2-3258호 | ISBN 978-89-89571-56-8  03840   값 • 11,000원

# THE TIME PATROL
## by Poul Anderson

THE TIME PATROL : Copyright ⓒ 1991 by Poul Anderson
Translated by Kim, Sang-hoon
Korean Translation Copyright ⓒ 2008 by Happyreading Books.
This book is published in Korea by arrangement with Poul Anderson c/o
Spectrum Literary Agency, through Shinwon Agency Co.

# 상아와 원숭이와 공작새
### Ivory, and Apes, and Peacocks

폴 앤더슨 지음 / 김상훈 옮김

행복한책읽기

# Ivory, and Apes, and Peacocks

by

Poul Anderson

틀림없이 나의 잘못을 지적해 줄

케니 그레이에게

그리고 그런 일은 하지 않을 분별이 있는

글로리아에게 바친다.

**┃ 차 례 ┃**

# 상아와 원숭이와 공작새
## Ivory, and Apes, and Peacocks

솔로몬왕이 부귀와 영화를 누리며 황금 신전을 짓고 있었을 무렵, 맨스 에버라드는 자염(紫染)의 도시 티레*로 왔다. 그러자마자 그는 풍전등화의 위기로 내몰렸다.

목숨을 잃을 뻔했다는 사실 자체는 별로 신기한 일이 아니었다. 타임 패트롤 대원은 소모품이기 때문이다. 게다가 당사자가 신과 맞먹는 지위를 누리는 무임소 요원이라면 말할 나위도 없다. 에버라드가 뒤쫓고 있는 자들은 현실을 통째로 파괴할 수도 있었다. 그가 티레에 온 것은 어떻게든 이런 사태를 막기 위해서였다.

기원전 950년의 어느 날 오후, 그를 태운 배는 목적지에 접근했다. 날씨는 따뜻했고 바람도 거의 없었다. 배는 돛을 말고 인력으로 움직이고 있었다. 자루가 긴 큰 노들이 삐걱거리며 철썩이고, 고물에 있는 두 개의 키를 잡은 선원들 옆에 자리 잡은 키잡이가 두들기는 북소리가 울려 퍼진다. 폭이 넓은 길이 70피트의 선체 주위에서 잔물결이 파랗게 반짝이고, 찰랑거리고, 소용돌이쳤다. 해면에 반사된 햇살이 눈부신 탓에 멀리 있는 다른 배들은 흐릿하게 보인다. 배의 수는 많았고, 날씬한 군선에서 노를 저어 움직이는 목욕통 같은 보트까지 포함되어 있었다. 대다수는 페니키아의 배였지만, 소속된 도시국가는 제각각이었다. 필리스틴, 아시리아, 아카이아 따위의 외국이나 그보다

---

* Tyre, 레바논 남부에 있는 해안도시. BC 2000년경부터 로마 시대에 이르기까지 페니키아의 주요 항구도시로 기능했으며, 견직물과 뼈고둥류에서 추출한 자줏빛 염료로 유명했다. 튀루스.

도 낯선 곳에서 온 배들도 있었다. 티레는 무역을 하려고 왕래하는 기지(旣知) 세계의 배들로 붐볐다.

"어이, 에보릭스. 저기 보이는 게 바로 티레일세. 바다의 여왕이라고 한 내 말이 맞지, 안 그런가? 자, 직접 보니 감상이 어떤가?"

마고 선장이 친숙한 어조로 말했다.

선장은 뒤로 말려 올라간 물고기 꼬리 모양의 뱃머리 장식——고물에도 똑같은 장식이 달려 있다——바로 뒤에 승객과 함께 서 있었다. 이 뱃머리 장식과 그 양쪽에 달린 격자 가로대에는 그의 키 높이만 한 질항아리가 밧줄로 고정되어 있었다. 항아리 안에는 여전히 기름이 가득 차 있었다. 해면에 기름을 뿌려 거친 파도를 달랠 필요가 없었기 때문이다. 시칠리아에서 이곳 티레로 오는 항해는 매우 순조로웠다.

에버라드는 선장을 흘끗 내려다보았다. 마고는 전형적인 페니키아인이었다. 호리호리한 몸집에 가무잡잡한 피부. 매부리코에 광대뼈가 튀어나왔고, 조금 눈꼬리가 올라간 커다란 눈과 단정하게 손질한 턱수염을 가지고 있다. 빨간색과 노란색의 카프탄* 차림에 머리에는 원뿔 모양 모자를 쓰고 발에는 샌들을 신었다. 에버라드는 마고에 비하면 머리 하나는 더 컸다. 이런 상황에서는 어떤 신분을 가장하든 눈에 띌 것이 뻔하기 때문에, 중앙 유럽에서 온 켈트족으로 위장하기로 했다. 튜닉과 바지를 입고, 청동검을 차고, 긴 콧수염을 휘날리는 모습이다.

"정말 멋지군. 정말로 멋져."

에버라드는 외국인임을 능히 짐작할 수 있는 억센 악센트로 맞장구쳤다. 그의 카르타고어는 어차피 고향인 미래의 미국에서 단기 언

---

* kaftan, 중동 등지에서 입는 소매가 긴 옷.

어 습득장치를 통해 배운 것이므로 완벽하게 구사하는 쪽을 택할 수도 있었지만, 그런다면 그의 신분과는 어울리지 않으므로 억양이 이상해도 유창하기만 하면 된다고 판단했던 것이다.

"나 같은 산골 오지에서 온 사람은 기가 죽을 지경이야."

에버라드의 시선이 다시 전방을 향했다. 사실 티레는 어떤 의미에서는 뉴욕 못지않게 인상적이다—특히 히람 왕*이 그토록 짧은 기간 동안에, 그것도 별로 역사가 길지도 않은 철기시대의 기술과 자원만을 써서 얼마나 많은 일들을 이룩했는지를 고려한다면 말이다.

우현 쪽을 보니 레바논 산맥을 향해 점점 높이 올라가고 있는 본토의 모습이 눈에 들어왔다. 한여름인 탓에 대지는 황갈색을 띠고 있다. 띄엄띄엄 보이는 초록색은 과수원이나 조림지 또는 마을이다. 전체적으로는 매우 풍성한 느낌이며, 에버라드가 타임 패트롤에 입대하기 전에 이따금 이 지방을 방문했을 당시에 보았던 그 어떤 광경보다 더 매력적이다.

이곳에 처음 세워진 도시인 우수Usu는 해변에 자리 잡고 있었다. 규모가 매우 크다는 점을 제외하면 이 지방의 전형적인 도시였다. 햇볕에 말린 흙벽돌로 지은, 지붕이 편평한 네모난 건물들과 그 사이를 누비는 좁고 구불구불한 도로. 앞면이 화려하게 채색된 건물들은 신전이나 궁전이다. 흙벽과 탑들이 도시의 육지 쪽 삼면을 에워싸고 있었다. 부둣가에 널린 창고들 사이의 문은 유사시에는 방벽으로 쓸 수 있다. 에버라드의 시야 너머에 있는 고지대에서부터 연결된 아치형 수로가 도시에 물을 공급하고 있다.

---

* Hiram, 티레에 거주하던 페니키아인 왕. 재위 기간은 BC 969~936이며, 성서에 의하면 이스라엘의 다윗 왕과 솔로몬 왕의 동맹자로 나와 있다. 히람은 이스라엘과 매우 우호적인 관계를 유지해 솔로몬이 예루살렘에 신전을 지을 때 인력과 물자를 제공했으며, 솔로몬과 협력해 지중해와 홍해에서 해상무역을 펼쳤다.

신도시인 티레──주민들은 '소르', 즉 바위라고 부르는──는 해안에서 반 마일 떨어진 곳에 있는 섬이었다. 원래는 두 개의 인접한 작은 섬이었던 것을 간척을 통해 확장한 것이다. 나중에는 남북을 일직선으로 가로지르는 수로를 파고, 물줄기를 조절하는 둑과 거친 파도를 막아 주는 방파제를 설치함으로써 안전하기 그지없는 항구를 만들었다. 인구가 급증하고 상업 활동이 활발해지면서 도시는 붐비기 시작했다. 건물들이 위를 향해 계속 올라간 탓에 이제는 방벽을 내려다보는 작은 마천루 숲을 연상케 할 정도였다. 건축 자재는 벽돌보다는 돌과 삼나무 목재를 많이 쓰고 있었다. 회반죽을 바른 흙벽은 프레스코화나 자개로 장식되어 있었다. 도시 동쪽에 보이는 거대하고 웅장한 건물은 히람 왕이 자신을 위해서가 아니라 시민들을 위해 세운 것이다.

마고의 배는 남항(南港)이라고 불리기도 하는 외항(外港)을 향해 가고 있었다. 마고 본인은 이집트 항구라고 불렀다. 잔교는 배에 짐을 싣거나 내리거나 운반 중인 짐꾼들로 발 디딜 틈이 없었다. 입항하거나 출항 중인 배들이 보이고, 수리나 의장(艤裝) 중인 배들도 있다. 사람들은 물건을 거래하고, 논쟁을 벌이고, 홍정에 몰두하고 있었다. 겉보기에는 무질서한 혼돈 그 자체지만 항구는 본디 이런 식으로 기능하는 법이다. 부둣가 인부들과 당나귀꾼들과 기타 인부들은 지금 에버라드가 있는, 짐이 잔뜩 쌓인 갑판 위의 분주한 뱃사람들처럼 사타구니만 가리는 로인클로스를 입고 있거나 해지고 누덕누덕 기운 카프탄을 걸치고 있었다. 그러나 색색 가지 옷도 여기저기서 눈에 띄었고, 개중에는 이 도시에서 생산되는 비싼 염료로 물들인 것도 있었다. 대부분 남자지만 여자의 모습도 이따금 눈에 띈다. 에버라드가 받은 예비 교육에 의하면 이들 모두가 창부는 아니었다. 도시의 소음이 그를 향해 파도처럼 몰려온다. 말소리, 웃음소리, 고함소리, 나귀 울음소리, 말 울음소리, 발소리, 말굽 소리, 해머 소리, 바퀴가 삐걱이는 소리, 기중기 소리, 현악기가 울리는 소리. 압도당할 정도로 엄청난 활력이었다.

그렇다고 해서 <아라비안 나이트> 영화에서 보는 미화된 장면 따위를 연상하면 안 된다. 팔다리가 없거나 눈이 안 보이는 굶주린 거지들의 모습도 보였다. 농땡이를 친다고 채찍을 맞는 노예의 모습도 보인다. 짐을 운반하는 짐승들은 그보다 더 나쁜 대우를 받았다. 고대 중동 지방의 냄새가 몰려온다. 연기, 짐승의 배설물, 내장, 땀뿐만 아니라 향신료와 구운 고기 냄새가 뒤죽박죽이 된 냄새다. 여기에 본토 쪽에 있는 염색소(染色所)와 자염의 원료가 되는 뿔고등 껍질 무더기의 악취까지 더해졌다. 그러나 연안을 따라 항해하는 배의 승무원들은 밤이 되면 해안에 상륙해서 야영을 하기 때문에 에버라드는 이미 이 냄새에 익숙했다.

이런 단점들을 가지고 일일이 고민하지는 않았다. 인류 역사 여기저기를 돌아다니면서 까다로움 따위는 이미 오래전에 사라졌고, 인간과 자연의 잔인함에 대해서도 무감각해졌기 때문이다──어느 정도까지는 말이다. 이 시대의 표준에 비춰 보자면 티레의 가나안인들은 개화되고 행복한 민족이었다. 사실, 시대와 장소를 막론하고 대부분의 민족들보다 사정이 낫다고 할 수도 있겠다.

그리고 그의 임무는 이런 상태를 계속 유지하는 일이었다.

마고의 목소리가 그를 이런 상념에서 깨어나게 했다.

"아, 순진한 신출내기를 전혀 주저하지 않고 완전히 벗겨 먹는 파렴치한 작자들을 조심해야 해. 나는 친구인 자네에게 그런 일이 일어나는 걸 원하지 않는다네, 에보릭스. 함께 항해를 하면서 자네를 좋아하게 됐고, 또 우리 고향에 대해서도 자네가 좋은 인상을 가졌으면 좋겠어. 그러니까 내 처남이 경영하는 여관을 소개해 주지. 내 둘째 아내의 동생인데, 양심적인 가격으로 편한 잠자리와 자네의 귀중품을 안전하게 보관할 장소를 제공해 줄 거야."

에버라드는 대답했다.

"자네 제안은 무척이나 고맙네만, 예전에 말했던 그 고향 사람을 찾아갈 작정일세. 내가 여기까지 온 건, 그런 사람이 여기 있다는 소문을 들었기 때문이라고 얘기한 거 기억하지?"

그는 미소 지었다.

"그래. 혹시 그 친구가 죽었거나 이사했거나 뭐 그런 얘기를 듣는다면 기꺼이 자네 제안을 받아들이겠네."

물론 이것은 단지 듣기 좋으라고 한 소리에 불과했다. 이곳으로 항해하면서 에버라드가 받은 인상에 의하면 마고는 그 어떤 무역상 못지않게 노골적으로 탐욕스러웠고, 굳이 그 사실을 감추려고 하지도 않았다. 마고를 믿었다가는 보나마나 털까지 다 뽑히고 빈털터리가 되는 것이 고작일 터이다.

선장은 상대방을 잠시 쳐다보았다. 에버라드는 그가 태어난 시대에서도 몸집이 큰 편이었고, 이 시대에서는 거인이나 다름없었다. 코가 울퉁불퉁하고 이목구비까지 우악스러운 탓에 강인한 인상을 준다. 파란 눈과 흑갈색 머리카락은 북방의 야만족을 연상케 했다. 에보릭스를 상대로 무엇을 강요하려는 사람은 거의 없었다.

그와 동시에, 티레처럼 국제색이 강한 장소에서는 에버라드가 채택한 켈트족의 인물상도 아주 희귀하다고는 할 수 없었다. 이곳으로 유입되는 것은 발트해 연안의 호박, 이베리아 반도의 주석, 아라비아의 향신료, 아프리카의 흑단뿐만이 아니다. 사람들은 이따금 그보다 더 먼 곳에서 온다.

이 배를 탔을 때 에보릭스는 싸움에 휘말려 산지에 있는 고향을 떠나야 했고, 남쪽으로 가서 새롭게 자신의 운을 시험해 볼 작정이라고 설명했다. 여기저기를 방랑하며 이야기꾼 노릇을 했고, 별다른 대가를 받지 못했을 때는 사냥을 하거나 품앗이를 하며 돌아다녔다. 그 뒤에는 같은 뿌리에서 나온 동족인 이탈리아의 움브리아인들과 함께 배를 타고 돌아다녔다. (켈트족이 유럽 전체를 장악하고 대서양 해안에 도달하는 것은 그들이 철기 문명을 완전히 습득하는 3세기쯤 뒤의 일이다. 지금 이미 그들의 일부는 민족의 요람인 도나우 계곡 지대에서 멀리 떨어진 곳의 토지를 손에 넣고 있지만 말이다.) 예전에 용병 노릇을 한 적이 있는 움브리아인 동료 하나가 성공할 기회가 풍성한 가나안 땅 얘기를 해 줬다. 에보릭스는 그에게서 카르타고어를 배웠고, 자연스레 페니키아인 무역선들이 정기적으로 들르는 시칠리아의 어떤 만으로 찾아가서 뱃삯으로 갖고 있던 물건들을 건네고 티레로 오는 배를 탔던 것이다. 젊은 시절 이런저런 모험을 통해 재산을 모은 고향 사람 하나가 티레에 정착해 살고 있다는 얘기를 들었기 때문에, 에보릭스는 그를 찾아갈 예정이었다. 동향인이라면 좋은 벌이가 될 조언을 그에게 해 줄 수도 있지 않겠는가.

타임 패트롤의 전문가들에 의해 세심하게 날조된 이 거짓말은 현지 당국을 만족시키기 위한 것뿐만이 아니라, 여행 중 에버라드의 안전을 지키는 목적도 있었다. 에버라드를 아무 연줄도 없는 방랑자라고 보았다면, 마고와 그 휘하의 선원들은 자고 있는 그를 덮쳐서 꽁꽁 묶은 다음 노예로 팔아 치웠을 수도 있으니까 말이다. 결과적으로 항해는 흥미로웠고, 즐겁기까지 했다. 에버라드는 한동안 함께 지낸 이 악당들에게 애정을 느끼게 되었을 정도였다.

그로 인해 이들의 파멸을 막아야 한다는 그의 결심은 한층 더 강화되었다.

티레인 선장은 한숨을 쉬었다.

"그러게나. 혹시 내 도움이 필요해지거든 시돈 항구* 근처의 〈아낫 신전〉 거리에 있는 우리집으로 나를 만나러 오라고.”

마고의 안색이 밝아졌다.

“아니, 일이 어떻게 돌아가든 간에 그 친구하고 함께 꼭 우리집에
와 줘. 호박 무역에 종사한다고 했지? 그럼 나하고 거래를 틀 수 있을
지도 모르니까 말야……. 자, 이제 옆으로 비켜 있게. 배를 항구에 넣
어야 하거든.”

그는 부하들을 향해 큰 소리로 욕설 섞인 명령을 내렸다.

선원들은 능숙하게 부두에 배를 갖다 댔고, 밧줄로 단단히 고정한
다음 널판을 내렸다. 사람들이 부두로 몰려오더니 무슨 새로운 소식
이 없는지를 큰 소리로 물었고, 짐을 부리겠다고 소리쳐 자원했다. 노
래를 부르듯이 자기 물건을 선전하는 장사치도 있었고, 자기 주인의
멋진 가게로 오라고 권유하는 사람들도 있었다. 그러나 배까지 올라
오는 사람은 아무도 없었다. 우선 세관 관리의 검색을 받아야 하기 때
문이다. 투구와 미늘갑옷을 착용한 세관원은 창과 짧은 검으로 무장
한 위병 하나를 앞세워 인파를 뚫고 나타났다. 사람들은 우호적인 상
소리를 내뱉으며 옆으로 비켰다. 관리는 밀랍을 바른 서판과 첨필을
지닌 서기를 대동하고 있었다.

에버라드는 갑판 밑의 선창으로 가서 이 배의 주요 화물인 이탈리
아산 대리석 덩어리 사이에 보관해 둔 자기 짐을 꺼내 왔다. 관리는
두 개의 가죽 잡낭을 열어 보라고 에버라드에게 요구했다. 별로 놀랄
만한 것은 들어 있지 않았다. 타임 호퍼를 타고 이곳으로 직접 오는
대신 일부러 먼 시칠리아에서 배를 타고 여기까지 온 것은 바로 이런
위장 신분을 유지하기 위해서였다. 재앙의 순간이 다가오는 지금, 적
들이 패트롤의 움직임을 감시하고 있다는 사실은 거의 확실하다.

---

* 티레 섬의 북쪽 항구. 시돈을 향하고 있기 때문에 이런 이름이 붙었다.

"적어도 한동안은 여기서 지내는 데 지장이 없을 것 같군."

에버라드가 조그만 동괴(銅塊) 몇 개를 꺼내 보이자 머리가 반쯤 센 페니키아인 관리는 고개를 끄덕였다. 동전이 발명되는 것은 앞으로 몇 세기 뒤의 일이지만, 이런 구리 같은 금속이 있으면 물물교환으로 원하는 것을 무엇이든 손에 넣을 수 있다.

"강도로 먹고 살 작정인 자를 우리나라에 들일 수는 없다는 건 자네도 이해하겠지. 그런데—"

관리는 미심쩍은 눈으로 야만족의 장검을 보았다.

"여기 온 목적이 뭔가?"

"대상(隊商)의 위병 같은 정직한 일자리를 찾아서 왔습니다. 호박 도매상인 코노르를 찾아갈 생각입니다."

이곳에 정착한 이 켈트인의 존재야말로 에버라드로 하여금 이런 위장 신분을 채택하게 한 이유였다. 현지 패트롤 지부의 지부장이 제안한 것이다.

티레인은 결정을 내렸다.

"알았네. 무기를 가지고 상륙해도 좋네. 하지만 우리가 도둑이나 산적이나 살인자들을 십자가에 못 박아 처형한다는 걸 잊지 말게. 아무 일자리도 얻지 못한다면 시청 근처에 있는 이쏘바알의 소개소로 가 보게나. 자네처럼 기골이 장대하면 날품을 파는 건 어렵지 않을 거야. 행운을 비네."

관리는 몸을 돌려 선장인 마고를 상대로 세관 업무를 보기 시작했다. 에버라드는 선장에게 작별 인사를 하려고 자리를 뜨지 않고 잠시 기다렸다. 이들 사이의 대화는 별다른 격식을 차리지 않고 금세 끝났다. 마고가 내야 하는 관세도 그리 높지 않았다. 이 상업 민족은 이집트나 메소포타미아의 번잡스러운 관료제에는 관심이 없다.

작별 인사를 한 다음 에버라드는 잡낭을 묶은 끈을 들어 올리고 널판을 건너 부두로 갔다. 주위로 몰려든 사람들은 그를 빤히 바라보며 시끄럽게 잡담을 나눴다. 에버라드가 처음 느낀 감정은 놀라움이었다. 한두 명 조심스레 다가와서 구걸을 하거나 장신구를 팔려고 시도하긴 했지만, 그 뒤로는 아무도 그를 귀찮게 굴지 않았던 것이다. 여기 정말 중동이 맞나?

그제서야 이곳에서는 돈이 존재하지 않는다는 사실이 머리에 떠올랐다. 이 도시에 새로 온 여행자가 푼돈에 해당하는 것을 가지고 있을 가능성은 거의 없었다. 여관에 묵을 때도 자신이 가지고 온 금속이라든지 기타 가치가 있는 물건을 가지고 여관 주인과 흥정해서 숙박비와 음식값을 내는 것이 보통이다. 지불해야 할 대가의 액수가 그보다 적은 경우는 따로 거래할 수 있는 물건을 갖고 있지 않는 한 동괴 따위를 조금 깎아서 내는 것이 관습이었다. (에버라드는 동괴 말고도 호박과 자개 구슬 따위를 가지고 있었다.) 경우에 따라서는 브로커를 불러서 여러 사람들이 관련된 복잡한 거래를 하는 수도 있다. 자선을 하고 싶은 기분이라면 약간의 곡물이나 말린 과일 따위를 가지고 가서 거지의 사발에 떨어뜨리면 된다.

에버라드는 부둣가에 모인 사람들 대다수를 뒤로 하고 시내 쪽으로 향했다. 그들은 어차피 선원들 쪽에 더 관심이 있는 듯했다. 그래도 한가해 보이는 몇몇 사람은 에버라드 뒤를 따라왔다. 빤히 쳐다보는 사람들은 더 많았다. 그는 부두를 지나 열린 성문을 향해 성큼성큼 걸어갔다.

누군가의 손이 옷소매를 잡아당긴 탓에 깜짝 놀라 발을 헛디딜 뻔했다. 에버라드는 아래를 내려다보았다.

가무잡잡한 소년이 그를 보며 씩 웃었다. 뺨에 아직도 잔털이 나 있는 것을 보니 열여섯 살쯤 되어 보였지만, 현지의 기준으로 보아도 작고 비쩍 마른 체격을 하고 있었다. 그러나 움직임만은 유연해 보였다. 맨발인데다가 입고 있는 옷이라고는 허리에 두른 너덜너덜하고 구질구질한 킬트뿐이었다. 허리춤에 작은 가죽 주머니를 차고 있다. 코도 턱도 뾰족하고, 검은 곱슬머리를 뒤로 길게 땋았다. 레반트인 특유의 긴 속눈썹 아래의 커다란 눈으로 그를 쳐다보며 활짝 웃고 있다.

"안녕하십니까, 나리. 만나 뵙게 되어 영광입니다!"

소년이 인사했다.

"생명과 건강과 힘이 나리와 함께하기를! 티레에 오신 것을 환영합니다. 어떤 도움을 필요로 하시는지요?"

마구잡이로 말을 늘어놓는 대신 또박또박 말하는 것은 이방인이 알아듣기 쉬우라는 배려이리라. 에버라드가 자기 나라 말로 대답하자 소년은 기뻐서 껑충껑충 뛰었다.

"그래서, 나를 위해 뭘 해 주겠다는 거지?"

"물론 나리의 안내자이자 충고자이자 일꾼으로, 또 보호자로서 봉사하고 싶다는 뜻입니다. 아아, 유감스럽게도 우리의 이 아름다운 도시에는 순진한 신참자들을 호시탐탐 노리는 악당들이 잔뜩 있습니다. 나리가 눈을 한 번 깜박이기도 전에 소지품을 몽땅 훔치거나, 나리를 속여 아무 가치도 없는 쓰레기를 보물이라면서 팔아먹고도 남을 흉악한 작자들입니다. 그럼 나리는 눈 깜짝할 새에 빈털터리가—"

소년은 추레해 보이는 청년 하나가 다가오고 있는 것을 깨닫고는 말을 멈췄다. 느닷없이 주먹 쥔 손을 풍차처럼 마구 휘두르며 후다닥 달려가 청년의 앞길을 가로막더니, 에버라드가 몇 마디밖에 알아들을 수 없을 정도로 빠르고 새된 말투로 뭐라고 마구 고함을 지르기 시작했다.

"······이 이가 끓는 자칼 같은 놈 같으니라고! ······먼저 찍은 사람은 나야······ 그러니까 네놈이 태어났던 똥통으로 다시 돌아가서—"

청년은 움찔하더니 어깨에 매단 나이프로 손을 뻗치려고 했다. 그러나 그보다 나이가 어린 소년은 상대방의 손이 나이프에 닿기도 전에 허리춤에 찬 주머니에서 번개처럼 투석기를 꺼내 들고 짱돌을 메기고 있었다. 몸을 수그리고 심술궂게 히죽 웃더니 돌을 감싼 가죽끈을 빙빙 돌리기 시작한다. 청년은 침을 뱉고 독한 욕설을 내뱉고는 뒤로 돌아 성큼성큼 그 자리를 떴다. 지나가다가 이 광경을 목격한 통행인들 사이에서 웃음이 터져나왔다.

소년도 파안대소했고, 깡총거리며 에버라드에게 되돌아왔다.

"자, 방금 보신 거야말로 제가 말하고 싶었던 봉사의 훌륭한 예입니다. 아까 그자는 제가 잘 아는 악당입니다. 그자의 아버지, 아니 아버지일지도 모르는 사내가 〈파란 오징어〉 간판을 단 여관을 경영하고 있는데, 그 여관의 호객꾼이죠. 거기서 저녁식사를 주문하시기라도 한다면 다 썩은 염소 꼬리를 대접받는 게 고작입니다. 운이 좋다면 말입니다. 하나밖에 없는 여관발이는 온갖 병의 온상이나 다름없고, 방 안의 짚요가 풀어지지 않고 가까스로 원래 모양을 유지하고 있는 건 그 안에 사는 빈대들이 서로 손을 잡고 버티고 있기 때문이고, 거기서 포도주라고 나오는 말오줌에 이르러서는…… 아무래도 그 여관 말은 여관발이한테서 병이라도 옮은 것 같습니다. 거기 머무르시다가는 금세 병이 들어서, 천 마리의 하이에나 조상 같은 그 여관 주인놈이 나리의 짐을 훔쳐도 까맣게 모르실 겁니다. 나중에 관헌에 가서 항의하기라도 하면 나리가 노름으로 다 날린 걸 가지고 괜히 트집을 잡는다고 이 우주의 모든 신의 이름에 걸고 맹세하고도 남을 작자랍니다. 이 세상을 하직한 뒤에 가야 할 지옥도 전혀 두려워하지 않는 자이죠. 보나마나 그쪽에서 입장을 거부할 게 뻔하니까요. 방금 저는 바로 그런 자의 손으로부터 나리를 구출했습니다."

에버라드는 한쪽 입가를 올리며 언뜻 미소를 떠올렸다.

"어이, 아무리 그래도 그건 좀 과장이 아닐까."

그러자 소년은 비쩍 마른 자기 가슴을 쾅쾅 쳐 보였다.

"위대하신 나리에게 적절한 인상을 전해 드리기 위한 것이지 필요 이상으로 과장할 생각은 추호도 없었습니다. 나리는 어디를 보나 경험이 풍부하신 분이고, 가장 좋은 것이 무엇인지를 알고 또 충실한 봉사에 대해서는 보수를 아끼지 않으신다는 느낌이 팍팍 오는군요. 자, 저를 따라 묵을 곳으로 오시든지, 아니면 어디든 가고 싶은 곳을 말씀만 해 주십시오. 그러면 이 품마이람의 말이 옳았는지 안 옳았는지를 알 수 있으실 겁니다."

에버라드는 고개를 끄덕였다. 티레의 지도는 이미 그의 기억에 각인되어 있었다. 따라서 안내인은 필요가 없었지만, 큰 도시에 온 시골 뜨기라면 안내인이 있는 편이 자연스럽지 않겠는가. 또 이 녀석을 고용한다면 다른 작자들이 그를 귀찮게 할 염려가 없다. 운이 좋으면 유용한 정보를 얻을 수 있을지도 모르겠다.

"좋아, 내가 가자는 곳으로 안내해 줘. 이름이 품마이람이라고 했나?"

"예, 나리."

소년이 이곳 관습에 따라 자기 아버지 이름을 얘기하지 않은 것을 보면, 실제로 아버지가 누군지 모를 가능성이 높았다.

"고귀하신 나리께서 어떤 식으로 불리시기를 원하시는지 이 비천한 하인이 물어 봐도 되겠습니까?"

"칭호는 따로 없어. 나는 아카이아\* 너머에 있는 나라에서 온 마노크의 아들 에보릭스라고 해."

이제는 마고나 그 부하들이 엿들을 염려가 없었으므로 에버라드는 이렇게 덧붙였다.

---

\* Achaea, 고대 그리스의 한 지방.

"내가 찾는 사람은 시돈의 자카르바알이라고 해. 여기서 자기 친족을 위해 거래를 하고 있다는군."

이것은 자카르바알이 티레인들 사이에서 친족이 경영하는 상업 조직을 대표하고 있다는 뜻이다. 친족이 탄 배가 바다로 나가 있는 동안에 말이다.

"그 사람의 집은 어, 〈양초 상인들의 거리〉에 있다고 들었어. 거기가 어딘지 안내해 줄 수 있겠나?"

"물론이고말고요. 저를 따라오시기만 하면 됩니다."

품마이람은 에버라드의 잡낭을 받아들었다.

실은 그 집을 찾아가는 것은 별로 어렵지 않았다. 티레는 몇 세기에 걸쳐 유기적으로 성장한 도시가 아니라 계획된 도시라서 대부분의 거리가 격자 모양으로 교차하고 있기 때문이다. 주요 도로는 포장이 된 데다가 배수로를 갖추고 있었으며, 섬의 토지가 극히 한정되어 있다는 점을 감안하면 상당히 넓은 편이었다. 인도가 따로 있는 것은 아니었지만 몇 개의 하역 도로를 제외하면 짐 나르는 짐승들은 부둣가 밖으로는 못 나오게 되어 있으므로 상관없었다. 쓰레기도 널려 있지 않았다. 물론 도로 표지판 따위는 없었지만 지나가는 사람들에게 물으면 그만이니 별 문제가 되지 않는다. 티레인들은 단지 외국 소식을 듣거나, 아니면 뭔가 좋은 건수를 찾기 위해서라도 외부인과 얘기 나누기를 즐기기 때문이다.

도로 좌우로는 높은 담벼락이 계속되고 있었다. 이 담이 안쪽을 향한 집들을 에워싼 형태이며, 창문은 거의 눈에 띄지 않았다. 이런 형식의 집은 향후 몇 천 년 동안 지중해 국가의 주요 주거 형태로 자리잡게 된다. 높은 담은 바람을 막고 뜨거운 햇볕을 반사해 준다. 담벼락 사이에서는 잡음이 반향했고, 온갖 악취가 진동했다. 그러나 에버라드는 이 장소가 마음에 들었다. 선창가에 몰린 사람들은 바쁘게 돌아다니고, 서로를 떠밀고, 야단스러운 몸짓을 해 보이고, 웃음을 터뜨리고, 기관총처럼 빠른 속도로 말을 나누고, 노래를 부르고, 큰 소리로 떠들었다. 멍에를 진 짐꾼들이나 이따금 보이는 부유한 시민의 가마를 멘 하인들이 뱃사람, 장인, 행상인, 노동자, 주부, 연예인, 본토에서 온 농부와 양치기들, 지중해를 둘러싼 온갖 나라에서 온 외국인들 따위의, 인간이 상상할 수 있는 각양각색의 사람들을 헤치고 나아간다. 이들이 입은 옷 대부분은 우중충한 빛깔을 띠고 있었지만 알록달록한 옷을 입은 사람들도 많았다. 그리고 이들 모두의 몸에는 활력이 넘쳐흐르고 있었다.

담벼락에는 작은 노점들이 다닥다닥 붙어 있었다. 에버라드는 내부를 구경하고 싶은 유혹을 이기지 못하고 이따금 가게를 기웃거렸다. 유명한 자줏빛 염료는 눈에 띄지 않았다. 전통적으로 왕족이 입는 자줏빛 옷을 만들기 위해 대부분 외국의 의류 제조업자들에게 팔려 나가는데다가 이런 곳에 진열해 놓기에는 너무 비싸다. 그러나 형형색색의 천이나 포목이나 깔개는 얼마든지 있었다. 유리제품도 구슬에서부터 굽이 달린 컵까지 망라하고 있다. 페니키아인들이 발명한 유리는 자염과 더불어 그들의 주력 상품 중 하나였다. 상아나 귀금속을 깎아 만든 장신구나 작은 조각상들의 질도 높았다. 독창성이나 예술적인 면에서는 별 볼일 없는 복제품에 가깝지만 매우 잘 만들었다. 호부(護符), 부적, 노리개, 음식, 음료, 식기, 무기, 악기, 게임, 장난감 따위가 끝없이 펼쳐진다…….

에버라드는 성서가 자랑하는 (앞으로 자랑하게 될) 솔로몬의 부(富)를 머리에 떠올리고, 또 그것이 어디서 왔는지를 생각했다.

"이는 왕이 바다에 히람의 배와 더불어 타시스의 배를 두어, 삼 년에 한 번씩 타시스의 배가 금과 은과 상아와 원숭이들과 공작들을 실어 왔음이더라……" *

품마이람은 장사꾼들과 말을 나누는 에버라드에게 빨리 가자고 재촉했다.

"진짜로 좋은 물건들이 있는 데로 나리를 안내해 드리겠습니다."

보나마나 그곳의 가게 주인에게서 커미션을 받아 챙기려는 속셈이겠지만, 이 소년도 먹고살기는 해야 하지 않겠는가. 몰골을 보아하니 지금까지 그리 잘 먹고산 것 같지는 않았다.

한동안은 운하를 따라 걸어갔다. 뱃사람들이 외설적인 노래를 합창하며 화물을 잔뜩 실은 배를 밧줄로 끌고 있다. 선장을 위시한 고급 선원들은 상인답게 위엄을 유지하며 갑판 위에 서 있었다. 페니키아인의 부르주아 계급은 대체로 근엄했다. 물론 그들이 믿는 종교는 예외였고, 일부 의식의 외잡스러움은 그런 근엄함을 충분히 벌충하고도 남았다.

<양초 상인들의 거리>는 수로를 비껴간 곳에 있었다. 상당히 길었고, 창고와 사무실과 주거를 겸하는 거대한 건물들 사이에 끼어 있었다. 멀리 길 끝은 복잡하게 붐비는 대로로 이어지고 있었지만 거리 자체는 조용하고 한산했다. 태양열로 달궈진 높은 벽에 노점은 보이지 않았고, 행인의 모습도 거의 눈에 띄지 않는다. 선장과 선주들은 물자를 조달하기 위해 여기로 오고, 상인들은 흥정을 하기 위해 온다. 아, 저기 있는 두 개의 기둥 사이에 보이는 것은 파도의 여신 타니스에게 봉헌된 작은 신전의 입구다. 이 근처에 사는 듯한 몇몇 어린애들—거의 벌거숭이나 다름없는 사내아이들과 계집아이들—이 거리를 뛰어다니며 놀고 있었다. 비쩍 마른 잡종견이 흥분해서 마구 짖어 댄다.

거지 하나가 자기 무릎을 껴안고 어둑어둑한 골목 어귀에 앉아 있었다. 동냥 그릇이 맨발 앞에 놓여 있다. 소매가 긴 카프탄을 두르고

* 열왕기상 10장 22절

있는 탓에 몸의 윤곽은 두루뭉술했다. 얼굴은 깊숙이 눌러쓴 두건에 가려 잘 보이지 않았지만, 너덜너덜한 천으로 눈을 싸맨 것을 볼 수는 있었다. 불쌍한 장님이다. 안염(眼炎)뿐만 아니라 각양각색의 끔찍한 질병에 시달리는 사람들 수를 감안하면, 고대 세계의 매력도 빛이 바랜다고나 할까…… 품마이람은 거지 곁을 휙 지나 신전에서 방금 나온 사내를 쫓아갔다. 제관(祭官)의 로브를 입고 있다.

"제관 나리, 잠깐만 기다려 주십쇼."

그는 큰 소리로 말했다.

"시돈 사람 자카르바알의 집이 어딘지 가르쳐 주시겠습니까? 실은 제 주인님이 거길 방문하시려고 하는데——"

이미 어딘지 알고 있던 에버라드는 성큼성큼 소년 뒤를 따라가려고 했다.

거지가 일어섰다. 왼손으로 얼굴의 붕대를 뜯어내자 수염이 잔뜩 난 갸름한 얼굴과 멀쩡한 두 눈——붕대 사이로 에버라드를 보고 있었음이 틀림없는——이 드러났다. 폭이 넓은 옷소매에 오른손을 넣더니 뭔가 반짝이는 것을 끄집어낸다.

권총이다!

에버라드는 반사적으로 옆으로 몸을 날렸다. 왼쪽 어깨에 격통을 느꼈다. 그가 태어난 시대보다 미래에 발명된 음파충격총임을 깨닫는다. 아무 소리도 나지 않고, 반동도 없는 총이다. 만약 눈에 보이지 않는 그 광선을 어깨가 아닌 머리나 가슴에 맞았다면 즉사했을 것이다. 몸에 아무런 흔적도 남기지 않고 말이다.

돌진하는 수밖에 없었다. "하아아!" 그는 포효하고 지그재그를 그리며 앞으로 뛰쳐나갔다. 칼집에서 장검이 쉭 소리를 내며 뽑혀 나간다.

거지는 씩 웃고는 뒤로 물러서서 신중하게 에버라드를 겨냥했다.

퍽! 암살자가 휘청하더니 소리를 지르며 무기를 떨어뜨리고 갈비뼈

근처를 움켜잡았다. 품마이람의 투석기에서 발사된 짱돌이 포석 위로 딸그락 떨어졌다.

어린애들이 비명을 지르며 뿔뿔이 흩어졌다. 제관도 신중을 기하려는 듯이 은근슬쩍 신전 안으로 다시 들어갔다. 낯선 사내는 몸을 홱 돌려 도망쳤고, 눈 깜짝할 새에 골목 안으로 사라졌다. 에버라드도 뒤쫓으려 했으나 몸이 말을 듣지 않았다. 심각한 부상은 아니었지만 통증이 너무 지독했다. 반쯤 멍한 상태로 골목 어귀에 멈춰 서서 텅 빈 골목 안을 들여다본다. 그는 헐떡이며 쉰 목소리로 말했다. 영어로.

"도망쳤어. 이런 염병할."

품마이람이 후다닥 달려왔다. 걱정스러운 표정으로 에버라드의 몸 여기저기를 더듬으려고 했다.

"어디 다치셨습니까 나리? 이 하인이 도와드려도 될까요? 아, 이리 한심할 수가. 제대로 팔매질을 하거나 정확하게 겨냥할 틈이 없었습니다. 안 그랬더라면 그 사악한 자의 골을 박살 내서 저기 보이는 저 개가 핥게 할 수도 있었는데."

"하여튼 간에…… 정말…… 잘 해 줬어."

에버라드는 떨리는 숨을 들이쉬었다. 몸에 다시 힘이 돌아오면서 그는 기운을 차렸고, 고통도 스러지기 시작했다. 그는 아직 살아 있었다. 하루에 일어난 기적은 이걸로 충분하다.

그러나 할 일이 있었다. 그것도 촉박하게. 땅에 떨어진 총을 주운 다음 품마이람의 어깨에 손을 올려놓고 눈을 마주쳤다.

"아까 뭘 봤나, 품? 무슨 일이 일어났다고 생각해?"

소년은 재빨리 머릿속을 정리하는 기색이었다.

"어, 저, 저는…… 그 거지가…… 실제로는 전혀 거지가 아니었지만…… 마법 호부(護符) 같은 걸 써서 나리에게 해를 끼치려고 했습니다. 감히 이 우주의 빛이신 나리의 목숨을 노린 그 흉악한 자에게

신들의 저주가 있기를! 물론 애당초 나리의 고귀한 용기 앞에서는 그런 흉악함도 빛을 잃었습니다만—"

그는 갑자기 목소리를 낮추더니 은밀한 어조로 속삭였다.

"—물론 나리의 비밀이 이 충실한 하인의 가슴속에 안전하게 보관될 것이라는 점에 관해서는 전혀 걱정하지 않으셔도 됩니다."

"좋아."

에버라드는 그르렁거리듯이 말했다.

"네 얘기가 맞아. 그런 일들에 관해 일반인이 자칫 입을 뻥긋하면 졸중이 오거나 귀가 멀거나 치질에 걸리기 마련이지. 잘 했어, 품."

아마 내 목숨을 구해 줬다고 할 수 있겠군. 에버라드는 이렇게 생각하고 땅바닥에 떨어진 잡낭의 끈을 풀었다.

"자, 얼마 안 되기는 하지만 이 동괴(銅塊)가 있으면 네가 갖고 싶은 걸 살 수 있을 거야. 자, 이번 소동이 벌어지기 전에 내가 어느 집으로 가고 싶어 하는지는 얘기했지?"

차질없이 일을 처리해야 한다. 아까 공격받으면서 느꼈던 고통과 충격이 스러지면서 에버라드는 살아남았다는 사실을 곱씹으며 다시금 크게 안도했지만, 음울한 기분이 솟아오르는 것만은 어쩔 수 없었다. 그토록 주의하고 경계했건만 도착한 지 한 시간도 채 안 되어 위장 신분이 들통난 것이다. 적은 이 도시의 패트롤 본부를 감시하고 있었을 뿐만 아니라, 그 요원은 에버라드가 어슬렁거리며 모습을 드러내자마자 일반 통행인이 아닌 것을 감지하고 단 일 초도 주저하지 않고 그를 죽이려고 했던 것이다.

이번 임무가 위험천만하다는 점에는 의심의 여지가 없었다. 그리고 운명의 기로에 서 있는 것은 에버라드뿐만이 아니었다—우선은 티레의 존재가, 그 후에는 세계의 운명이 걸려 있었다.

자카르바알은 내실로 들어오는 문을 닫고 빗장을 걸었다. 뒤를 돌아다보며 서구 문명인의 방식으로 손을 내밀었다.

"환영합니다."

그는 타임 패트롤의 공용어인 시간어로 말했다.

"내 이름은 차임 조라크라고 합니다. 이쪽은 내 아내인 야엘입니다."

두 사람 모두 레반트인 외모를 가지고 있었고 가나안 사람의 복장을 하고 있었지만 사무원들과 하인들로부터 격리된 이 방으로 들어오자 자세나 걸음걸이, 표정, 목소리를 포함한 모든 태도가 일변했다. 에버라드는 누가 미리 알려주지 않았어도 금세 이들이 20세기 출신이라는 사실을 알아차렸을 것이다. 그는 마치 시원한 바닷바람이 불어온 듯한 후련한 기분을 맛보았다.

자기 소개를 한 다음 이렇게 덧붙였다.

"나는 자네들의 호출을 받고 온 무임소 대원이라네."

야엘 조라크의 눈이 둥그레졌다.

"어머! 정말 영광이군요. 저는…… 무임소직을 만나는 게 이번이 처음이랍니다. 여기 와서 조사 활동을 하던 사람들은 그냥 기술자에 불과했거든요."

에버라드는 미간을 찡그렸다.

"부탁이니 그렇게 위압당한 표정은 짓지 말아 줘. 여기 와서 한 일도 별로 없고."

그는 지금까지의 여정과 방금 있었던 싸움을 자세히 얘기했다. 야엘은 진통제를 주겠다고 했지만 에버라드는 아픔은 이미 가셨다며 사양했다. 그러자 그녀의 남편은 에버라드 입장에서는 진통제 따위보다 훨씬 나은 것—스카치 한 병을 꺼내 들었다. 잠시 후 그들은 편하게 앉았다.

의자는 편안했고, 에버라드의 고향에 있는 것과 별로 다르지 않았지만, 이 시대에서는 사치일 것이다. 그러나 자카르바알은 이곳에서는 온갖 수입품을 쉽게 손에 넣을 수 있는 부자로 알려져 있었으므로 크게 이상할 것은 없었다. 의자들을 제외하면 가구가 거의 없는 금욕적인 방이라고 해도 무방했다. 프레스코화나 장막, 등잔, 기타 세간붙이가 전체적으로 세련된 분위기를 연출하고 있었지만 말이다. 방 안은 시원하고 어둑어둑했다. 작은 안뜰에 면한 창문에는 낮의 더위를 막기 위한 커튼이 쳐져 있었다.

"임무 얘기를 하기 전에 일단 좀 긴장을 풀고 서로 얘기를 좀 나누면 어떨까?"

에버라드의 말에 조라크가 얼굴을 찌푸렸다.

"아니, 방금 죽을 뻔했으면서도 그럴 수 있단 말입니까?"

그러자 조라크의 아내가 미소 지었다.

"그래서 더 그럴 필요가 있는 건지도 모르죠."

그러고는 에버라드에게 중얼거리듯이 말했다.

"우리도 마찬가지랍니다. 적의 위협에 관한 얘기는 좀 미뤄 놓아도 좋잖아요. 어차피 예전부터 있어 왔던 것 아닌가요?"

에버라드는 허리에 찬 작은 쌈지에서 그가 자신에게 허락한 유일한 시대착오적 물건인 파이프와 담배와 라이터를 꺼냈다. 물론 혼자 있을 때에 한해서 피우지만 말이다. 이것을 본 조라크는 조금 긴장을 풀더니 껄껄 웃고는 엇비슷한 기호품들이 들어 있는 궤짝의 자물쇠를 열고 담배를 꺼내 왔다. 그러더니 대뜸 브루클린 악센트가 있는 영어로 말했다.

"미국인이시군요? 안 그렇습니까, 에버라드 요원?"

"그래, 1954년에 입대했지."

그 모집 광고를 보고 몇몇 테스트를 받은 다음 시간을 여행하는 사람들을 감시하는 조직이 존재한다는 사실을 알게 된 '이래' 개인적으로 얼마나 오랜 시간이 흘렀을까? 최근에는 일일이 계산하는 것을 그만두었다. 어차피 그나 동료들이나 나이를 먹지 않는 조치를 받기 때문에 그런 것은 이제 별로 중요하지 않았다.

"자네들은 이스라엘인인 걸로 알고 있었네만."

"이스라엘인이 맞습니다."

조라크가 설명했다.

"아내인 야엘은 사브라*죠. 하지만 저는 이스라엘에서 잠시 고고학 조사를 하던 중에 아내를 처음 만난 뒤에야 이민했습니다. 1971년의 일이었죠. 그로부터 4년 뒤에 권유를 받고 타임 패트롤에 입대했습니다."

"어떤 상황에서 그랬는지 물어 봐도 될까?"

"그쪽에서 먼저 접근해서 이쪽 의사를 타진하더니 진실을 털어놓더군요. 물론 저희는 두말 않고 승낙했습니다. 업무는 힘들 때가 많고 고독합니다. 휴가를 얻어 고향에 가도 옛 친구들이나 동료들에게 무슨 일을 했는지 털어놓을 수 없으니 두 배는 더 고독하다고나 할까요. 하지만 일 자체는 정말 매력적입니다."

조라크는 잠시 움찔하더니 혼잣말 하듯이 덧붙였다.

"그리고 뭐랄까, 우리가 와 있는 이 지부는 저희에게는 특별한 의미를 갖고 있습니다. 단지 지부를 유지하고 대외적 비즈니스를 처리하는 일뿐만 아니라 기회가 닿는 대로 현지인들을 돕고 있습니다. 적어도, 어딘가 이상하다는 의심을 사지 않고 사람들을 도울 수 있는 한도 안에서 말입니다. 뭐랄까…… 까마득한 미래에 동포인 이스라엘인

* sabra. 이스라엘에서 태어난 유대인 토박이.

들이 이들의 후손을 상대로 저지를…… 일에 대해 조금이라도 속죄한다는 의미에서라도 말입니다."

에버라드는 고개를 끄덕였다. 익숙한 패턴이었다. 타임 패트롤의 현지 요원 대다수는 차임 부부처럼 고정된 시대와 장소에서 업무를 처리하는 전문가들이다. 타임 패트롤의 목표에 부응하기 위해서는 면밀하고도 철저한 지식이 필요하므로 당연하다. 현지인들을 요원으로 스카우트할 수만 있다면 정말 큰 도움이 될 텐데! 그러나 서기 18세기 이전의 현지인들이 타임 패트롤에 입대하는 경우는 매우 드물었다. 18세기 이후에도 장소에 따라서는 쉽지 않다. 과학이 뒷받침된 산업 사회에서 자라나지 않은 사람에게 자동 기계의 개념을 파악하라는 것은 무리한 주문이다. 그 기계가 눈 깜짝할 새에 한 장소에서 다른 장소로 이동하고, 한 시대에서 다른 시대로 뛰어넘는 탈것이라면 말할 나위도 없다. 이따금 시대를 초월한 천재가 태어날 때도 있지만, 이미 알려진 천재 대다수는 역사에 자신만의 자리를 각인하기 마련이므로, 역사에 괴멸적인 변화를 가져올지도 모를 위험을 무릅쓸 수는 없는 일이다…….

에버라드가 말했다.

"어떤 의미에서는 나처럼 어느 시대에 얽매이지 않은 요원 쪽이 더 편하다고도 할 수 있지. 남편과 아내가 한 팀을 이루거나, 일반 여자로 나서는 경우에 비하면 말야. 사적인 일까지 꼬치꼬치 캐물을 생각은 없지만, 아이들 문제는 어떻게 하고 있나?"

"오, 텔아비브에 두 명이 있어요."

야엘 조라크가 대답했다.

"정확한 스케줄에 맞춰 돌아가기 때문에 집을 비우는 것도 아이들이 보면 며칠에 지나지 않죠."

그러고는 한숨을 쉬었다.

"저희들 입장에서는 그동안 몇 달이나 흘렀으니까 좀 이상한 건 어쩔 수 없어요. 흠, 하지만 두 명 모두 다 자란 뒤에는 타임 패트롤에 입대할 예정이랍니다. 지역 모집관이 이미 아이들의 검사를 마쳤고, 훌륭한 패트롤 대원이 될 거라고 장담했거든요."

그녀의 표정이 밝아졌다.

만약 그 검사에서 그런 결과가 안 나왔다면, 하고 에버라드는 생각했다. 당신들은 그 아이들이 나이를 먹고 불가피한 고뇌를 경험하고 마침내 죽는 꼴을 보는 걸 견딜 수 있을까? 당신들은 여전히 젊은 육체를 유지하면서? 이런 가능성 탓에 에버라드가 결혼을 주저한 것도 한두 번이 아니었다.

"에버라드 요원은 걔네들 얘기가 아니라 여기 티레에 있는 아이들 얘기를 한 거야."

차임 조라크가 말했다.

"시돈에서 여기로 왔을 때는 당신처럼 우리도 배를 타고 왔습니다. 어느 정도는 사람들 눈에 띌 거라는 설정이었으니까요. 그때 노예 상인에게서 갓난애 두 명을 사서 함께 여기로 데려왔고, 그때부터 우리 아이들이라고 하며 키우고 있습니다. 우리 힘이 닿는 한 그 애들한테는 좋은 삶을 살게 할 작정입니다."

이 두 자식을 실제로 키우는 것은 하인들이라는 암묵적인 사실을 입 밖에 내지는 않았다. 패트롤 대원인 양부모 입장에서는 이들에게 사랑을 쏟는다는 위험을 감수할 수는 없기 때문이다.

"그래서 어딘가 부자연스러운 인상을 주는 걸 피할 수 있었죠. 이 아이들을 낳은 이래 제 아내가 더 이상 아이를 가지지 못한다고 해도 이곳에서는 하등 이상한 일이 아닙니다. 두번째 아내를 맞거나 최소한 첩을 두지 않는다고 꼬집는 사람은 물론 있지만, 일반적으로 페니키아인들은 남의 일에는 그리 참견하지 않습니다."

"그럼 그들이 마음에 든단 얘긴가?"

에버라드가 물었다.

"오, 물론입니다. 대체로 괜찮은 사람들입니다. 아주 좋은 친구들도 생겼고요. 이렇게 중요한 연결점을 맡은 패트롤 대원 입장에서는 응당 그래야 하는 것도 사실입니다만."

에버라드는 미간을 찡그리고 파이프를 세게 뻐끔거렸다. 손아귀에서 조그만 난롯불처럼 데워진 파이프 대통의 온기에서 그는 묘한 위안을 느꼈다.

"그 생각이 옳다고 확신하고 있는 건가?"

조라크 부부는 깜짝 놀란 기색이었다.

"물론이에요! 우린 그걸 알고 여기 온 거잖아요. 본부에서 설명을 못 들으셨나요?"

야엘이 말했다.

에버라드는 신중하게 말을 골랐다.

"그렇다고도 할 수 있고, 안 그렇다고도 할 수 있네. 이번 일을 조사해 달라는 요청을 수락한 다음 나는 이 시대에 관한 정보를 벼락치기로 머리에 잔뜩 집어넣었지. 어떤 의미에서는 너무 잔뜩 넣었다고도 할 수 있겠군. 나무가 너무 많아서 숲을 보지 못한다고나 할까. 하여튼 지금까지의 내 경험으로 미루어 보건대 어떤 임무를 수행하기 전에 거창한 일반화는 가급적 피하는 편이 바람직하다네. 숲 때문에 나무를 보지 못하는 사태가 올 수도 있으니까 말야. 일단 시칠리아에 파견된 다음 티레로 오는 배를 탄 뒤에는 머리에 든 정보를 소화하고 나 자신의 의견을 형성할 시간 여유는 충분할 거라고 생각했네. 하지만 그렇게 되지 않았지. 그 배의 선장과 선원들은 정말 지독하게 호기심이 많아서, 그들의 질문에 대답하기 위해 정신적 에너지를 몽땅 써야 했다는 것이 사실이야. 게다가 그 친구들의 질문이 상당히 날카로웠던 탓에 의구심을 불러일으키지 않고 대답하는 일 자체가 사실 쉽지 않았어."

그는 잠시 말을 멈췄다.

"물론 유대인의 역사에서 페니키아가 수행하는 일반적 역할과, 그 중에서도 티레가 맡은 역할의 중요성은 명백하지만 말야."

다윗 왕이 이스라엘과 유다와 예루살렘을 기워 맞춰 만든 통일왕국에 대해 티레는 곧 가장 중요한 문화적 영향력을 가진 도시로 부상했다. 티레는 이스라엘 통일왕국의 주요 무역 상대였던 동시에 세계를 향해 열린 창 역할을 했다. 그리고 지금 솔로몬은 아버지인 다윗의 뒤를 이어 히람과 선린 관계를 유지하고 있었다. 솔로몬의 신전을 짓기 위한 자재 대부분은 티레에서 조달되었고, 신전을 짓는 숙련공들은 거의 전원이 티레 출신이라고 해도 과언이 아니다. 솔로몬의 신전보다 덜 유명한 건물들의 경우도 마찬가지였다. 티레인들은 앞으로도 히브리 사람들과 힘을 합쳐 탐험 및 무역에 나설 것이다. 이스라엘이 티레로부터 받은 물질적 원조는 양적으로도 엄청났기 때문에 솔로몬은 그 빚을 갚기 위해 수십 개의 마을을 나누어 넘겨줄 수밖에 없었다. 이런 일들이 장기적으로는 어떤 영향을 주었든 간에 말이다.

그러나 티레가 유대인들에게 끼친 영향은 그보다 훨씬 더 깊고 미묘했다고 해야 할 것이다. 페니키아인들의 관습과 사상과 교의는 좋든 나쁘든 이웃인 이스라엘 통일왕국 곳곳에 침투했다. 솔로몬 자신이 티레의 신들에게 산 제물을 바쳤을 정도였으니까 말이다. 야훼가 유대인들의 유일신이 되는 것은 장래에 바빌론 유수* 시절의 일이다. 이스라엘의 사라진 10지파처럼 정체성을 잃고 다른 민족에 동화되어 흡수되어 버리지 않으려면 그러는 수밖에 없었던 것이다. 그러기 전, 이스라엘의 아합 왕**은 티레 왕국의 공주였던 이세벨을 왕후로 맞기

---

* 유대인이 바빌로니아의 포로가 된 기간. BC 597-538.

까지 했다. 티레를 사악하게 보는 관점은 공정하지 않다. 티레가 그토록 오래 살아남을 수 있었던 것은 동맹을 통한 외국과의 선린 관계나 국내에서의 종교적 관용 정책을 적극적으로 추구했기 때문이다. 불행하게도 이런 것들은 광신적인 엘리야***의 가르침과 충돌했다. 영국의 역사학자인 트레버-로퍼는 엘리야를 '길르앗 산지 출신의 미친 율법학자'라고 부르기까지 했을 정도다. 그러나 애당초 페니키아의 이교적 관습이 엘리야 같은 이들을 격노케 하지 않았다면, 예언자들이 앞으로 몇천 년 동안이나 살아남아 전 세계를 바꾸게 될 신앙을 만들어냈을까?

"성지는 방문객들로 발 디딜 틈도 없다더군요. 예루살렘 기지는 교통 정리를 하느라고 만성적인 인력 부족에 시달리고 있다고 합니다. 이곳 티레를 방문하는 시간 여행자들 수는 훨씬 적죠. 대부분은 다른 시대에서 온 과학자나 예술품 따위를 거래하는 상인이고, 이따금 부유한 관광객들이나 오는 정도입니다. 하지만 저는 티레, 바로 이 장소가 이 시대의 진정한 연결점이라고 믿습니다."

차임이 거친 어조로 말했다.

"그리고 우리의 적도 같은 결론에 도달한 것 같군요. 그렇지 않습니까?"

에버라드는 절망에 가까운 감정이 몰려오는 것을 느꼈다. 미래인들이 예루살렘을 가장 중요시한다는 바로 그 사실에 의해 티레의 명성은 빛이 바랬고, 그 결과 이곳에서는 대다수의 지부보다 한층 더 인력이 달렸다. 따라서 이곳은 엄청나게 취약했다. 이곳이 미래 사회의

---

** 북부 이스라엘 왕국의 제7대 왕. BC 874경~853경 재위.
*** BC 9세기에 활동한 히브리 예언자. 자연신 바알 숭배를 지양하고 야훼 유일신 신앙을 적극적으로 옹호했다.

뿌리가 되는 것이 사실이고, 그 뿌리를 누군가가 잘라 버린다면——

역사적 사실들이 일찍이 경험할 수 없을 정도로 생생하게 그의 뇌리를 스치고 지나갔다.

에버라드가 태어난 시대에서 오랜 세월이 흐른 뒤에 인류가 처음으로 타임머신을 만들었을 때, 데이넬리아 초인들은 그보다 더 먼 미래에서 와서 시간선을 순찰하는 경찰을 조직했다. 타임 패트롤로 불리게 된 이 조직은 지식을 모으고, 안내를 하고, 조난자를 구조하고, 범죄를 방지할 목적을 가졌지만, 이런 선기능들은 패트롤의 진짜 기능, 즉 데이넬리아인들의 미래를 보호한다는 목적에 비하면 부차적인 것이라고 해도 과언이 아니다. 어떤 사람이 단지 과거로 간다고 해서 자유의지를 잃는 것은 아니다. 그러는 대신 그는 사건의 연쇄에 자기 시대에 살았을 때와 마찬가지로 영향을 끼칠 수 있는 것이다. 물론 역사적 사건들은 관성을, 그것도 엄청난 관성을 내포하고 있다. 사소한 변화가 생긴다고 해도 결국에는 다시 제 위치를 찾게 마련이다.

이를테면 여기 어떤 보통 사람이 하나 있다고 하자. 그가 오래 살든 젊었을 때 죽든, 활발하게 활동하든 안 하든 간에 몇 세대 뒤에는 별다른 차이가 없게 마련이다. 그러나 이 개인이 예를 들어 살마네세르 1세*라든지, 칭기즈 칸, 올리버 크롬웰, V. I. 레닌, 고타마 붓다, 공자, 사도 바울, 무하마드 이븐 압달라**, 아리스토텔레스, 갈릴레오, 뉴턴, 아인슈타인일 경우에는 얘기가 달라진다. 미래에서 온 여행자가 이런 인물들의 인생을 바꿔 놓는다면, 그 여행자는 그 자리에 남더라도 그를 낳은 사람들은 더 이상 존재하지 않고, 아예 존재하지 않았던 것이 되어 버린다. 그 시점에서 미래의 지구는 그 여행자가 알던

---

* BC 13세기에 활동한 아시리아의 왕. BC 1263경~1234경 재위.
** 예언자 마호메트의 외손. 7세기 경에 반란을 일으키고 진압당함.

것과는 전혀 다른 것이 되어 버리고, 여행자의 존재와 여행자의 마음 속에 있는 기억은 비(非)인과율의 증거가 된다. 그 결과 오는 것은 우주의 저변에 숨어 있는 궁극적인 카오스다.

에버라드는 그 자신의 시간선에서 지금까지 무모하고 무지한 시간 범죄자들이 이런 종류의 재앙을 일으키는 것을 막아 왔다. 사실 그렇게 흔한 범죄는 아니었다. 시간 여행 기술을 가진 사회들이 시간 여행자 후보를 주의 깊게 선별하는 것은 당연한 원칙이기 때문이다. 그러나 백만 년 혹은 그 이상의 세월이 흐르는 동안에 필연적으로 실수를 저지르는 경우가 있기 마련이다.

범죄의 경우도 마찬가지다.

에버라드는 느릿느릿한 말투로 말했다.

"그자들의 인적 사항과 행동에 관해 자세히 논하기 전에 우선—"

"자세히 논하려고 해도 정보가 거의 없습니다."

차임 조라크가 중얼거렸다.

"—그자들의 논리에 관해서 좀 알고 싶네. 왜 티레를 희생자로 고른 걸까? 이 도시와 유대 역사의 관련은 일단 접어두더라도 말야."

"흠."

조라크가 운을 뗐다.

"우선 지금부터 일어나게 될 장래의 정치적 사건들에 관해 생각해 보십시오. 히람은 가나안에서 가장 강대한 왕이 되었고, 그 권력은 그가 죽은 뒤에도 유지될 겁니다. 티레는 아시리아인들의 침략을 막아낼 거고, 그 결과 커다란 영향력을 행사하게 될 겁니다. 이들의 해상 무역 범위는 브리튼까지 확장됩니다. 해외에 식민지를 여럿 건설하게 되겠고, 그중 가장 중요한 것은 물론 카르타고입니다."

(에버라드는 굳게 입을 다물었다. 개인적인 경험을 통해, 카르타고가 역사에서 얼마나 중대한 역할을 수행하게 되는지를 너무나도 잘

알고 있었기 때문이다.)

"페르시아인들에게는 굴복하지만 그건 거의 자발적이었다고 해도 과언이 아니고, 페르시아 제국이 그리스를 침략했을 때는 페르시아 함대 대부분을 구성하게 됩니다. 물론 그 공격은 실패로 끝나지만, 그리스인들이 그 전쟁을 치를 필요가 없었다고 상정한다면 세계 역사가 어떻게 변했을지를 상상해 보십시오. 궁극적으로는 알렉산더 대왕의 군대에게 짓밟히지만, 티레는 함락되기까지 몇 달이나 버텼습니다——이런 시간적인 지연 또한 상상하기 힘들 정도로 중대한 의미를 갖고 있죠.

한편 조금 더 근본적인 차원을 보자면, 티레는 페니키아인들의 주요 국가로서 해외에 페니키아적 사상을 퍼뜨리는 데 앞장서게 될 겁니다. 그렇죠, 바로 그리스인들에게 말입니다. 그리스 문명의 종교적 개념, 이를테면 아프로디테, 아도니스, 헤라클레스 등은 원래 페니키아인들의 신이었습니다. 페니키아 항해사들은 유럽, 아프리카, 아시아에 관한 지리적 지식을 가지고 돌아올 겁니다. 선박 건조나 항해술도 발전하고 말입니다."

조라크의 목소리에 한층 더 열의가 깃들었다.

"이런 모든 것들보다 제가 더 중요하다고 보는 것은 개인의 가치와 권리를 중시하는 민주주의의 씨앗을 품고 있다는 점입니다. 물론 페니키아인들이 그런 이론을 갖고 있었다는 뜻은 아닙니다. 철학면에서는 예술과 마찬가지로 그리 강하지 않았으니까요. 그럼에도 불구하고 탐험가와 상인을 겸한 무역상은 페니키아인들의 이상형이었습니다. 자기 힘으로 살아가며 자기 운명을 개척하는 자율적인 인물상 말입니다. 지금 그들의 고향을 통치하는 히람 왕은 이집트나 동방의 신권왕이 아닙니다. 히람이 왕권을 조상에게서 이어받은 것은 사실이지만, 실상을 보면 수페트suffet, 즉 판관을 의미하는 사사(士師)들을 주재하는 정치 지도자에 더 가깝고, 어떤 결정을 내리든 사사들의 허락을 받아야 합니다. 사실 티레는 최전성기의 베니스 공화국과 많이 비슷합니다.

물론 저희 지부에 이런 과정을 과학적으로 일일이 추적해서 연구할 학구적 인력은 없습니다. 하지만 저는 그리스인들이 페니키아, 특히 티레의 강한 영향을 받고 민주제를 발달시켰다고 확신하고 있습니다. 그리고 당신의 고향인 미국이 채택한 민주주의는 바로 고대 그리스의 정치 제도에서 힌트를 얻은 것이 아니겠습니까?"

조라크는 주먹 쥔 손으로 의자 팔걸이를 탁 쳤고, 다른 손으로는 위스키 잔을 들어 올리더니 단숨에 들이켰다.

"그 악당놈들은 바로 이런 사실을 깨달았던 겁니다!"

그는 소리쳤다.

"놈들이 인류 전체의 미래에 총구를 들이대고 협박하기 위해서 티레를 인질로 잡은 겁니다!"


조라크는 홀로큐브를 꺼내 와서 앞으로 티레에서 무슨 일이 일어날지를 에버라드에게 보여 주었다.

반지에 박힌 보석으로 위장한 일종의 미니카메라—실제로는 22세기에 만들어진 분자 녹화 장치—를 이용해서 그가 직접 찍어 온 영상이었다. (물론 '찍어 왔다'는 식의 영어 과거시제는 과거와 미래를 왕래하는 사람의 행위를 표현하기에는 터무니없이 부적절하다. 시간어 문법은 이런 행동을 표현하기 위한 적절한 시제를 가지고 있었다.) 조라크는 제관이나 견습 제관으로 위장하지는 못했지만, 여신에게 장사의 성공을 기원히며 고액을 기부한 일반인 자격으로 신전 내부를 둘러보았다고 했다.

문제의 폭발은 바로 이 거리에 있는 타니스 여신의 작은 신전에서 일어났다(일어날 것이다). 밤에 그랬기 때문에 다친 사람은 아무도 없었지만 신전 내부의 성소가 박살 났다. 에버라드는 화면을 회전시켜 금이 가고 검게 그을린 벽, 박살 난 제단과 신상, 바닥에 흩어진 성물과 보물, 비틀린 금속 쪼가리 따위를 자세히 관찰했다. 공포로 얼어붙은 표정을 한 사제들은 신의 분노를 잠재우기 위해 문제의 신전과 도시 내부의 모든 성스러운 장소에서 기도를 하고 제물을 바쳤다고 한다.

　에버라드는 폭발 현장의 한 지점을 골라 확대해 보았다. 폭탄을 이곳에 운반한 물체는 폭탄과 함께 산산조각이 났지만, 그 정체가 무엇인지는 의심의 여지가 없었다. 표준형 2인승 타임 호퍼다. 몇천 대씩이나 시간선을 왕복하고 있는 이 호퍼 한 대가 출현하는 것과 동시에 폭발했던 것이다.

　"아무도 보지 않는 틈을 타서 먼지와 재를 조금 모았고, 분석을 위해 미래로 보냈습니다."

　조라크가 말했다.

　"화학적 폭약이라는 실험 결과가 나왔습니다 ─ 풀구라이트-B라는 이름입니다."

　에버라드는 고개를 끄덕였다.

　"나도 그것에 관해선 잘 알아. 상당히 오랜 기간에 걸쳐 쓰인 흔한 폭약이고, 처음 쓰였던 건 우리 세 사람의 시대보다 조금 미래의 일이지. 따라서 당국의 추적을 피해 많은 양을 입수하기도 쉬워. 방사성 동위원소에 비하면 그걸 손에 넣는 건 식은 죽 먹기야. 그 정도의 피해를 입히기 위해선 별로 많은 양이 필요한 것도 아니고…… 아마 범인의 타임머신을 추적하지는 못했겠지?"

　조라크는 고개를 가로저었다.

"추적 못했습니다. 그러니까, 잡으러 간 패트롤 대원들은 실패했다는 뜻입니다. 일단 사건이 일어난 직전으로 가서 숨길 수 있는 온갖 탐지 장치를 현장에 숨겨 놓았지만—사건 자체가 너무나도 빨리 일어났던 탓에 무리였습니다."

에버라드는 턱을 문질렀다. 거의 비단처럼 부드러운 느낌을 줄 정도로 수염이 길게 자라 있었다. 비누도 없이 청동제 면도날만 가지고서는 깔끔하게 수염을 깎을 수가 없었다. 차라리 꺼끌꺼끌했다면 좀 나았을 텐데, 하는 멍한 생각이 떠올랐다. 하여튼 익숙한 감촉이라면 뭐든지 좋았다.

실제로 무슨 일이 일어났는지에 관해서는 별로 의심의 여지가 없었다. 자동 조종식의 무인 타임머신을 시공연속체의 알려지지 않은 어떤 지점에서 보냈던 것이다. 그 지점을 출발한 즉시 뇌관이 작동했으므로 폭탄은 도착하는 것과 동시에 폭발했다. 타임 패트롤 대원들은 그 시점을 정확히 측정할 수 있었지만, 그 사건 자체를 저지할 방도는 없었다.

혹시 타임 패트롤이 가진 것보다 더 진보된 기술을 사용할 수는 없을까? 이를테면 데이넬리아인의 기술 따위를? 에버라드는 현장에 미리 설치한 장치가 폭발 순간 역장(力場)을 발생시켜 폭발 자체를 감싸 버리는 광경을 머리에 떠올렸다. 흐음, 그런 일은 일어나지 않았으니까, 물리적으로 불가능한 일일지도 모르겠다. 그러나 데이넬리아인들이 개입하지 않는 것은 이 사건이 이미 일어나 버렸기 때문일 가능성이 더 높았다. 그런 사건을 억지로 저지한다면 사보타주를 시행한 자들은 또다시 같은 일을 되풀이할 가능성이 있고, 결국 쫓는 자와 쫓기는 자 사이에서 다람쥐 쳇바퀴 도는 추적극이 되풀이됨으로써 시공연속체가 회복 불가능한 상태로까지 일그러지는 상황이 올 수도 있는 것이다. 에버라드는 몸을 부르르 떨고는 거친 어조로 물었다.

"티레인들은 어떤 설명을 내놓던가?"

"교조적인 설명은 하지 않더군요."

야엘 조라크가 대답했다.

"그들의 세계관Weltanschauung은 우리의 그것과는 상이하다는 사실을 염두에 둬야 하겠죠. 그들에게 이 세계는 자연법칙의 완전한 지배하에 있지는 않아요. 변덕스럽고, 언제든 변화할 수 있고, 마술적인 세계라고나 할까."

근본적으로는 틀린 생각이 아냐. 안 그래? 에버라드는 오한이 한층 더 심해지는 것을 느꼈다.

그녀는 말을 이었다.

"똑같은 일이 두 번 다시 일어나지 않는다면 처음 느꼈던 흥분도 시간이 흐르면 가라앉겠죠. 그 사건을 기록한 연대기는 언젠가는 사라질 운명이고. 게다가 페니키아인들은 연대기 쓰는 데는 그다지 열성을 보이지 않더군요. 이번 사건은 누군가가 뭔가 잘못을 저질러서 하늘에서 번개로 응징했다고 보는 것 같아요. 번개를 쏜 사람이 인간일 필요는 없고, 또 그 사건 자체가 신들 사이의 알력에서 비롯되었다고 보는 견해도 있더군요. 따라서 누군가가 희생양이 될 필요는 없었어요. 한두 세대가 지나면 이 사건은 잊혀지겠죠. 옛날 얘기 따위로 남는다면 또 모르지만."

"그건 협박범들이 그 이상의 해를 끼치지 않을 경우에나 해당되는 일이야."

차임 조라크는 으르렁대듯이 말했다.

"거야 그렇지. 놈들이 보낸 협박장을 보여 주겠나."

에버라드가 요청했다.

"복사본밖에는 없습니다. 원본은 수사를 위해 미래로 보냈습니다."

"아, 그야 그렇겠지. 나도 아네. 실험 보고서도 읽었고. 파피루스 두루마리에 오징어 먹물 잉크로 썼다고 했지. 따라서 단서는 없고. 이 집 현관에 떨어져 있었다니, 아마 무인 호퍼가 순간적으로 출현해서 떨어뜨리고 간 거겠지."

"그랬던 것은 확실합니다. 그날 밤에 맞춰 현관문 근처에 탐지 장비를 설치하러 온 요원들이 그 기계를 탐지했습니다. 1밀리세컨드쯤 출현했다고 하더군요. 그걸 잡을 수도 있었겠지만, 그런다고 해서 무슨 소용이 있었겠습니까? 보나마나 아무 단서도 되어 주지 못했을 텐데. 게다가 실제로 그랬더라면 소동이 벌어졌을 거고, 이웃 사람들이 무슨 일인가 궁금해서 나와 봤을 게 뻔합니다."

조라크는 복사본을 가져와서 에버라드에게 건넸다. 에버라드는 임무 브리핑을 받았을 때 문안을 이미 자세히 읽어 보았지만, 글씨를 직접 보면 조금이라도 단서가 될지도 모른다고 생각했다.

이 시대에서 흔히 쓰이는 갈대펜으로 쓴 글씨였고, 서체도 상당히 능숙했다. (따라서 이 글을 쓴 인물은 이 시대에 관해 잘 알고 있다고 추정할 수 있지만, 이미 익히 알고 있었던 사실이다.) 흘려 쓰지 않고 한 글자씩 또박또박 썼지만, 어딘가 장식적이고 화려한 느낌이 났다. 시간어로 쓰여 있다.

"<증대(增大) 위원회>로부터 타임 패트롤에게, 인사장을 보낸다." 적어도 인민해방전선이라든지 민족 해방 따위의, 20세기 후반 에버라드의 고향에서 그를 혐오에 빠뜨린 위선적인 정치 표어는 빠져 있어서 다행이었다. 이 작자들은 자신들이 악당이라는 사실을 숨기려 하지도 않는다. 물론 일부러 그런 인상을 줌으로써 추적을 조금 더 완전하게 따돌릴 작정으로 그러는 것이라면 얘기가 달라지지만……

"티레에서 신중하게 한 지점을 골라 설치한 작은 폭탄이 어떤 결과를 가져올 수 있는지를 감안하면, 도시 전체를 초토화시킬 경우 어떤 일이 일어날 수 있는지는 상상하기 어렵지 않을 것이다."

에버라드는 무거운 표정으로 다시 한 번 고개를 끄덕였다. 교활한 적수다. 개인, 이를테면 히람 왕 본인을 죽이거나 유괴하겠다는 위협은 허세에 가까운 공허한 말에 지나지 않는다. 타임 패트롤은 그런 중요인물을 경호할 것이 뻔하기 때문이다. 설령 그런 공격이 성공한다고 쳐도, 패트롤은 당시로 되돌아가서 공격 순간에 희생자가 다른 곳에 가 있도록 할 것이다. 따라서 그 사건은 '안 일어났던' 것이 된다. 물론 타임 패트롤은 그런 위험천만한 행위에 나서는 것을 탐탁해하지는 않는다. 그래 봤자 본전치기가 고작이고, 또 구조 작전 자체가 미래를 바꾸지 않도록 최대한 신경을 써야 하기 때문이다. 그러나 필요하다면 패트롤은 그런 행동에 나설 능력이 있고, 그럴 용의도 있었다.

하지만 섬 하나를 가득 채운 건물들을 어떻게 안전한 곳으로 대피시키란 말인가? 그곳에 사는 사람들을 대피시킬 수 있을지는 모른다. 그러나 도시는 그 자리에 남을 수밖에 없다. 역사적으로는 지극히 중요할지도 모르지만 물리적으로는 그리 큰 도시가 아니며, 140에이커의 좁은 토지에 2만5천 명의 사람들이 들어차 있는 것에 불과하다. 고성능 폭약 몇 톤이면 티레를 폐허로 만드는 것은 간단했다. 아니, 완전히 박살 낼 필요조차 없을지도 모른다. 그런 초자연적인 분노의 끔찍한 현현(顯現)을 목격한 뒤에 이곳으로 돌아올 사람은 없기 때문이다. 결국 티레는 쇠퇴해서 유령도시가 될 것이다. 티레의 영향을 받고 미래에 꽃을 피우게 될 몇십 세기의 역사와 모든 사람과 그들의 인생과 문명의 운명은…… 유령에도 미치지 못할 것이다.

에버라드는 또다시 몸을 떨었다. 절대악이라는 게 존재하지 않는다는 주장은 헛소리야. 그는 생각했다. 그 괴물들은— 그는 억지로 협박장 쪽으로 주의를 돌렸다.

"……그런 상황을 피하고 싶다면 우리에게 대가를 지불해야 한다. 불가능한 요구를 할 생각은 없다. 우리는 단지 약간의 정보를, 트라존 물질변성 장치를 제조할 수 있는 데이터를 요구할 뿐이다……."

이 기계가 개발된 〈제3기술 르네상스〉기는 타임 패트롤이 설립되기 전의 시대였음에도 불구하고, 패트롤은 그 발명자들 앞에 은밀하게 모습을 드러냈다. 그리고 그 일이 있은 이래, 트라존 물질변성 장치의 사용은 극도로 제한되었다. 그 제조법은 말할 나위도 없고, 그것이 존재한다는 사실조차도 비밀에 부쳐졌던 것이다. 어떤 물질이든 원하는 것으로 바꿀 수 있는 이 기계——흙덩어리를 가지고서도 원하는 보석이나 기계나 생명체로 바꿀 수 있는 기능을 가진——를 공개했다면 물론 인류 전체가 무제한의 부(富)를 누릴 수 있었을 것이다. 문제는 무기나 독극물이나 방사성 원소도 무제한 제조가 가능하다는 점이다……

"……미 합중국 캘리포니아 주 팰러앨토 시에서 1980년 6월 13일 금요일을 기해 디지털화된 데이터를 24시간 동안 방송해 줄 것을 요구한다. 송신 파장은 다음과 같으며…… 디지털 코드는…… 요구에 응해 주는 대가로 우리는 현 시간선에 딸린 현실의 존속을 보장할 것이며——"

이 또한 머리가 좋은 요구였다. 문제의 메시지가 불특정 현지인에 의해 포착될 위험은 없지만, 실리콘밸리 지역의 전파 발신량이 워낙 막대한 탓에 수신기 위치를 추적할 가능성은 전무하기 때문이다.

"——우리는 이 장치를 지구상에서 사용할 생각은 없다. 따라서 이런 방식으로 우리에게 협조한다고 해도 타임 패트롤이 상부의 지상(至上) 명령을 위배한 것은 아니다. 한편, 협조하지 않는다면 당신들의 존재를 존속시킬 방도가 전무하다는 사실을 지적히겠다. 안 그런가?

그럼 우리 기대에 부응할 것을 기대하며 글을 맺는다. 이만 총총."

서명은 없었다.

"그걸 방송할 생각은 없으시겠죠?"

야엘이 나직하게 물었다. 어둑어둑한 방 안에서 그녀의 커다란 눈이 번득였다. 아이들이 미래에 살고 있다고 했지. 에버라드는 생각했다. 방송하지 않는다면 그 아이들은 세계와 함께 사라지게 돼.

"없어."

에버라드가 대답했다.

"하지만 우리가 아는 현실은 아직 남아 있지 않습니까! 당신은 바로 거기서, 1980년 이후의 미래에서 이곳으로 왔습니다. 따라서 우리는 그 범죄자들을 잡았다는 얘기가 됩니다."

차임이 참지 못하고 외쳤다.

에버라드는 한숨을 쉬었다. 폐부를 쥐어짠 듯한 기분이다. 그는 억양이 결여된 목소리로 말했다.

"자네도 잘 알지 않나. 시공연속체의 양자역학적 성질은──만약 티레가 폭발한다면 우리는 우리 조상들과 함께 이 세계에 남겨지겠지만, 자네 아이들은 우리가 아는 모든 것과 함께 더 이상 존재하지 않을 거야. 전혀 다른 역사가 생겨나는 거지. 타임 패트롤의 잔여 인력만 가지고 어떻게든 재앙이 일어나는 것을 저지하고, 역사를 다시 옛 상태로 되돌려 놓을 수 있을지 여부를 예단하기란 쉽지 않네. 사실 성공 가능성은 거의 없다고 봐야겠지."

"하지만 그런 짓을 한다고 해서 시간 범죄자들이 얻는 게 뭡니까?"

차임은 거의 비명에 가까운 목소리로 반문했다.

에버라드는 어깨를 으쓱했다.

"거친 만족감 비슷한 걸 느낄 수는 있겠지, 아마. 신 노릇을 하고 싶다는 유혹은 우리들 중에서 가장 고결한 인물의 마음속에도 숨어 있지 않나? 그리고 사탄 노릇을 하고 싶다는 유혹도 그것과 전혀 무관하지는 않다네. 하여튼, 놈들은 역사가 파괴되는 시점보다 과거 어딘가에 신중하게 숨을 것이 뻔해. 그렇게 한다면 자기들한테 대항할 수 있는 타임 패트롤의 잔존 세력이 거의 없다시피 한 미래에서 지배자가 될 수 있으니까 말야. 최소한 그런 시도를 하는 동안에는 실컷 재미를 보겠지."

이따금 나 자신도 내게 부여된 제약 규정을 귀찮아한 적이 있었지.

"아, 내 사랑! 그대와 내가 힘을 합쳐 운명의 구속을 벗어던지고 이 초라한 세계를 움켜쥐지 않으려오……." *

에버라드가 덧붙였다.

"게다가, 데이넬리아인들이 우리 결정을 뒤엎고 놈들에게 비밀을 알려주라는 명령을 내릴 수도 있어. 그러고 나서 내 시대로 돌아가 보면 내가 알던 세계가 예전과 똑같지는 않다는 사실을 발견할 수도 있겠지. 20세기에 한해서는 별다른 변화가 아니고, 크게 달라진 부분이 없다고 해도 말야."

"그렇지만 그 뒤의 미래는 어떻게 되나요?"

야엘이 헐떡이듯이 말했다.

"응. 먼 미래에 태양계 밖의 행성에만 신경을 쓸 거라는 건 놈들의 약속에 불과해. 그런 약속이 무의미하다는 데 뭘 걸어도 좋아. 물질 변성기의 능력을 감안하면, 지구를 가지고 놀지 않는다는 보장이 없잖아? 어차피 지구는 언제나 인류의 행성이었으니까 말야. 타임 패트롤이 그걸 막을 능력이 있다고는 생각되지 않는군."

"도대체 놈들의 정체가 뭡니까? 단서가 전혀 없습니까?"

차임이 속삭였다.

---

* 에드워드 피츠제럴드 역 『오마르 하이얌의 루바이야트』에 나오는 시구.

에버라드는 위스키를 마시고 파이프를 피웠다. 혀로 느끼는 따스함이 마음속까지 스며들기를 원하는 듯이.

"누구라고 단정하기는 아직 일러. 나 자신, 혹은 자네들의 시간선에서 볼 때는 말야. 안 그런가? 물론 우리보다 훨씬 미래 태생이긴 하지만, 데이넬리아인이 출현하기 전에 오게 될 〈합일의 시대〉까지는 아니라는 게 명백하지만 말야. 몇만 년이 지나는 동안 물질 변성기에 관한 정보가 새어 나가는 건 막을 수 없겠지──그 정체와 기능이 정확히 무엇인지를 누군가가 깨달을 정도로는 말야. 범인하고 그 동료들은 아무 뿌리도 없는 범법자들이라는 것도 확실하군. 자기들의 행동이 자기들을 만들어 낸 사회를, 거기 살던 사람들까지 포함해서 아예 없애 버릴 위험성에 연연하지 않는 걸 보면 말야. 하지만 놈들은, 흐음, 넬도리아인은 아닐 거야. 놈들의 소행이라고 하기에는 너무 세련되었거든. 주관적으로 오랜 시간과 공력을 들여서 페니키아에 관해 자세히 연구하고 이것이 실제로 중요한 연결점이라는 사실을 알아냈으니. 이번 일을 조직한 당사자는 천재 수준의 두뇌를 가졌을 거야. 하지만 살짝 유치한 면도 없지는 않군──13일의 금요일 운운하는 걸 봤지? 게다가 이 지부와 거의 맞닿아 있는 곳에서 폭발을 일으키기까지 했어. 수법Modus Operandi하고, 내가 패트롤 요원이라는 걸 금세 알아차린 점을 감안하면…… 역시 메라우 바라간일까?"

"누구요?"

에버라드는 대답하지 않고 계속 혼잣말하듯이 중얼거렸다.

"맞아, 그렇지. 그럴 수 있어. 그렇다고 해도 별로 도움이 되진 않지만 말야. 보나마나 놈들은 지금보다 더 과거에서 충분히 연구를 해 봤을 거야──몇 년에 걸쳐서 기본이 되어 줄 정보를 착실하게 모았겠지. 게다가 이 지부는 인력 부족이야. 빌어먹을 패트롤 전체가 그 모양이지."

타임 패트롤 요원들이 아무리 오래 산다고 해도 말이야. 늦든 빠르든, 어떤 방식으로든 우리들 모두는 죽게 돼. 그럴 경우 우리는 과거로 돌아가서 죽은 동료를 되살려 놓지도 않고, 아직 생존시일 때로 돌아가서 만나지도 않지. 행여나 그런다면 시간선에 파문을 일으키게 되고, 급기야는 거대한 소용돌이가 되어 버릴 가능성이 있으니까 말야. 설령 그렇게 되지 않는다고 해도 쌍방에게는 너무 잔인한 일이고.

"탐지 장비를 써서 언제 어디에 설치해야 하는지만 안다면 우리는 타임머신의 왕래를 감지할 수가 있어. 아마 놈들은 바로 그런 방법으로 이 타임 패트롤 지부를 발견했는지도 몰라. 선한 시간 여행자를 가장하고 여길 직접 찾아오는 방법을 쓰지 않았다면 말야. 혹은 이 시대의 아무 장소나 골라서 도착한 다음에 통상적인 이동 수단을 써서 여기로 왔을 수도 있겠군. 내가 그랬던 것처럼, 정당한 이유로 여기를 찾아오는 수많은 현지인 방문자로 위장하고 말야.

시공연속체를 샅샅이 뒤질 수는 없어. 그럴 인력도 없거니와, 활동량의 증가로 인해 파탄이 야기될 위험을 무릅쓸 수도 없는 일이니. 아냐, 차임, 야엘. 수색 범위를 좁히기 위해서 일단 단서를 찾아봐야 해. 하지만 어떻게? 어디서 시작하면 될까?"


어차피 적에게 신분이 노출되었으므로 에버라드는 조라크 부부의 제안을 받아들여 그들 집의 객실에 머물기로 했다. 여관보다 더 편하고, 필요한 장비도 쉽게 조달할 수 있기 때문이다. 그러나 현지인들의 생활로부터는 멀어지게 된다.

"히람 왕을 알현할 수 있도록 손을 쓰겠습니다. 그다지 어렵지 않습니다. 아주 머리가 좋은 사내이기 때문에 당신 같은 이국의 손님에게 관심을 가질 것이 뻔하니까요."

차임이 약속했다. 그는 쿡쿡거리며 웃었다.

"따라서 티레인들과 우애를 다지고 싶어하는 이 시돈의 자카르바 알이 당신과 우연히 만났다고 왕에게 귀띔하는 것은 무척 자연스러운 귀결입니다."

"좋아."

에버라드가 대답했다.

"연락이 오면 기꺼이 그러기로 하지. 사실 도움이 될지도 몰라. 그건 그렇고, 해가 지려면 아직 몇 시간이 더 남았으니 시내를 좀 돌아보고 오겠네. 현지 분위기를 느껴 보고, 운이 좋으면 뭔가 단서를 포착할 수 있을지도 모르니까 말야."

조라크는 미간을 찌푸렸다.

"단서를 포착하려다가 거꾸로 포착당할지도 모릅니다. 암살자는 보나마나 아직도 시내에서 배회하고 있을 겁니다."

에버라드는 어깨를 으쓱했다.

"위험을 무릅쓰는 수밖에. 불운한 꼴을 당하는 건 내가 아니라 그자가 될 수도 있고 말야. 총을 빌려 주겠나. 음파충격총이 좋겠군."

그는 음파충격총을 사살이 아닌 마비 모드에 맞췄다. 에버라드가 가장 받고 싶어 하는 생일 선물은 살아 있는 포로였기 때문이다. 적도 그 사실을 알고 있을 테니까 또다시 암살을 시도할 것 같지는 않았다. 적어도 오늘은 말이다.

"열선총도 가지고 가십시오. 공중에서 공격이 오지 않는다는 보장은 없지 않습니까. 반중력 부양 상태에 있는 타임 호퍼로 느닷없이 공중에 출현해서 저격할지도 모릅니다. 우리처럼 남의 이목을 끌지 않으려고 노력할 이유가 없으니까요."

조라크가 권했다.

에버라드는 허리춤의 홀스터에 찬 충격총 반대편에 에너지 열선총을 찼다. 설령 페니키아인이 보더라도 부적 내지는 그와 비슷한 거라고 생각할 것이다. 게다가 그 위에 망토까지 걸쳤으니 눈에 띌 염려는 없었다.

"그렇게까지 열심히 나를 죽이려고 노력할 것 같지는 않군."

"여기 처음 왔을 때는 그런 노력을 했잖습니까. 말이 나온 김에, 어떻게 요원인 줄 알았던 걸까요?"

"내 인상이나 체격을 알고 있었던 건지도 몰라. 메라우 바라간은 이번 임무에 파견될 가능성이 있는 무임소 요원이 나를 포함해서 얼마나 적은지를 깨달았던 거야. 그런 생각을 하면 할수록 아무래도 그자가 이번 음모의 흑막이라는 생각이 드는군. 내 생각이 옳다면 우리는 악랄하고 미꾸라지처럼 잡기 힘든 적을 상대하고 있어."

"사람들이 많은 곳을 골라 다니세요."

야엘 조라크가 간원하듯이 말했다.

"어두워지기 전에 돌아오시고요. 여기서 흉악 범죄는 흔치 않지만 밤이 되어도 가로등 따위는 없기 때문에 인적이 거의 끊어진답니다. 그런 데를 다니다가는 쉬운 먹잇감이 될 수도 있어요."

에버라드는 어둠 속에서 그를 사냥하려고 한 자를 쫓아가며 사냥하는 광경을 머리에 떠올렸지만, 절망적인 상황에 몰리지 않는 한 일부러 그런 짓을 하지는 않으려고 마음먹었다.

"알았어. 저녁식사 시간에 맞춰서 돌아올게. 티레 음식 맛이 어떤지 궁금하군. 배에서 먹는 것이 아닌 육상의 음식이 말야."

야엘은 억지 웃음을 지었다.

"별로 좋아하실 것 같지는 않네요. 여기 사는 사람들의 미각이 관능적이라고는 할 수 없으니까요. 하지만 우리 요리사한테 미래의 요리를 만드는 법을 몇 가지 가르쳤어요. 전채로 개필데 생선*은 어떠세요?"

집 밖으로 나서자 아까보다는 시원하고 그림자도 길어졌다. <양초 상인들의 거리>와 교차하는 거리는 여전히 통행인으로 붐볐지만 아까 보았을 때보다 더 번잡하지는 않았다. 바다에 면한 티레와 우수는 시에스타가 필수적인 여러 나라들과는 달리 한낮 더위를 견디지 못할 정도는 아니었다. 그리고 페니키아인은 조금이라도 이익을 얻을 수 있는 시간을 낮잠 따위로 낭비할 인종이 아니었다.

"나리!"

기쁨에 찬 목소리가 들려왔다.

아, 그 부랑자 꼬마가 아직도 있었군.

"아…… 품마이람, 잘 있었나."

에버라드가 말하자 웅크리고 있던 소년이 펄쩍 일어났다.

"뭘 기다리고 있었나?"

가무잡잡한 얼굴을 한 호리호리한 소년은 깊게 고개를 숙여 절했다. 그러나 두 눈과 입술에 떠오른 표정에는 존경심 못지않은 장난스러움이 깃들어 있었다.

"이 우주의 빛이신 나리에게 다시금 봉사할 기회 말고 또 뭐가 있겠습니까?"

에버라드는 발을 멈추고 머리를 긁적였다. 이 녀석은 엄청나게 눈치가 빠르고, 아마 그의 목숨을 구해 주긴 했지만…….

"흐음, 유감이지만 더 이상 도움은 필요없어."

"오, 나리, 정말 농담 실력도 탁월하시군요. 너무 재미있어서 웃음이 멈추지 않을 지경입니다! 안내인이자 소개인으로서, 또 악당들과

* 송어·잉어 고기에 계란·양파 따위를 섞어 둥글게 뭉쳐 끓인 유대 요리.

그보다 더 흉악한 자들을 미리 막을 수 있는 제가 여기 있지 않습니까. 저처럼 미천하고 가난한 자가, 언제 또 나리처럼 위대하신 분과 함께할 수 있는 영광을 맛보겠습니까. 설마 나리의 지혜에 힘을 얻고 고귀하신 나리 뒤를 따랐다는, 저로서는 영원히 잊지 못할 소중한 기억을 가지면 안 된다고 말씀하시지는 않으시겠지요."

표현 자체는 아첨으로 점철되기는 했지만 이 사회에서는 이러는 것이 보통이다. 게다가 속마음은 아부와는 거리가 먼 것이었다. 품마이람이 내심 즐거워하고 있다는 사실을 에버라드는 꿰뚫어 보았다. 그에게 흥미를 느끼고 더 알고 싶어 하는 마음도 있겠다. 소년은 거구의 사내를 똑바로 올려다보며 호기심으로 몸을 부르르 떨기라도 할 기색이었다.

에버라드는 마음을 정했다.

"그래, 네 녀석 말대로 하겠어."

그러자마자 품마이람이 환호하며 기뻐 날뛰는 모습을 보고 미소 짓는다. 사실 시종을 데리고 다니는 것은 그리 나쁜 생각이 아니었다. 본디 이 도시의 겉모습뿐만 아니라 그 내정에 익숙해질 작정이지 않았는가?

"그럼 나를 위해 뭘 해줄 수 있는지 말해 봐."

소년은 잠자코 서서 고개를 갸우뚱하더니 손가락으로 턱을 만졌다.

"그건 나리가 뭘 원하시는지에 달렸습니다. 사업와 관계된 거라면 어떤 사업을 위해 누구를 만나고 싶으신지? 즐길 작정이실 경우도 마찬가집니다. 뭐든 분부만 내려 주십쇼."

"흐으음……."

얘기해도 되는 한도 내에서 사정을 설명할까? 불만족스러우면 자르면 그만이니. 진드기처럼 달라붙을 게 뻔히지만 말야.

"그럼 내 말을 잘 들어 품. 난 티레에서 처리해야 할 중대한 일이 있어. 그래, 수페트들뿐만 아니라 왕 자신에게까지 연관되는 일이야. 마법사가 나를 저지하려고 한 걸 보면 너도 짐작하겠지. 그래, 그때 네 도움을 받았지. 그런 일은 또 일어날 수 있고, 또 내가 언제나 그렇게 운이 좋으리라는 보장은 없어. 그 이상 자세한 얘기를 너한테 해줄 수는 없지만 말야. 하지만 내가 이런저런 사람들을 만나 이런저런 얘기를 최대한 많이 들을 필요가 있다는 사실은 이해하겠지. 그러기 위해서는 어떤 방법이 좋다고 생각하나? 술집 같은 데 가서 거기 온 모든 손님들에게 술을 살까?"

감정이 풍부하다 못해 변덕스럽기까지 한 품의 얼굴 표정이 금세 심각해졌다. 미간을 찌푸리고 심장이 몇 번 뛰는 동안 공중을 노려보는가 했더니, 갑자기 손가락으로 딱 하는 소리를 내고 킥킥 웃었다.

"아, 생각났습니다! 나리처럼 훌륭한 분은 우선 아세라트의 신전을 방문하시는 것이 가장 잘 어울립니다."

"뭐?"

에버라드는 깜짝 놀라 뇌에 저장된 정보를 빠르게 검토해 보았다. 성경에서는 아스다롯Astarte이라고 부르는 아세라트는 멜카르트, 즉 티레의 수호신인 바알-멜렉-카르트-소르의 배우자다……. 그녀 자신이 강대한 여신이며, 인간과 짐승의 다산과 땅의 비옥함을 통괄하는 동시에 지옥까지 찾아가서 죽은 연인을 되찾아온 것으로 알려져 있다. 바다를 통괄하는 여신이기도 하며, 타니스 여신조차도 그 화신에 지나지 않는다는 얘기가 있을 정도이다…… 그렇다. 그녀는 바빌론에서는 이슈타르로 불렸고, 나중에 그리스로 진입한 뒤에는 아프로디테라는 이름으로 알려지게 된다…….

"학식이 넓고 깊으신 나리께서 모르실 리가 없다고 생각합니다. 티레를 처음 방문한 사람, 특히 나리처럼 중요하신 분이 여신님의 축복을 얻기 위해 그 신전을 찾아보지 않는다는 어리석은 행동을 하실

리가 없다는 사실을 말입니다. 제관들은 자기들 여신이 그런 모욕을 받았다는 걸 안다면 들고 일어날 게 뻔합니다. 사실 예루살렘에서 온 사절단 일부가 바로 그런 이유에서 물의를 빚은 적이 있죠. 게다가 신전에서 대기하고 있는 여인을 속박과 안타까움으로부터 해방해 주는 것이야말로 선행이라 할 수 있지 않겠습니까?"

품은 짐짓 음흉한 미소를 지으며 윙크를 하고는 팔꿈치로 슬쩍 에버라드의 옆구리를 찔렀다.

"물론 매우 즐거운 일이기도 하지만요."

에버라드는 그제야 기억을 뒤져 보고 한순간 아연실색했다. 이 시대의 셈족 대다수와 마찬가지로 페니키아인들은 모든 자유인 여자들에게 아셰라트 여신의 신전에서 신성한 창녀로서 처녀성을 봉헌할 것을 요구했다. 사내가 여자에게 그런 식으로 은혜를 베풀지 않으면 그 여자는 결코 혼인을 할 수 없다. 이 관습은 성적인 방종에서 비롯된 것이 아니라, 석기시대의 다산(多産) 의식과 그들이 느꼈던 두려움에까지 거슬러 올라가는 것이었다. 물론 이런 관습이 부유한 순례자와 외국인들을 끌어당기는 역할을 하는 것 또한 사실이지만 말이다.

"설마 나리의 동향인들은 그런 일을 금지하고 있는 건 아니겠지요?"

소년이 불안한 표정으로 물었다.

"흐음…… 금지하지는 않아."

품은 에버라드의 팔꿈치를 잡고 그를 이끌었다.

"다행이군요! 이 하인이 나리를 따라가는 것을 허락해 주신다면, 안면을 트면 나중에 상당히 도움이 될 수도 있는 인물을 십중팔구 찾아낼 수 있을 겁니다. 이런 말씀을 드리는 것도 황송하긴 하지만, 저는 이곳 일이 돌아가는 걸 워낙 잘 아는 데다가 눈과 귀를 언제나 열어 두고 있기 때문에 이곳 사정에 훤합니다. 언제든 나리에게 봉사할 준비가 되어 있다는 뜻입니다."

에버라드는 한쪽 입가로 씩 웃고 소년과 함께 성큼성큼 걷기 시작했다. 그러지 말라는 법이 어디 있는가? 까놓고 말하자면 오랫동안 항해를 해온 탓에 매우 호색적인 기분이었다. 또 성스러운 창관(娼館)을 방문하는 것은 이 시대의 이 장소에서는 착취가 아니라 선행이 맞다. 게다가 이번 임무에 도움이 되는 단서를 얻을지도 모르지 않는가…….

하지만 우선 이 안내인을 얼마나 신뢰할 수 있는지를 알아봐야겠군.

"너 자신에 관해 좀 말해 줘, 품. 적어도 흠, 며칠 동안은 함께 지낼 테니까 말야."

큰길로 나온 두 사람은 붐비는 인파와 악취 속을 지나가기 시작했다.

"저 자신에 관해서는 나리께 별로 해 드릴 얘기가 없군요. 가난뱅이의 삶은 짧고 단순하니까 말입니다."

우연찮게 같은 생각을 하던 에버라드는 깜짝 놀랐다. 그러나 품이 하는 얘기에 귀를 기울이자 이런 생각은 틀렸다는 사실을 곧 깨달았다.

아버지가 누군지는 모르지만 아마 티레가 세워지면서 건설 경기가 좋던 시절 여자를 사기 위해 어떤 하급 여인숙을 곧잘 찾던 뱃사람이나 날품팔이였을 것이다. 품은 강아지 새끼나 마찬가지였고, 걸을 수 있을 때부터 구걸 따위로 힘겹게 연명해 온 아이였다. 보나마나 도둑질에도 손을 댔을 것이 뻔하고, 현지의 돈에 해당하는 것을 손에 넣기 위해서는 물불을 가리지 않았을 것이다. 그럼에도 불구하고 그는 상대적으로 별로 중요한 신이 아닌 바알 하몬의 부둣가에 면한 신전에 견습 신관으로 들어갈 수 있었다. (에버라드는 20세기 미국의 슬럼가에 있는 다 무너져 가는 교회를 머리에 떠올렸다.) 그곳의 신관은 상당한 교육을 받은 지식인이었지만, 품이 신전에 들어갔을 무렵에는 온화한 술주정뱅이가 되어 있었다. 이 신관으로부터 품은 마치 다람쥐가 숲에서 도토리를 모아 오듯이 상당한 수준의 어휘와 지식을 흡수했다고 했다. 그러나 그가 죽은 뒤에 새로 취임한 신관은 전임자에 비해 꼬장꼬장한 성격이었고, 주저 없이 이 막돼먹은 견습 신관을 쫓아냈던 것이다. 상황이 그랬음에도 불구하고 품은 계속 인맥을 넓혀 나갔고, 궁정에까지 아는 사람이 생겼다. 궁정의 하인들은 싸구려 오락을 찾아 곧잘 부둣가로 찾아오기 때문이다……. 누군가의 위에 서서 사람을 부리기에는 아직 너무 어리기 때문에, 품은 건수를 찾아다니며 용케 하루하루를 살아가고 있었다. 사실 지금까지 죽지도 않고 살아 있는 것만 해도 결코 무시할 수 없는 행운이라고 할 수 있었다.

그래 품. 에버라드는 생각했다. 나도 이번에는 운이 좀 좋았던 것 같군.


멜카르트의 신전과 아셰라트의 신전은 시내 중간 지구에 위치한 번잡한 광장을 가로질러 서로를 마주 보고 있었다. 멜카르트 신전 쪽이 더 컸지만, 후자도 충분히 인상적이었다. 정교한 기둥머리와 화려한 색채로 장식된 열주(列柱)가 앞면의 포치를 받치고 있었고, 포석이 깔린 안뜰에는 종교적인 세정을 위한 거대한 놋쇠 수반(水盤)이 떡하니 자리 잡고 있었다. 건물은 안뜰 너머로 갈수록 더 높아졌으며, 대리석과 화강암과 벽옥으로 만들어진 외장재가 네모난 건물의 딱딱함을 완화해 주고 있다. 건물 입구의 좌우 기둥은 지붕보다 더 높이 우뚝 솟은 채로 반짝이고 있었다. (티레의 신전 디자인을 베낀 솔로몬의 신전에서 이 두 기둥은 각각 야킨과 보아스라는 이름으로 불리게 된다.) 그 안으로 들어가면 숭배자들을 위한 본당이 있고, 그 너머에는 성소(聖所)가 자리 잡고 있다는 사실을 에버라드는 알고 있었다.

광장을 거닐던 군중의 일부는 안뜰까지 들어와서 삼삼오오 모여 있었다. 남자들인 경우는 밖에 비하면 조용한 곳을 택해서 일 얘기를 하고 있는 것이리라. 그러나 여자들 수가 남자들보다 훨씬 더 많았다. 이들 대다수는 주부였고, 시장을 보러 왔다가 두건을 쓴 머리에 짐을 얹은 채로 한숨 돌리며 수다를 떨고 있었다. 여신의 제관들은 모두 남자였지만, 여기서 여자들은 언제나 환영받는다.

구경꾼들은 품에게 이끌려 신전으로 들어가는 에버라드를 빤히 쳐다보았다. 에버라드는 이들의 시선을 눈치 채고 내심 당혹스러웠다. 신전 내부로 들어가는 문 뒤쪽의 웅달진 곳에서 제관 하나가 탁자를 앞에 두고 앉아 있었다. 무지갯빛 로브와 남근을 본뜬 목걸이를 제외하면 일반인과 별반 다르지 않았다. 잘 다듬은 머리카락과 턱수염에, 기운찬 느낌을 주는 매부리코의 사내다.

품은 제관에게 인사를 보내고 거창한 어조로 말했다.

"신성하신 제관님 안녕하십니까. 저와 제 주인님은 〈혼례의 여신〉님을 알현하러 여기 왔습니다."

제관은 축복의 손짓을 했다. 호기심으로 눈이 번득인다.

"기특한 일이로군. 게다가 외국 분은 행운을 두 배는 더 불러오니 한층 더 반갑네. 낯선 얼굴인데, 어디서 오신 분인지?"

"바다를 건너 북방에서 왔습니다."

에버라드가 대답했다.

"아, 그렇군, 그건 누가 봐도 명백하지만, 북방이라고 해도 정말 광활하고 잘 알려지지 않은 곳이라서. 혹시 그 유명한 〈해인(海人)〉들의 땅에서 오신 분은 아닌가?"

제관은 자신이 앉아 있는 것과 동일한 민걸상을 가리켰다.

"자, 거기 앉아서 잠시 휴식을 취하면 어떻겠나. 지금 포도주를 따라 드릴 테니 좀 들게."

품은 좌절한 표정으로 몇 분 동안 안절부절못하다가, 결국은 부루퉁한 얼굴로 기둥 앞에 쭈그리고 앉았다. 에버라드와 제관은 거의 한 시간 가까이 잡담을 나눴다. 다른 사람들도 어슬렁거리며 다가와서 귀를 기울이거나 대화에 끼어들었다.

하루 종일이라도 그렇게 지낼 수 있었을 것이다. 잡담을 통해 얻는 정보가 만만치 않았기 때문이다. 보나마나 이번 임무와는 직접 관계가 없겠지만 만에 하나 그럴 가능성도 배제할 수는 없다. 또 에버라드는 대화 자체를 즐기고 있었다. 퍼뜩 제정신으로 돌아온 것은 태양 얘기가 나왔기 때문이었다. 저물어 가는 해는 이미 포치 지붕 아래까지 내려와 있었다. 에버라드는 야엘 조라크의 경고를 머리에 떠올리고 헛기침을 했다.

"아, 유감이지만 시간이 많이 흘러서 곧 가 봐야겠군요. 늦기 전에 여신에게 인사를 드리고 가려면—"

품의 얼굴이 금세 밝아졌다. 제관은 웃음을 터뜨렸다.

"알 만하네. 그렇게 오래 배를 타고 항해를 했으니 아셰라트의 불이 몸에서 뜨겁게 타오를 만도 하겠지. 흠, 자발적인 봉헌 액수는 은자 반 셰켈*이네. 물론 부유하고 지체 높은 분들은 그보다 더 많이 내는 게 보통이지만 말야."

에버라드는 상당히 많은 양의 은괴를 건넸다. 제관은 축복의 말을 되풀이하고 그와 품에게 각각 상아로 만든 조그만 원반을 건넸다. 상당히 노골적인 조각이 되어 있었다.

"자, 이제 들어가서 누구에게 선행을 베풀지를 정하고, 그 무릎 위에 이걸 던지면 돼. 아…… 고귀한 에보릭스. 자넨 신성한 구획으로 가서 선택을 해야 한다는 걸 알지? 그럼 그 여자는 내일 그 징표를 가

---

* shekel, 고대 중동의 무게 단위. 1셰켈은 약 15그램.

지고 여기로 돌아와서 축복 기도를 받게 된다네. 혹시 신전 근처에 머물고 있는 게 아니라면, 내 친척인 한노가 <대추야자 상인들의 거리>에서 좋은 가격으로 깨끗한 방을 빌려 주는데……."

품은 거의 뛰어들다시피 안으로 들어갔다. 에버라드는 조금 더 점잖게 보이기를 희망하며 천천히 그 뒤를 따랐다. 방금 얘기를 나눈 사람들이 짐짓 음흉한 표정으로 그의 행운을 빌어 주었다. 이것 또한 의식이자 마법의 일부이다.

안쪽의 방은 워낙 넓은 탓에 기름등잔들이 켜져 있어도 어둑어둑했다. 그러나 사방의 벽을 장식한 정교한 벽화와 금박과 반보석 따위를 알아볼 수는 있었다. 방 반대편에는 금박을 입힌 여신상이 번득이고 있다. 상당히 원시적인 조각상이긴 하지만, 앞으로 내민 양팔에서 자애로운 느낌이 전해오는 것이 신기했다. 에버라드는 몰약과 백단의 향기를 맡았다. 옷이 스치고 나직하게 속삭이는 소리들이 이따금 들려온다.

동공이 어둠에 맞춰 커지면서 여자들의 모습을 알아볼 수 있었다. 백 명쯤 될까. 민걸상에 앉거나 둥근 기둥의 벽가에 옹기종기 모여 있다. 입고 있는 옷은 고운 아마포에서 누덕누덕한 모직물까지 각양각색이었다. 축 늘어져 있는 여자가 있는가 하면 멍하니 허공을 바라보는 여자도 있었다. 규율에 반하지 않는 한도 내에서 최대한 유혹적인 몸짓을 하는 여자들도 있었지만, 대다수는 아쉽고 수줍은 표정으로 어슬렁거리며 지나가는 남자들을 바라보고 있었다. 평일 늦은 시각이라서 방문객의 수는 그리 많지 않았다. 기항한 배의 뱃사람들 서너 명, 살찐 상인, 청년 두어 명이 전부였다. 이들의 행동거지는 상당히 얌전했다. 누가 뭐라든 간에 이곳은 교회인 것이다.

고동이 빨라지는 것이 느껴졌다. 빌어먹을. 그는 짜증스럽게 생각했다. 왜 이러쿵저러쿵 고민하는 거지? 여자는 지금까지도 충분히 경험했잖아.

그러자 우울한 기분이 몰려왔다. 그렇지만 처녀는 두 명밖에 없었어.

그는 벽가를 따라 움직이며 생각에 잠긴 눈으로 주위를 둘러보았지만 여자들의 시선을 피했다. 품이 따라오더니 옷소매를 잡아당겼다.

"고귀하신 나리. 이 하인이 나리가 원하시는 것을 찾아낸 것 같습니다."

소년은 작게 내뱉었다.

"응?"

에버라드는 소년의 손에 이끌려 방 한복판으로 갔다. 이곳에서라면 다른 사람들의 주의를 끌지 않고 작은 목소리로 대화할 수 있다.

"나리도 아시다시피 저 같은 가난뱅이는 지금까지 이 구획으로 발을 들여놓지 못했습니다."

품이 고백했다.

"하지만 예전에 말씀드렸다시피 저는 궁정에까지 닿는 인맥을 가지고 있습니다. 그래서 지난 3년 동안 짬이나 여가가 생길 때마다 이곳으로 와서 줄곧 기다리고, 기다리기만 했던 여자분을 하나 알고 있습니다. 산지에서 목축을 하는 부족 출신인 사라이라고 하는 분입니다. 처음에는 위병대에 있는 삼촌을 통해서 왕궁에서 허드렛일을 하는 하녀로 들어갔지만, 지금은 집사장의 심복으로 가사를 돌보고 있습니다. 그리고 오늘도 여기 와 있군요. 나리는 바로 그런 분하고 끈을 대고 싶어 하시는 것 같으니—"

에버라드는 내심 당혹해하며 소년 뒤를 따라갔다. 벽가에서 멈춰선 그는 놀란 듯 숨을 들이켰다. 품의 인사말에 나직하게 대답한 여자는 땅딸막하고 코가 컸다. 도저히 매력적이라고 하기는 힘든 데다가 노처녀라고 해도 좋을 나이다. 그러나 그를 올려다보는 여자의 눈은 총명하고 대담했다.

"저를 해방시켜 주시겠습니까? 그래 주신다면 남은 일생 동안 나리에게 감사의 기도를 올리겠습니다."

그녀는 나지막하게 말했다.

그는 마음이 바뀌기 전에 그녀의 치마폭 위에 징표를 던졌다.


품이 찾아낸 여성은 오늘 처음으로 신전에 온 미녀였다. 유력 가문의 자제와 혼인을 약조한 사이라고 한다. 누더기를 입은 부랑아가 자기를 지목하자 그녀는 크게 낙담하는 기색이었다. 흠, 그건 그녀 문제이다. 아마 품의 문제일 수도 있겠지만, 그럴 것 같지는 않았다.

한노의 여관에서 그들이 빌린 방은 작았고, 짚요 하나가 바닥에 놓인 것을 제외하면 가구라고 할 만한 것이 거의 없었다. 안뜰에 면한 가느다란 창문을 통해 바깥 불빛이 조금 들어왔지만, 그와 함께 연기나 거리와 주방 냄새, 잡담 소리, 구슬픈 뼈피리 소리까지 함께 흘러들어왔다. 에버라드는 문 대신에 달린 갈대를 이어 만든 커튼을 치고 함께 온 여자를 마주 보았다.

그녀는 마치 자기 옷 안에 웅크리는 듯한 자세로 무릎을 꿇었다.

"나리의 이름이나 고향을 아직 모릅니다. 미천한 제게 그것들을 가르쳐 주시겠습니까?"

낮지만 완전히 침착하지만은 않은 목소리였다.

"아, 물론이지."

에버라드는 위장 신분을 댔다.

"당신은 라실 아인에서 온 사라이라고 했지?"

"거지 소년이 나리를 제게 보냈습니까? 아, 용서해 주십시오, 나리. 무례한 질문을 해서 죄송합니다. 제가 생각이 얕았습니다."

그녀는 고개를 푹 수그렸다.

그는 손을 내밀어 그녀의 스카프를 벗기고 머리카락을 쓰다듬었다. 억세기는 했지만 풍성한 흑발이다. 아마 그녀 몸에서는 가장 매력적인 부분이라고 할 수 있을 것이다.

"아니, 그런 걸로 화를 내지는 않아. 자, 우선 얘기라도 좀 나누는 편이 어떨까? 그러니까——포도주를 한두 잔 마신다든지? 어때?"

그녀는 이런 의외의 제안에 깜짝 놀란 표정으로 훅하고 숨을 들이켰다. 에버라드는 방을 나가서 여관 주인에게 술을 주문했다.

잠시 후 그들은 방바닥에 나란히 앉았다. 에버라드가 그녀의 어깨에 팔을 두를 무렵에는 서로 거리낌 없는 대화를 나누고 있었다. 페니키아인에게 개인 프라이버시의 개념은 거의 없다. 페니키아 여성은 대다수의 다른 문화에 비해 더 존중을 받고 독립적인 편이지만, 남자쪽에서 잘해 주는 것을 싫어할 여자는 없지 않겠는가.

"——아, 아직 결혼 얘기는 없어요, 에보릭스. 제가 도시로 온 건 집이 워낙 가난해서 형제자매를 먹여살리는 일에도 힘이 부쳤기 때문이죠. 우리 부족에서 저더러 아이를 낳아 달라고 하는 사람은 아무도 없는 듯했고. 혹시 누군가 소개해 주실 수는 없을까요?"

그녀의 처녀성을 제공받게 될 에버라드는 그녀와 결혼하는 것을 법으로 금지당하고 있었다. 사실 지금 그녀가 한 질문은 보는 시각에 따라서는 중매를 금지하는 (이를테면 가까운 친구와의) 관습법을 위반했다고도 할 수 있었다.

"궁전에서 어느 정도 자리를 잡았거든요. 겉으로는 드러나지 않을지도 모르지만 실질적으로는 그래요. 궁전에서 일하는 하인이나 납품업자나 예인(藝人)들에게 어느 정도 영향력을 가지고 있어요. 푼푼이 지참금도 모았어요. 큰 액수는 아니지만……. 하지만 일단 이 헌신이 끝난 뒤에는 마침내 여신님이 제게 미소 지을지도 모르겠다고——"

"미안해. 하지만 난 티레에서는 이방인이리서."

그는 동정하듯이 말했다.

에버라드는 그녀의 처지를 이해했다. 아니면 적어도 이해할 수 있다고 생각했다. 사라이는 필사적으로 결혼하고 싶어 하고 있다. 남편을 얻음으로써 나이 든 미혼녀에게 쏟아지는 경멸과 의구심을 거의 감추려고 하지 않는 사람들의 시선에서 벗어나고, 아이를 낳고 싶어 하고 있었던 것이다. 그녀가 속한 민족의 관습에 의하면 자식도 없이 죽어서 무덤에 묻힌다는 것은 죽음보다도 더한 끔찍한 운명이기 때문이다……. 그녀는 결국 참지 못하고 그의 가슴에 얼굴을 묻고 울었다.

해가 지고 있었다. 에버라드는 야엘의 걱정을 일단 접어 두기로 하고 (품이 안달할 것을 생각하니 도리어 웃음이 나왔다) 충분히 시간을 들여 사라이를 한 인간으로 대하기로 했다. 그녀는 한 인간이기 때문이다. 조금 더 어두워질 때까지 기다렸다가 상상력을 발휘해 보기로 하자. 그런 다음 그녀를 집까지 배웅해 줄 작정이었다.


조라크 부부가 크게 동요하고 있었던 것은 해가 지도록 그들의 손님이 돌아오지 않은 탓이 컸다. 에버라드는 자신이 무엇을 하고 있었는지 일일이 설명하지 않았고, 그들도 굳이 캐묻지는 않았다. 따지고 보면 조라크 부부도 현지에 살면서 깜짝 놀랄 만한 일로 점철된 어려운 임무를 수행 중인 타임 패트롤 요원이 아니던가. 그러나 그들은 탐정은 아니었다.

그러나 저녁식사를 망쳐 놓아서 미안하다고 사죄할 필요는 느꼈다. 결코 쉬운 일이 아니기 때문이다. 여기서 하루의 주된 식사를 하는 시간은 오후 중반이고, 저녁에는 가볍게 간식을 먹는 정도다. 등잔빛이 너무 어두워서 밤에 복잡한 요리를 하는 것은 쉽지 않기 때문이다.

그럼에도 불구하고 페니키아인들의 기술적 업적은 감탄할 만했다.

아침식사(역시 간소하다)로 나온 부추와 함께 삶은 렌즈콩 스튜와 건빵을 먹으면서 차임은 티레의 식수 사정에 대해 언급했다. 빗물을 받는 저수조는 도움은 되지만 식수원으로써는 충분하지 않았다. 히람은 우수에서 배로 운반해 오는 식수에 전적으로 의존하는 것을 탐탁지 않게 여겼고, 적이 침공할 경우 본토와 섬을 잇는 다리가 되어 줄 수가 있는 수도교(水道橋)를 바다 위에 건설하는 것도 원하지 않았다. 그래서 그는 시돈인들이 그랬던 것처럼 바다 밑에 있는 샘에서 담수를 끌어내는 공사를 할 준비를 갖추고 있다고 했다.

염색이나 유리 제조 공정에 축적된 지식과 독창성을 이용한 기술도 높은 수준에 달해 있었다. 브리튼 제도까지 도달한 티레의 배가 보기보다 훨씬 더 견고하다는 점도 특기할 만하다.

에버라드는 생각에 잠긴 어조로 말했다.

"우리 시대의 어떤 학자는 페니키아를 <자줏빛 제국>이라고 불렀어. 혹시 메라우 바라간 그자도 그 색깔에 집착하고 있는 건 아닌가 하는 생각이 들 정도로군. W. H. 허드슨*도 우루과이를 <자줏빛 땅>이라고 불렀지 아마?"

그는 허탈하게 웃었다.

"아, 허튼소리를 했군. 소라고둥 껍데기에서 나오는 적자색 염료는 파랑보다는 빨간색이 더 강했지. 또 바라간과 내가 '예전에' 맞붙었을 때 그자는 우루과이보다 훨씬 더 북쪽 지역에서 악행을 저지르고 있었어. 또 이번 사건에 그자가 관여하고 있다는 증거도 아직 없고. 단지 그런 예감이 들 뿐이야."

"거기서 무슨 일이 일어났었는데요?"

---

* William Henry Hudson, 영국의 작가, 박물학자, 조류학자. 『녹색의 장원 *Green Mansions*』(1904) 등의 이국적 소설로 알려져 있다.

야엘이 물었다. 그녀는 정원이 있는 안뜰로 통하는 문간에서 흘러 들어오는 햇살 너머로 에버라드를 흘끗 바라봤다.

"지금은 별로 중요하지 않은 일이야."

"정말 그렇다고 생각합니까?"

차임이 끈질기게 물었다.

"당신의 경험을 들으면 우리 쪽에서도 뭔가 단서가 될 만한 걸 떠올릴지도 모르지 않습니까. 이런 지부에 못박혀 있는 탓에 외부 소식에 굶주렸다는 것도 물론 부정하기는 힘듭니다만."

"특히 당신만큼이나 경이로운 모험을 한 사람의 얘기라면 말할 나위도 없고요."

야엘이 덧붙였다.

에버라드는 쓴웃음을 지었다.

"또 다른 작가가 한 말을 인용하자면, 몇천 마일이나 떨어진 곳에서 누군가가 지독한 경험을 하는 걸 바로 모험이라고 부른다지. 그리고 지금처럼 백척간두에 선 듯한 상황에서는 누구든 최악의 경우를 상상하기 마련이야."

그는 잠시 말을 멈췄다.

"흐음, 여기서 그 얘기를 하지 말라는 법은 없겠군. 배경이 워낙 복잡해서 큰 줄거리만 묘사해야겠지만. 아, 혹시 하인이 이 방에 곧 들어올 예정이 아니라면 파이프를 피우고 싶군. 그리고 몰래 숨겨 둔 그 맛있는 커피 말인데 아직도 남아 있을까?"

……편하게 앉아서 혀 위로 파이프 연기를 굴리며 점점 따뜻해지는 낮의 공기가 밤의 냉기를 몰아내면서 몸이 뜨뜻해지는 것을 느꼈다.

"당시 나는 임무 수행을 위해서 1826년 후반에 남미 콜롬비아 지방으로 갔지. 현지의 애국자들은 시몬 볼리바르\*의 영도 하에 에스파냐 통치자들을 쫓아냈지만, 분쟁의 불씨는 여전히 남아 있었어. 그중 하나는 <해방자> 본인이었지. 볼리비아 헌법을 제정하면서 자기를 초법적 권한을 가진 종신 대통령으로 임명했거든. 그럴 경우 나폴레옹이 되어서 남미의 새로운 공화국들을 모두 굴복시킬 가능성이 있었지. 당시에는 콜롬비아의 일부였고 뉴 그라나다라고 불리던 베네수엘라의 군 총사령관이었던 호세 파에스가 반란을 일으켰어. 그렇다고 해서 파에스가 무슨 애타주의자였다는 건 아냐. 실은 가혹하기 이를 데 없는 개자식이었지.

아, 세세한 점에는 신경 쓰지 않아도 돼. 나도 기억이 잘 나지 않을 때가 있을 정도거든. 개략을 말하자면 베네수엘라 출신인 볼리바르는 리마에서 보고타까지 군대를 이끌고 행군을 했지. 두 달만에 도착했고, 어떤 지형을 가로질렀는지를 감안하면 당시에는 정말 빠른 속도였어. 보고타에 도착하자마자 볼리바르는 계엄령을 선포하고 전권을 접수했고, 파에스군 공략에 착수했지. 그 결과 많은 피를 흘렸어.

한편 역사를 감시하고 있던 타임 패트롤 요원들은 모든 게 코셔**처럼 깔끔하지는 않다는 징후들을 발견했네. (어, 실례했네.) 전기를 보면 볼리바르는 전체적으로 볼 때 사리사욕이 없는 인도주의자라고 나와 있는데, 그런 주장과는 좀 다르게 행동하고 있었던 거야. 알고 보니 어딘가에서 어떤…… 친구를 만나서 그를 신뢰하게 되었더군. 이 사내는 가끔 아주 훌륭한 충고를 해 줬던 거야. 하지만 시간이 흐를수록 그 사내는 볼리바르의 사악한 천재가 되어 가고 있는 것처럼 보였어. 전기 작가들은 한 번도 언급한 적이 없는 사내가 말야…….

나는 현장 조사를 하기 위해 파견된 무임소 요원들 중 한 명이었

---

* Simón José Antonio de la Santísima Trinidad Bolívar Palacios y Blanco, 1783-1830. 베네수엘라의 독립운동가이자 군인. 에스파냐의 식민지였던 콜롬비아, 에콰도르, 파나마, 베네수엘라를 독립시켜 대(大) 콜롬비아로 통합했다.
** kosher, 유대인 율법에 맞는 음식.

지. 내가 뽑힌 건 타임 패트롤의 존재조차도 몰랐던 시절에 그 오지를 돌아다닌 경험이 있기 때문이었어. 그 덕택에 다른 사람들에 비하면 그래도 뭘 해야 할지를 좀 알고 있었지. 라틴 아메리칸으로 위장하는 건 불가능했지만, 양키 용병으로 통용될 수는 있었어. 해방 전쟁에 동감하는 이상주의자인 동시에, 어떤 식으로든 거기서 뭔가 이득을 얻어 보려고 하는 인물로 말야. 충분히 마초적이긴 하지만, 자존심이 강한 현지인들의 반감을 사기 쉬운 미국인 특유의 오만함과는 거리가 멀다는 설정이었지.

모두 얘기하자면 너무 길고, 대부분 따분한 것들에 불과해. 내 말을 믿게나, 친구들. 현지 작전의 99퍼센트는 재미도 없고 별로 관련이 없는 정보를 끈기 있게 수집하는 활동이라네. 그러다가 황급히 출동 준비를 갖추고 기약 없이 기다리는 일도 일상다반사지. 결론을 말하자면, 나는 크나큰 행운에 힘입어서 현지인들 사이로 침투하는 데 성공했고, 여기저기에 끈을 대고 뇌물 따위를 써서 정보원들과 증거를 손에 넣었어. 그 결과 마침내 신원이 확실치 않은 이 블라스코 로페스라는 사내가 미래인이라는 걸 확신하기에 이르렀지.

나는 대원들을 불러 모은 다음 보고타에 있는 그자의 자택을 급습했어. 우리가 생포한 사람들 대부분은 하인으로 고용된 무해한 현지인들이었지만, 그들이 가진 정보는 쓸모가 있었어. 로페스의 정부(情婦)가 실은 그 동료라는 사실이 판명되었거든. 그 여자는 유배 행성으로 보내졌을 때 안락한 환경을 제공받는다는 약속과 교환으로 우리에게 많은 걸 실토했어. 하지만 두령 본인은 포위망을 뚫고 탈출했지.

말을 탄 사내 하나가 보고타 너머에 우뚝 솟은 코르디예라 오리엔탈 산맥으로 갔다는 소식이 들려왔어. 순혈 크리올인*보다 천 배쯤

---

* Creole, 남아메리카로 이주한 스페인인의 자손.

얼굴이 흰 사내가 말야. 우리는 타임 호퍼를 타고 그 뒤를 쫓을 수가 없었어. 한꺼번에 몰려가서 포위망을 좁혔다가는 남의 이목을 끌 위험이 너무나도 컸거든. 그럴 경우 시간선에 어떤 악영향을 끼칠지 알 수가 없잖아? 적들이 암약한 탓에 시간선이 이미 불안정한 상태였으니…….

그래서 나는 내가 탈 말과 바꿔 탈 말 세 필을 손에 넣었고, 육포하고 비타민 정제를 챙긴 다음 직접 추적에 나섰어."


산중턱으로 강풍이 횡횡 불어왔다. 풀과 산재한 관목들이 바람이 싣고 온 냉기 아래에서 몸을 떨었다. 앞을 바라보니 수목은 사라지고 암반이 그대로 노출되어 있는 광경이 눈에 들어왔다. 오른쪽과 왼쪽과 배후에서는 높은 산봉우리가 황량한 파란 하늘을 향해 우뚝 솟아 있었다. 고공에서는 콘도르 한 마리가 크게 선회하며 죽은 먹이를 찾고 있었다. 서쪽으로 넘어가는 태양 아래에서 고지대의 눈밭이 희게 번득인다.

머스켓총의 총성이 울렸다. 이렇게 먼 거리에서는 아주 작은 소리에 불과했지만 반향음은 멀리까지 퍼져 나갔다. 에버라드는 총알이 왱하고 지나가는 소리를 들었다. 빗나가긴 했지만 아슬아슬했다! 그는 안장 위에서 몸을 숙이고 말에 박차를 가해 앞으로 뛰쳐나갔다.

바라간은 설마 이런 거리에서 나를 맞출 수 있다고 생각하는 건 아니겠지. 이런 생각이 떠올랐다. 그럼, 무슨 목적에서 저러는 걸까? 내 추적을 늦추려고? 설령 그런 식으로 조금 앞서 나간다고 해서, 무슨 소용이 있단 말인가? 무슨 꿍꿍이속이 있어서 저러는 걸까?

바라간은 여전히 반 마일 앞서 있었지만, 에버라드는 그가 탄 말이 완전히 녹초가 되어 힘겹게 나아가는 광경을 육안으로 볼 수 있었다.

이 정도로 접근하기까지는 시간이 좀 걸렸다. 허드렛일을 하는 일꾼이나 양치기를 만날 때마다 이러이러한 사내가 말을 타고 지나가지는 않았는지 일일이 물어 봐야 했기 때문이다. 그러나 바라간에게는 말이 한 마리밖에 없었기 때문에 지쳐 쓰러지지 않게 하려면 속도를 조절하는 수밖에 없었다. 일단 바라간이 남긴 흔적을 찾은 뒤에는 황야에 익숙한 에버라드는 쉽게 그 뒤를 쫓을 수 있었다. 추적 속도도 빨라졌다.

바라간이 도망치면서 가져간 무기가 머스켓총밖에 없다는 사실은 이미 알고 있었다. 그는 에버라드의 모습을 본 이래 줄곧 그것을 마구 쏘아 대고 있었다. 장전 속도가 빠른 데다가 조준도 정확했기 때문에 적어도 에버라드의 추적을 늦추는 효과는 있었다고 해야 할 것이다. 하지만 궁극적인 결과에는 아무 영향도 끼치지 못한다는 것을 뻔히 알면서 왜 저런 헛된 일을 하는 것일까? 바라간의 목표는 앞에 보이는 깎아지른 듯한 바위인 듯했다. 높기만 한 것이 아니라 성탑을 연상시키는 모양으로 우뚝 솟아 있었기 때문에 눈에 잘 띈다. 그러나 요새처럼 견고한 방어벽을 제공해 주는 장소는 아니다. 바라간이 그 뒤에 숨는다면 에버라드는 열선총을 써서 바라간 위쪽의 바위를 녹여 버릴 작정이었다.

아마 바라간은 자신을 쫓고 있는 타임 패트롤 요원이 그런 무기를 가지고 있다는 사실을 모르고 있는지도 모른다. 아니, 그건 말도 안 된다. 바라간은 괴물이었지만 바보는 아니었다.

에버라드는 살을 에는 듯한 바람을 막기 위해 챙이 달린 모자를 깊게 눌러썼고, 판초를 단단히 몸에 둘렀다. 열선총에 손을 뻗치지는 않았다. 아직 그럴 때가 아니기 때문이다. 그러나 그는 본능에 이끌리듯이 허리에 찬 부싯돌식 피스톨과 기병도에 왼손을 갖다 댔다. 현지 주민에게 보여 줌으로써 권위를 세우기 위한 의상의 일부라는 면이 더 강했지만, 육중한 무기를 차고 있다는 사실에 왠지 마음이 든든해지는 느낌이었다.

바라간은 고삐를 잡아당겨 말을 세운 다음 에버라드 쪽으로 총을 발사하더니 재장전할 시간도 아깝다는 듯이 대뜸 바위를 향해 곧장 올라가기 시작했다. 에버라드는 총총걸음으로 걷던 말을 재촉해서 조금 더 빠른 속도로 달리며 두 사람 사이의 간격을 더 좁혔다. 그러면서도 경계를 늦추지는 않았다. 긴장한 것은 아니지만 어떤 일이 일어나도 대비할 수 있도록 준비를 하고 있었던 것이다. 필요하다면 급격하게 방향을 틀거나 안장 뒤로 뛰어내릴 생각까지 하고 있었다. 그러나 아무 일도 일어나지 않았기 때문에 그는 차가운 공기를 헤치고 고독한 추적을 계속했다. 혹시 바라간은 총탄이 떨어진 것일까? 조심해, 맨스. 드문드문 자라 있던 고산성 풀들이 사라졌다. 이제는 바위들 사이에 조금 나 있을 뿐이다. 말발굽이 바위와 부딪치는 소리가 울려 퍼진다.

바라간은 바위 부근에서 말을 멈추고 기다리고 있었다. 머스켓총은 안장의 총집 안에 들어 있었고, 안장 앞에 두 손을 올려놓고 있다. 그가 탄 말은 부들부들 몸을 떨며 휘청거렸다. 고개를 푹 수그린 꼴이 완전히 녹초가 되어 버린 상태였다. 거품처럼 뿜어 나온 땀이 몸통과 갈기에 차갑게 말라붙어 있다.

에버라드는 에너지 열선총을 뽑아 들고 따가닥거리는 말발굽 소리와 함께 다가갔다.

3미터쯤 떨어진 곳에서 멈춰 서서 큰 소리로 말했다.

"메라우 바라간, 너는 타임 패트롤에게 체포됐다."

시간어였다.

그러자 바라간은 미소 지었다.

"처음 보는 친구로군. 이름과 소속을 듣는다는 영예를 얻을 수는

있을까?'

나직하지만 잘 울리는 목소리였다.

"아…… 맨스 에버라드, 무임소 대원이야. 100년쯤 미래의 미 합중국에서 태어났지. 하지만 그런 건 중요하지 않아. 자, 나와 함께 가는 거야. 내가 호퍼를 부르는 동안 가만히 있어. 미리 경고하겠는데, 뭔가 수상쩍은 짓을 하려는 기색이 조금이라도 있으면 난 쏠 거야. 피의자의 권리 운운하기에는 넌 너무 위험 인물이니까 말야."

바라간은 천천히 손짓을 해 보였다.

"정말? 자넨 나에 관해서 얼마나 알고 있나, 에버라드 요원? 혹시 이런 폭력적인 태도를 정당화할 수 있을 정도로 알고 있다고 생각하는 건가?"

"흠, 나를 총으로 쏘는 작자가 별로 좋은 인간이 아니라는 것 정도는 알지."

"자네를 이런 고지대에서 돌아다니는 산적이라고 믿고 그랬을 수도 있지 않나? 도대체 내가 어떤 범죄를 저질렀다고 주장하고 싶은 거지?"

에버라드는 비어 있는 손으로 호주머니에 든 조그만 통신기를 꺼내려고 하다가 동작을 멈췄다. 한순간 기묘하게 매료된 표정으로 둘 사이에 부는 강풍 저편의 포로를 응시했다.

운동선수처럼 단련된 몸을 꼿꼿이 세우고 있는 덕택에 메라우 바라간은 실제보다 키가 더 커 보였다. 흐트러진 흑발 아래의 새하얀 피부는 태양이나 거친 기후의 영향을 전혀 받지 않은 것처럼 보였다. 수염도 전혀 없다. 이목구비가 너무 조각처럼 섬세하다는 점을 제외하면 젊은 카이사르의 얼굴이라고 해도 될 정도다. 커다란 두 눈은 초록색이었고, 미소 띤 입술은 앵두처럼 붉었다. 입고 있는 옷은 장화까지 포함해서 은줄이 있는 검은색이었고, 어깨 뒤에서 나부끼는 짧은 망토도 마찬가지였다. 험한 바위산들로 에워싸인 채 서 있는 그 모습을 보고 에버라드는 드라큘라를 떠올렸다.

그러나 바라간의 목소리는 여전히 온화했다.

"자네 동료들이 내 동료들에게서 정보를 끄집어냈다는 건 명백하 군. 자네도 여기저기를 돌아다니면서 내 동료들과 접촉해 본 적이 있 는 것 같고 말야. 따라서 우리 이름뿐만 아니라 태생에 대해서도 어느 정도 알고 있다는 얘기가 되는데 ㅡ"

서른한번째의 천년기. 내게는 구석기 시대보다 더 오랜 세월 동안 지속된 문 명의 중압을 벗어던지려고 했던 <고양주의자(高揚主義者)>들의 시도가 실패로 끝난 뒤에 범법자로 전락한 자들. 그들의 권력이 최고조에 달했을 때는 타임머신 까지 가지고 있었고, 그들의 유전학적 유산은 ㅡ

니체라면 이들을 이해했겠지. 나는 결코 그럴 수 없겠지만.

"ㅡ 여기서 우리의 진짜 목적이 뭔지 알고 있기는 하나?"

"역사적 사건을 바꿀 작정이겠지. 우리가 가까스로 그걸 저지할 수 있었지만 말야. 게다가 패트롤은 앞으로도 힘들고 미묘한 복구 작 업을 잔뜩 해야 해. 도대체 왜 그런 짓을 한 거지? 어떻게 그리…… 이기적일 수가 있어?"

에버라드는 쏘아붙였다.

"이 경우는 '개인주의적'이라는 표현이 더 적절할 것 같군."

바라간이 조롱하듯이 말했다.

"에고ego를 높이 승화시키고, 자유로운 의지를 표현하는……. 하 지만 생각해 보게. 시몬 볼리바르가 스페인계 아메리카에 진정한 제 국을 설립했다면 어떻게 되었을 것 같나? 꽥꽥거리며 서로 다투기만 하는 여러 개의 나라를 남기는 대신 말이야. 그런 제국은 계명적(啓明 的)이고 진보적이었을 거야. 그럴 경우 얼마나 많은 고통과 죽음을 피 할 수 있었을지 생각해 보게."

"헛소리는 작작해 둬!"

에버라드는 분노가 치밀어 오르는 것을 느꼈다.

"너도 잘 알고 있잖아. 그건 불가능해. 볼리바르에겐 그럴 만한 인재도, 통신 수단도, 지원도 없어. 그의 행동에 격분한 적들의 수는 그를 영웅시하는 지지자들의 수만큼이나 많아. 볼리비아를 독립시켰을 때 페루인들이 어떻게 반응했는지 모르나. 볼리바르는 임종하면서 안정된 사회를 이룩하려는 그의 모든 노력이 '바다를 쟁기로 가는 것'이나 마찬가지였다고 절규할 운명이야. 남아메리카 대륙의 평지를 통일하려는 그의 노력 얘기를 하고 있는 거라면, 너는 더 이른 시대에 어딘가 다른 곳으로 갔겠지."

"정말 그렇게 생각하나?"

"그래. 그게 유일한 기회였지. 나도 충분히 연구해 봤어. 1821년에 산 마르틴은 페루의 에스파냐 통치자들과 교섭을 하고 있었고, 페르디난드 왕의 동생인 돈 카를로스 같은 인물을 내세워서 왕정을 설립한다는 아이디어를 머릿속에서 굴려 보고 있었지. 새로운 왕국은 볼리비아와 에콰도르의 영토를 포함했겠고, 나중에는 칠레와 아르헨티나까지 흡수할 수 있었겠지. 그랬다면 볼리바르의 내부 권력권에 비해서 더 유리한 고지를 선점할 수 있었을 테니까. 하지만 왜 내가 너 같은 놈한테 이런 얘기를 해 줘야 하는 거지? 네가 거짓말을 하고 있다는 걸 증명하기 위해서인가? 하여튼 너도 연구를 해 봤을 거 아냐."

"그렇다면 내 진짜 목적은 뭐라고 생각하시는지?"

"그거야 뻔하지 않나. 볼리바르를 선동해서 무리를 하게 만드는 거야. 볼리바르는 이상주의자이고 몽상가인 동시에 전사야. 그런 그가 너무 과도하게 혁명을 진행한다면, 결국 이 지역은 혼란에 빠져 산산조각이 나고, 그런 혼란은 남아메리카 전체로 퍼져 나갈 수가 있어. 그리고 그런 상황이 오면 네놈에게는 권력을 잡을 기회가 오는 거지!"

바라간은 어깨를 으쓱했다. 인간 모습을 한 고양이가 어깨를 으쓱했다면 바로 그런 느낌이었을 것이다.

"적어도 이것만은 인정해 주지 않겠나. 그런 제국은 일종의 사악한 화려함을 가지게 됐을 거라는 사실을 말야."

20피트 상공에서 느닷없이 타임 호퍼가 출현했다. 그것에 올라앉은 기수는 씩 웃으며 손에 든 무기를 들어 올렸다. 메라우 바라간은 자기 말 안장 위에 앉아 시간을 거슬러 온 자기 자신에게 손을 흔들어 보였다.

그 다음에 무슨 일이 일어났는지 에버라드는 뚜렷하게 기억하고 있지 않다. 어떻게였는지 안장에서 지면 위로 뛰어내릴 수는 있었지만 말이다. 에너지빔을 맞은 그의 말이 비명을 질렀다. 연기와 새까맣게 그슬린 고기 냄새가 코에 확 끼쳐 왔다. 숨이 끊어진 말이 쓰러진 순간 에버라드는 그 뒤에서 열선총을 발사했다.

적이 탄 호퍼는 에버라드의 에너지빔을 피해 옆으로 움직였다. 에버라드는 쓰러지는 말에 깔리지 않으려고 뒤로 펄쩍 뛰었지만, 그 와중에도 옆으로 미끄러지듯 움직이는 호퍼를 향해 총을 쏘고 있었다. 바위 뒤로 돌아간 바라간이 안장에서 아래로 뛰어내렸다. 번개처럼 눈부신 열선이 파지직거렸다. 에버라드는 왼손으로 통신기를 끄집어내서 긴급구조 요청 버튼을 눌렀다.

타임 호퍼가 바위 뒤쪽으로 뚝 떨어졌다. 그것이 존재하던 공간으로 공기가 밀려 들어가는 펑 하는 소리가 났다. 코를 찌르는 오존 냄새가 바람에 날려갔다.

타임 패트롤의 호퍼가 출현했지만 이미 너무 늦었다. 메라우 바라간은 이미 과거의 자신을 데리고 시공연속체상의 미시의 지점으로 도주한 뒤였다.

에버라드는 무겁게 고개를 끄덕이고 이야기를 끝맺었다.

"그래. 그자의 꿍꿍이속은 바로 그거였고, 그 음모는 성공했어. 빌어먹을. 눈에 잘 띄는 자연물로 가서 시계(視界)를 보고 정확한 시각을 확인했던 거지. 따라서 그자의 시간선의 미래에 해당하는 시점에서, 나중에 언제 어디로 가서 자기 자신을 구출해야 하는지를 알았던 거야."

조라크 부부는 크나큰 충격을 받은 표정이었다.

"하지만 그런 식의 인과율 루프loop를 만들어 버리다니. 설마 그게 얼마나 위험한 일인지 모르고 있다는 얘깁니까?"

차임은 더듬거리며 말했다.

"알고 있다는 점에는 의심의 여지가 없네. 자신을 아예 존재하지 않았던 존재로 만들어 버릴 가능성까지 포함해서 말야. 하지만 자기가 좌지우지할 수 있는 역사를 만들어 내기 위해서 미래 전체를 없애 버리는 것도 주저하지 않을 인물이라는 걸 잊으면 안 돼. 그자는 아예 두려움이 뭔지도 모르는 궁극적인 무법자야. 고양주의자 귀족들의 유전자에 처음부터 포함되어 있던 특질이지."

에버라드는 한숨을 쉬었다.

"그 특질에는 충성심의 결여도 포함돼. 바라간과 나머지 잔당들은 우리가 생포한 동료들을 구하려는 노력을 전혀 하지 않았어. 그냥 사라져 버렸던 거지. '그 이래'로 우리는 언제 또 그자들이 나타날지 경계하고 있었어. 그리고 이번에 새로 등장한 작자는 아무래도 바라간과 닮은 점이 많아 보이는군. 물론 시간의 고리를 만들어 버리는 위험을 무릅쓰고 이번 사건의 결말이 기록된 나 자신의 보고서를 미리 읽을 수는 없는 일이네. 결말이라고 할 만한 것이 있다면, 혹은 없다면 얘기지만."

야엘이 격려하듯이 그의 손등을 툭툭 쳤다.

"틀림없이 당신이 이길 거예요, 맨스. 남아메리카에서는 그 뒤에 어떤 일이 일어났죠?"

"아, 충고하던 자가 사라지고 그자의 충고가 나빴다는 걸 깨달은 뒤에는 볼리바르도 자연스레 원래 방식으로 되돌아갔지. 파에스와 평화적으로 문제를 해결하고 대사령(大赦令)을 내렸던 거야. 나중에 또 여러 번 분쟁이 일어나기는 했지만 볼리바르는 그것들을 인도적으로 잘 해결함으로써 국민들의 주의를 환기하고, 문화를 흥하게 했네. 그가 죽었을 때는 태어났을 때 물려받은 막대한 부도 많이 줄어 있었지. 공금을 한 푼도 받으려 하지 않았거든. 인류 역사를 통틀어서 몇 안 되는 훌륭한 통치자 중 한 사람이었어.

히람도 바로 그런 인물이라고 알고 있지만, 그의 치세도 마치 그때처럼 위협받고 있네. 어떤 사악한 자가 암약하고 있든 간에 말야."


에버라드가 집 밖으로 나오자 역시나 폼이 기다리고 있었다. 소년은 깡총거리며 에버라드에게 왔다.

"위대하신 나리께서는 오늘 어디로 가고 싶으신지요?"

찬송하는 듯한 말투였다.

"어디로 가시든 간에 하인인 제가 알아서 잘 모시겠습니다. 혹시 호박 도매상인 코노르를 찾아가실 생각이신지?"

"뭐?"

에버라드는 조금 충격을 받은 표정으로 눈을 크게 뜨고 소년을 응시했다.

"아니 내가 왜 그런…… 인물을 만날 거라고 생각했나?"

품의 복종적인 태도도 그 밑에 있는 약삭빠른 표정을 완전히 숨기지는 못했다.

"마고 선장의 배에 타고 계셨을 때, 나리는 그럴 작정이라고 말하시지 않았습니까?"

"도대체 그걸 어떻게 알았지?"

에버라드는 힐문했다.

"아, 물론 그 배의 선원들을 찾아가서 잡담을 나누면서 그들이 무엇을 기억하는지 알아낸 겁니다. 물론 저 같은 미천한 자가 알아서는 안 되는 일들을 캐낼 생각은 추호도 없었습니다. 혹시 제가 잘못을 저지른 거라면 무릎 꿇고 나리의 용서를 구하겠습니다. 저는 단지 나리가 무슨 일을 하실 작정인지를 알아내서 나리의 용무를 최대한 돕고 싶었을 뿐입니다."

말은 이렇게 하면서도 우쭐한 표정을 감추려고는 하지 않았다.

"아, 그랬었군."

에버라드는 콧수염을 잡아당기며 주위를 둘러보았다. 그들의 대화를 엿들을 수 있을 정도로 가까운 곳에 있는 사람은 없었다.

"흠, 그렇다면 그 얘기가 실은 핑계였다는 건 말해도 되겠군. 내 진짜 용무는 그게 아니었어."

보나마나 티레에 도착하자마자 곧장 자카르바알 집으로 와서 묵은 걸 보고 이미 짐작했겠지만 말야. 그는 머릿속에서 이렇게 덧붙였다. 사람들은 어떤 시대에 살든 간에, 장래의 후손들 못지않게 머리 회전이 빠를 수 있다는 사실을 에버라드가 경험한 것은 이번이 처음이 아니었다.

"아, 그랬군요! 정말로 중요한 용무일 것을 믿어 의심치 않습니다. 나리의 이 하인이 조개처럼 입을 딱 다물고 있을 거라는 사실은 믿으셔도 좋습니다."

"내 목적이 전혀 적대적이지 않다는 사실도 명심해야 해. 시돈은 티레와 우호 관계를 맺고 있다는 걸 너도 알지. 두 나라 사이의 협력 사업을 관장하려고 왔다고 해 두지."

"우리 티레와의 무역을 더 늘리기 위해서 말입니까? 아, 그럼 역시 같은 나라 사람인 코노르를 방문하실 생각이시군요?"

"그게 아냐!"

이렇게 말하고 나서야 에버라드는 자신이 고함을 질렀다는 것을 깨닫고 감정을 억눌렀다.

"마고와 네가 같은 나라 사람인 것과는 다르다고. 코노르는 나와 같은 나라에서 온 게 아냐. 우리 민족은 한 나라에 속해 있지 않거든. 코노르를 만나도 서로 무슨 말을 하는지 알아듣지도 못하는 게 고작일 거야."

실제로 그럴 가능성은 높았다. 그렇지 않아도 페니키아에 관한 정보로 머리가 가득 차 있는 마당에, 켈트족 일에까지 신경을 쓸 여유는 없었던 것이다. 전자계산기가 에버라드에게 가르쳐 준 지식은 켈트족에 관해 직접적인 지식이 없는 외부인들을 상대할 경우에만 켈트족을 자처할 수 있을 수준밖에는 되지 않았다.

"오늘 나는 단지 시내를 구경하며 돌아다닐 작정이야. 자카르바알이 왕을 알현할 허가를 얻어내는 동안에 말야. 그래. 이런 일은 너한테 안내를 맡겨도 좋을 것 같군."

에버라드는 미소 지었다.

품은 깔깔 웃으며 손뼉을 쳤다.

"아, 역시 나리는 현명하시군요! 저녁이 지난 뒤에 제가 약속드린 대로 쾌락과 나리가 원하시는 지식을 얻으셨는지 판단해 보시면 될 겁니다. 거기에 만족하신다면…… 그러니까 이 미천한 안내인에게도 약간의 삯을 주십시오."

에버라드는 씩 웃었다.

"그럼 네가 안내하는 데로 가 보기로 할까."

품은 짐짓 수줍은 표정을 지었다.

"그럼 <재봉사 거리>로 우선 가 보시겠습니까? 실은 어제 거기서 제가 입을 새옷을 주문했는데 지금쯤이면 완성됐을 겁니다. 나리가 과분할 정도의 삯을 이미 주셨지만 저 같은 가난한 젊은이에게는 좀 부담이 되긴 했습니다. 좋은 천으로 주문했을 뿐만 아니라 오늘까지 빨리 해 달라고 한 탓입니다. 하지만 이런 넝마를 입고 나리처럼 훌륭하신 분의 안내를 하는 건 적절하지 못하다는 마음이 들어서."

에버라드는 신음소리를 냈지만 실은 별로 개의치 않았다.

"무슨 얘긴지 알았어. 암, 알다마다! 네가 자기 옷을 사는 데 돈을 내도록 내버려두면 내 위신이 깎일 거라고 말하고 싶은 거로군. 좋아, 가자고. 네가 그렇게 입고 싶어 하는 알록달록한 옷을 사러 가도록 하지."


히람은 그가 다스리는 페니키아인들과는 조금 다른 용모를 하고 있었다. 키도 더 크고 피부색도 더 희며 머리카락과 수염은 불그스름했다. 눈동자는 잿빛이고 콧대도 오뚝했다. <해상 민족Sea Peoples>, 즉 고향에서 쫓겨 나와 지중해 연안을 약탈하며 돌아다니던 크레타인과 유럽의 야만족들을 연상케 하는 용모이다. 북유럽 출신자들까지 섞인 이 해적들은 몇 세기 전에 이집트 연안으로 쳐들어가서 노략질을 했고, 나중에는 필리스틴인*들의 주된 조상이 되었다. 그중 소수는 레바논과 시리아에 정착했고, 항해에 관심을 가지기 시작한 사막의 유목민족과 혼혈을 거듭한 결과 현재의 페니키아인이 생

---

* Philistine, 팔레스타인 서남부에 거주하는 민족. 블레셋인.

거났던 것이다. 페니키아의 귀족 계급은 아직도 조상인 침략자들의 민족적 특징을 유지하고 있었다.

훗날 성서가 자랑하게 될 솔로몬의 성전은 지금 히람 왕이 살고 있는 궁전을 규모만 조금 줄여서 고스란히 베낀 건물이다. 그러나 히람 왕 본인은 자줏빛 가두리 장식이 된 흰 리넨 천으로 지은 카프탄에 좋은 가죽으로 만든 슬리퍼라는 간소한 복장을 하고 있었다. 거대한 루비가 박힌 금제 머리띠가 왕임을 보여 주고 있을 뿐이다. 그의 거동 또한 직설적이고 꾸밈이 없었다. 중년에 접어든 나이였지만 실제보다 젊어 보였고, 여전히 활력에 찬 느낌이었다.

"정말이지 뜬구름 잡는 듯한 얘기로군, 에보릭스."

히람이 중얼거렸다.

"그렇습니다만, 그렇다고 폐하께 무엇을 숨기거나 할 생각은 추호도 없습니다."

에버라드는 조심스럽게 말했다. 왕이 한 마디만 하면 당장 위병들이 달려와서 에버라드를 죽일 수도 있다는 사실을 명심해야 한다. 아니, 정말로 그럴 것 같지는 않았다. 손님은 신성하기 때문이다. 그러나 자칫 왕의 심기를 건드리기라도 한다면 이번 임무는 완전히 물 건너가는 꼴이 되므로 주의해야 한다.

"예, 제가 어떤 일들에 관해 모호한 말씀밖에 못 드리는 것은 제가 실제로 아는 일이 적기 때문입니다. 만에 하나라도 제가 틀렸을 경우를 감안하면 누구에게든 터무니없는 누명을 씌우는 일도 피하고 싶습니다."

히람은 손끝을 마주 대고는 미간을 찡그렸다.

"그러나 자네는 여기 왔을 때 티레에 대한 위협을 경고하러 왔다고 말했고, 지금 한 얘기는 그것과는 상반되는 것 아닌가. 자네는 자기가 평범한 전사일 뿐이라고 주장하지만 아무리 봐도 그런 것 같지도 않고."

에버라드는 애써 미소를 지어 보였다.

"총명하신 폐하께서는 글을 모르는 부족민이 반드시 어리석지는 않다는 사실을 잘 알고 계시리라고 생각합니다. 따라서 처음에 진실을 조금 과장했다는 점을 부정하지는 않겠습니다. 그래야 폐하를 알현할 허락을 받을 수 있었으니까요. 티레의 상인들도 장사를 할 때는 흔히 그런 과장을 하고는 합니다. 그렇지 않습니까, 폐하?"

히람은 웃음을 터뜨리며 긴장을 풀었다.

"계속 말해 보게나. 자네가 악당이라면 적어도 흥미로운 악당인 건 확실해 보이니."

타임 패트롤의 심리학자들은 에버라드가 늘어놓을 얘기를 만들어 내는 데 상당히 신경을 썼다. 당장 상대방을 설득할 수는 없었고, 애당초 바람직한 일도 아니었다. 행여나 왕으로 하여금 성급한 행동에 나서게 해서 기존의 역사를 바꾸는 일이 있어서는 안 되기 때문이다. 그러나 충분히 그럴듯한 이야기를 해서 왕이 에버라드의 진짜 목적인 조사에 협력하게 해야 한다.

"그렇다면 말씀드리겠습니다, 폐하. 저의 아버지는 바다 건너 먼 곳에 있는 부족의 족장이었습니다."

오스트리아의 할슈타트 지방에 해당하는 곳이다.

에보릭스는 유사 바이킹족인 〈해상 민족〉 사이에서 약탈을 자행한 여러 지방의 켈트족들이 기원전 1149년에 이집트의 람세스 3세에게 크나큰 패배를 맛보고 각지로 뿔뿔이 흩어졌던 전말을 설명했다. 그들의 후손은 승전한 파라오의 허락을 얻어 가나안 땅에 정착한 친족의 자손들과 미미하게나마 (주로 호박 통상로를 통해서) 접촉을 유지했다. 그러나 과거의 야심을 완전히 잃은 것은 아니었다. 켈트족은 원래부터 긴 민족적 기억을 가지고 있다. 과거에 지중해로 밀고들어

갔을 때의 영광을 되살리자는 주장을 공공연하게 하는 사람들도 많았으며, 야만족들이 파괴된 미케네 문명의 잔해를 밟고 파상적으로 그리스로 유입되고, 아드리아해뿐만 아니라 멀리 아나톨리아 지방으로까지 혼돈이 확산된 뒤에 이 꿈은 한층 더 강해졌다.

에보릭스는 필리스틴인들이 세운 도시국가들의 왕들에게 파견된 사절단 노릇을 겸하는 첩자들에 관해 알고 있었다. 유대인들에 우호적인 티레를 그들은 당연히 탐탁지 않게 여겼고, 페니키아의 부(富)도 큰 유혹이었다. 음모는 몇 세대에 걸쳐 단속적이고 완만하게 진행되어 왔다. 에보릭스는 남방으로 켈트인 모험자들의 군대를 데려오려는 계획이 얼마나 진행되어 있는지를 정확하게 알지는 못했다.

자기도 부족의 사내들을 이끌고 그런 군대에 지원해 볼까 생각했다는 사실을 에보릭스는 히람에게 솔직하게 털어놓았다. 그러나 씨족들 사이에서 일어난 분쟁으로 인해 그의 아버지가 부족장 자리에서 쫓겨나서 살해되는 사태가 일어났다. 에보릭스가 살아서 도망칠 수 있었던 것 자체가 큰 행운이었다. 그는 이들에게 복수하는 것만큼이나 잃어버린 부를 되찾기를 원했기 때문에 여기까지 왔다. 티레가 그에게 감사하게 된다면, 최소한 여기서 부하들을 모집해서 고향으로 돌아가 부족장 자리를 되찾게 될지도 모른다는 희망을 갖고 있었기 때문이다.

"자네 입에서 나온 말을 제외하면 증거가 전혀 없지 않나."

히람은 느린 어조로 말했다.

에버라드는 고개를 끄덕였다.

"폐하께서는 <이집트의 매>인 라만큼이나 영명하십니다. 저는 제 주장이 틀릴 수도 있고, 허영심과 만용에 들뜬 어리석은 자들의 호언장담에 불과하며 실제로 위험이 될 만한 군대는 존재하지 않을 수도 있다고 미리 말씀드리지 않았습니까. 그러나 만에 하나 사실일 경우에 대비하기 위해서라도 이번 일에 관해서 세심한 주의를 기울이시는 편이 나을 거라고 감히 주장하고 싶습니다. 그러기 위해서라면 저는 견마지로를 다하겠습니다. 저는 제 민족과 그 사고방식에 관해서만 잘 아는 게 아니라, 대륙을 방랑하면서 온갖 부족들을 만나 본 경험을 가지고 있습니다. 문명국들도 돌아다녔습니다. 따라서 이번 일을 조사하고 단서를 얻으실 생각이시라면 대다수의 사람들보다 제가 더 적임자입니다."

히람은 턱수염을 잡아당겼다.

"아마 그럴지도 모르겠군. 그런 음모가 존재한다면 소수의 산지족들과 필리스틴의 권력자들만 관여하고 있는 게 아닐 테니까 말일세. 각종 태생의 사내들이 관련되어 있다면——하지만 외국인들은 뜬구름이나 마찬가지로 티레를 왕래하지 않나. 누가 그런 구름을 쫓을 수 있단 말인가?"

에버라드는 심장이 느리게 고동치는 것을 자각했다. 지금이야말로 그가 기다려 오던 순간이다.

"폐하, 저는 지금까지 그 일에 관해 많은 생각을 해 보았고, 신들의 은총에 힘입어 몇 가지 안을 생각해 냈습니다. 제가 생각하기에는 보통 상인이나 선장이나 뱃사람들이 아니라 티레인들이 거의 가지 않거나 아예 가 본 적이 없는 땅에서 온 이방인들을 제일 먼저 조사해 보는 것이 좋을 듯합니다. 무역이나 단순한 호기심에서 비롯된 질문 이외의 특이한 질문을 하는 자들 말입니다. 지금 이 순간에도 그들은 티레에 관해 샅샅이 캐내기 위해서 고위층뿐만 아니라 하층 계급과 몰래 접촉하고 있을지도 모릅니다. 혹시 그런 일에 관해 들어 보신 적이 있으신지요?"

히람은 고개를 가로저었다.

"아니, 그런 얘기는 들어 본 적도 없군. 정말로 그런 일이 있었다면 당연히 보고가 들어왔을 거고, 나도 만나 보고 싶어 했을 테니까. 내 부하들은 내가 얼마나 새로운 지식이나 소식에 굶주려 있는지를 잘 알고 있거든. 내가 지금 여기서 자네를 이렇게 만나고 있는 것처럼 말일세."

그는 껄껄 웃었다.

에버라드는 실망한 내색을 하지 않으려고 노력했다. 쓰디쓴 기분이었다. 공격 시점과 이토록 가까운 시기에 적이 노골적으로 활동할 리가 없다는 걸 미리 예상했어야 했어. 타임 패트롤이 적극 개입하리라는 걸 알고 있었을 테니까 말야. 맞아. 페니키아와 그 취약성에 관해 알아내려는 사전 연구를 할 생각이었다면 지금보다 더 이른 시대로 갔을 거야. 상당히 이른 시대였을 가능성도 있겠군.

그는 운을 뗐다.

"폐하, 정말로 그런 위협이 존재한다면 오랫동안 준비되었던 것이 틀림없습니다. 황송하지만 과거에 어떤 일이 있었는지를 머리에 떠올려 보실 수 있으시겠습니까? 전지(全知)하신 폐하께서는 오래전에 일어났던 일을 뚜렷하게 기억하고 계실지도 모르니까요."

히람은 눈을 깔고 정신을 집중하는 기색이었다. 에버라드는 식은 땀이 배어 나오는 것을 느꼈다. 자꾸 몸을 움직이고 싶은 것을 억지로 참았다. 마침내 왕은 나직하게 말했다.

"흐음, 나의 위대한 부왕(父王) 아비바알의 치세에…… 맞아…… 한동안 어떤 손님들을 맞은 적이 있었는데, 이들에 대해 온갖 소문이 돌았던 적이 있긴 있군. 우리가 잘 모르는 땅에서 온 손님들이었고……. 먼 극동에서 지식을 찾아 여기까지 왔다고 했지……. 나라 이름이 뭐였더라? 시-안이라고 했던가? 음, 하여튼 그와 비슷한 것이었어."

히람은 한숨을 쉬었다.

"기억은 스러지는 법이지. 특히 이름 같은 건 말야."

"그렇다면 직접 만나 보셨단 말씀이신지?"

"아니, 난 그때는 여기 없었어. 내륙 지방이나 외국을 유람하면서 왕위를 이어받을 수업을 받고 있을 때였거든. 그리고 부왕께서는 지금 조상님들의 품으로 가셨지. 당시에 이들을 직접 만나 본 자들도 대부분 그럴 거고."

에버라드는 한숨이 나오려는 것을 억누르고 기분을 바꾸려고 노력했다. 단서조차도 오리무중이다. 단서가 맞는다면 말이다. 하지만 뭘 기대할 수 있단 말인가? 적들이 여봐란 듯이 비석에 실마리 따위를 새겨 놓았을 리가 없지 않은가.

여기서는 그 누구도 일기를 쓰거나 편지를 남겨 두지 않고, 후대의 문명에서처럼 햇수를 세는 사람도 없다. 따라서 아비바알 왕이 기묘한 방문자들을 정확히 언제 만났는지 확정할 방도는 없었다. 그들을 뚜렷하게 기억하는 사람 한두 명을 찾아내는 것도 쉽지 않을 것이다. 히람은 20년 동안 티레를 통치해 왔고, 장수한다는 보장도 없었다.

하지만 시도는 해 봐야 해. 내가 찾아낸 유일무이한 단서니까 말야. 물론 그게 그릇된 단서가 아니라면 말이지만. 그들은 실제로 그 시대에 살던 사람들일 수도 있어. 중국의 주(周) 왕조에서 온 탐험가일 수도 있으니.

그는 헛기침을 했다.

"시내뿐만 아니라 이 왕궁 안에서도 질문을 하고 돌아다녀도 좋다는 허락을 미천한 제게 내려주시지 않겠습니까? 비천한 자들은 폐하의 안전에서는 외경심에 사로잡힌 나머지 제대로 얘기하지 못할 수도 있지만, 저처럼 평범한 자가 질문을 하면 조금 더 자유롭게 대답할 가능성이 있습니다."

히람은 미소 지었다.

"에보릭스, 자네는 평범하다고 자처하는 인물 치고는 말솜씨가 꽤

나 좋군. 하지만——그래, 그래도 좋네. 며칠 동안은 우리 궁전에 손님으로 머물게나. 밖에서 본 그 젊은 하인과 함께 말일세. 다시 얘기를 나누기로 하지. 별다른 음모를 알아내지 못한다고 해도, 자네 얘기를 듣는 것만으로도 즐거우니까 말일세."


저녁이 가까워오자 시종 하나가 에버라드와 품을 이끌고 회랑을 지나 그들이 묵을 방으로 안내했다.

"고귀하신 손님은 폐하가 부르시지 않을 때는 위병 장교들이나 비슷한 계급의 분들과 함께 저녁을 드시게 됩니다."

그는 아첨하는 듯한 어조로 말했다.

"하인은 자유인 계급의 하인들 식당에서 밥을 먹으면 됩니다. 뭔가 원하시는 것이 있으면 집사나 하인에게 말씀만 하시면 됩니다. 관대함이 하늘을 찌르는 폐하께서 그렇게 명하셨습니다."

에버라드는 그 관대함을 남용하지는 않으리라고 마음먹었다. 궁정에서 만난 사람들은 티레의 일반인들에 비하면 계급에 더 민감한 것 같았지만(자유인이 아닌 노예들도 얼마든지 있다는 사실을 감안하면 당연한 일이다) 히람이 검약가가 아니라는 보장도 없었기 때문이다.

그러나 자기 방으로 들어가자 왕이 매우 사려 깊은 주인이라는 사실을 실감했다. 히람은 새로 온 손님들이 궁정 안을 구경한 다음에 가벼운 저녁을 들고 있었을 때 명령을 내린 것임이 틀림없다.

방은 넓었고 가구도 좋은 것들이었다. 등잔 몇 개가 빛을 발하고 있다. 덧문이 달린 창문은 꽃과 석류나무들이 자란 안뜰에 면해 있다. 단단한 목제 문에는 청동제 경첩이 달려 있다. 조그만 내실로 통하는 문이 열려 있고, 그 사이로 짚요과 요강이 있다. 품이 잘 곳이다.

에버라드는 멈춰 섰다. 양탄자와 장막과 의자와 탁자와 참나무 궤

짝과 더블베드 위로 부드러운 등잔빛이 쏟아진다. 그림자가 움직이는가 하더니 일어나서 한쪽 무릎을 꿇는 젊은 여자의 모습이 눈에 들어왔다.

"뭔가 더 필요한 것이 있으십니까?"

시종이 물었다.

"없으시다면 미천한 소인은 이만 물러가겠습니다. 안녕히 주무십시오."

그는 고개를 숙이고 떠났다.

품의 입술 사이에서 쉭 하는 숨소리가 새어나왔다.

"나리, 정말 예쁜 여자로군요!"

에버라드는 얼굴이 뜨거워지는 것을 느꼈다.

"으음. 그럼 잘 자게, 품."

"나리—"

"잘 자라고 했어."

품은 하늘을 우러러보는 시늉을 하고 과장된 태도로 어깨를 으쓱하더니 개집만 한 자기 방으로 터벅터벅 들어갔다. 문이 쾅 닫힌다.

"허리를 펴라고. 거칠게 굴거나 하지는 않으니까 두려워하지 마."

에버라드는 중얼거렸다.

여자는 그가 명한 대로 허리를 펴고 일어섰지만 여전히 가슴 위에서 양팔을 교차시킨 순종적인 자세로 고개를 숙이고 있었다. 이 시대 사람 치고는 키가 컸고, 날씬하면서도 육감적인 몸매를 가지고 있었다. 얇은 가운 너머로 흰 피부가 보인다. 목덜미 위에서 느슨하게 틀어올린 머리카락은 붉은 기가 도는 갈색이었다. 에버라드는 거의 머뭇거리는 듯한 태도로 그녀의 턱 밑에 손가락을 대고 들어올렸다. 여자가 얼굴을 들자 파란 눈과 살짝 끝이 올라간 코와 풍성한 입술이 눈에 들어왔다. 주근깨가 인상적이다.

"넌 누구지?"

그는 소리 내어 말했다. 목이 타는 듯한 느낌이다.

"시녀장이 나리를 모시라고 저를 보냈습니다."

노래 부르는 듯한 외국 악센트가 있었다.

"어떻게 모시면 되겠습니까?"

"아…… 난 네가 누군지를 물었어. 네 이름이 뭐고, 어디서 태어났는지, 그런 거 말야."

"여기서는 플레슈티라고 불립니다, 나리."

"보나마나 네 진짜 이름을 발음하지 못해서 그렇게 부르는 거겠지. 나한테는 말해도 상관없어. 이름이 뭐야?"

여자는 마른 침을 삼켰다. 눈물이 반짝인다.

"예전에는 브론웬이라고 불린 적도 있었습니다."

그녀는 속삭이듯이 말했다.

에버라드는 고개를 끄덕였다. 주위를 둘러보자 탁자 위에 놓인 포도주 단지와 물단지가 눈에 들어왔다. 굽이 달린 큰 컵과 과일이 든 사발도 있다. 그는 그녀의 손을 잡았다. 작고 부드럽다.

"이리로 와. 우선 앉아서 뭘 좀 마시고, 얘기를 좀 해 보자고. 저기 저 잔으로 함께 마시기로 하지."

그녀는 몸을 부르르 떨고 반쯤 손을 빼려는 기색을 보였다. 에버라드는 다시금 비애를 느꼈지만 억지로 웃어 보였다.

"두려워하지 마, 브론웬. 귀여운 너를 다치게 하거나 그럴 생각은 추호도 없어. 단지 서로 친구가 되고 싶을 뿐이야. 아무래도 넌 내 고향 사람인 것 같거든."

그녀는 억지로 울음을 참는 기색이었다. 어깨를 펴더니 깊게 숨을 들이쉰다.

"나, 나리는 정말 신처럼 친절하십니다. 미천한 제가 이 은혜를 어떻게 갚으면 되겠습니까?"

에버라드는 그녀를 탁자로 데려가서 걸상에 앉힌 다음 포도주를 따라 주었다. 얼마 지나지 않아 그녀는 얘기를 시작했다.

사실 평범하기 짝이 없는 얘기였다. 고향의 위치가 정확히 어디쯤 되는지는 잘 모르는 것 같았지만, 에버라드는 그녀가 도나우 강변의 민족적 고향Urheimat에서 남쪽으로 이주한 켈트족의 일파에 속해 있었을 거라고 추정했다. 그녀는 아드리아해가 시작되는 해안에 있는 마을에서 부유한 자작농의 딸로 태어났다. 물론 청동기 시대의 원시 부족의 눈으로 볼 때는 부유하다는 뜻이다.

일일이 나이를 세어 보거나 한 것은 아니기 때문에 확실하지는 않았지만, 약 10년 전에 티레인들이 그녀의 고향에 상륙했을 때는 아마 열세 살쯤 되는 나이였을 것이다. 그들은 단 한 척의 배만을 몰고 새로운 무역 상대를 찾아 과감하게 북쪽 연안을 탐험하고 있었다. 티레인들은 바닷가에서 야영을 하며 손짓발짓으로 현지인들과 의사소통을 했다. 그러다가 다시 여기 돌아올 만한 가치가 없다고 판단한 것이 틀림없다. 왜냐하면 배가 그곳을 떠났을 때 뱃사람들은 신기한 외국인들을 구경하려고 그곳으로 몰려든 몇몇 어린아이들을 납치했기 때문이다. 브론웬도 그 사이에 끼어 있었다.

티레인들은 여자 포로들을 강간하지는 않았고, 남녀를 불문하고 필요 이상으로 학대를 하는 일도 없었다. 건강한 처녀는 노예시장에서 높은 값을 부르기 때문이다. 그 뱃사람들을 사악하다고 성토할 마음도 생기지 않았다. 그들은 고대 세계의 주민들에게는 극히 자연스러운 행동을 했을 뿐이다. 그 뒤로 이어진 여러 시대에도 사정은 별반 달라지지 않았다.

종합해 보면 궁전으로 팔려온 브론웬은 운이 좋은 편이라고 할 수 있었다. 왕이 비공식적으로 몇 번 손을 댄 것은 사실이지만, 왕궁의

하렘에 넣는 대신에 중요한 손님을 접대할 때 수청을 드는 역할을 맡고 있었다. 고의적으로 그녀를 잔인하게 다루는 사내는 거의 없었다. 정말로 괴로운 것은 이방인들 사이에서 사로잡힌 몸으로 지내야 한다는 점이었다.

그리고 그녀가 낳은 아이들 문제가 있었다. 지금까지 살아 오면서 네 명을 낳았고, 그중 둘이 갓난애 때 죽었다고 했다. 이것은 괜찮은 비율이다. 특히 출산이 그녀의 치아나 건강에 별다른 악영향을 끼치지 않았다는 사실을 감안하면 말이다. 남은 두 아이들은 아직도 어렸다. 계집애는 사춘기가 되면 아마 어머니와 마찬가지로 첩이 될 것이다. 창관(娼館)으로 팔려 나가지 않는다면 말이다. (여자 노예들은 종교 의식을 통해 처녀성을 바치거나 하지는 않는다. 장래에 그들이 어떤 운명에 처할지에 관해 누가 신경을 쓰겠는가?) 사내아이는 아마 같은 나이에 거세될 것이다. 궁정에서 자라났기 때문에 하렘의 시종이 되기에 안성맞춤이기 때문이다.

브론웬의 경우는 미모가 사라지면 허드렛일을 하게 될 것이다. 피륙을 짜는 기술 따위를 배운 적이 없으므로 주방에서 허드렛일을 하거나 맷돌을 돌릴 가능성이 높다.

에버라드는 이런 사실들을 브론웬에게서 조금씩 억지로 끄집어내야 했다. 그렇다고 그녀가 신세를 한탄하거나 간원을 한 것은 아니었다. 그냥 자기 팔자로 받아들이고 있는 듯했다. 에버라드는 투키디데스*가 지금으로부터 몇 세기 뒤에 기록하게 될 역사서에서, 참패로 끝난 아테네의 해외 침략에 참가했다가 시칠리아의 광산에서 노예로 일생을 마친 아테네인들에 관해 했던 말을 떠올렸다.

* Thucydides, 기원전 5세기 후반 아테네에서 활동한 고대 그리스의 역사가. 교훈적, 실용적 역사학의 시조로 불린다. 저서에 『펠로폰네소스 전쟁사』, 『역사』 따위가 있다.

'그 사내들은 인간이 할 수 있는 일을 했고, 그 뒤에는 인간이 견뎌야 하는 고통을 견뎠다.'

여자도 마찬가지다. 아니, 특히 여자의 경우에는 더 그렇다고 해야 할 것이다. 에버라드는 마음속 깊숙한 곳에서 자신이 브론웬 못지않은 용기를 가지고 있을까 하는 생각을 떠올렸다. 그럴 것 같지는 않았다.

에버라드는 자신에 관해서 별다른 말을 하지 않았다. 켈트족 하나를 피해 다니다가 다른 켈트족을 떠맡은 꼴이기 때문에, 불필요한 위험은 최대한 피하는 것이 상책이었다.

그러나 그녀는 발그레하게 홍조를 띤 얼굴로 그를 똑바로 바라보며, 포도주를 마신 탓에 조금 풀린 목소리로 말했다.

"아아, 에보릭스……."

그 다음에 뭐라고 했는지는 알아들을 수가 없었다.

"아무래도 우리 고향 말은 당신네 말과는 상당히 다른 것 같아."

그는 말했다.

그러나 그녀는 다시 페니키아어로 말했다.

"에보릭스, 지금 난 당신을 내게 보내 준 아셰라트 여신님의 관대함에 감사했어요. 얼마나 오래 그럴 수 있든 말예요. 정말 멋진 일이에요. 자, 그러니 이제는 내게 와요. 당신이 내게 준 기쁨을 조금이라도 되돌려 줄게요……."

그녀는 일어서서 탁자를 돌아 그에게 왔고, 그의 무릎에 따스하고 유연한 몸을 맡겼다.

에버라드는 이미 자기 양심을 점검해 본 뒤였다. 다른 사람들이 모두 그에게 기대하고 있는 일을 하지 않는다면 왕도 그 사실을 전해 들을 것이 뻔하다. 히람은 불쾌감을 느낄지도 모르고, 혹은 손님에게 무슨 문제가 있는지 의아해할지도 모른다. 브론웬 본인도 당혹스러워하며 상처를 받을지 모른다. 난처한 입장에 빠질 가능성조차 있다. 게다가 그녀는 실로 사랑스러웠고, 에버라드 본인도 많이 굶주린 상태였다. 사라이에게는 미안하지만 말이다.

그는 브론웬을 품 안으로 끌어당겼다.

머리가 좋고, 관찰력이 뛰어나고, 예민한 그녀는 경험을 통해 남자를 어떻게 만족시키면 되는지 잘 알고 있었다. 한 번 이상 사랑을 나누리라는 생각은 하지 않았지만, 어느새 마음이 바뀌었다. 그녀의 열정적인 반응도 가짜처럼 보이지는 않았다. 흐음, 아마 그녀를 만족시키려고 시도한 사내는 에버라드가 처음일지도 모르겠다. 두번째로 사랑을 나눈 뒤에 그녀는 그의 귀에 대고 떠듬떠듬 말했다.

"3년…… 전부터는…… 아이를 가지지 못했어요. 여신님에게 내 아기집을 열어 달라고 간청하고 싶어요. 에보릭스, 에보릭스—"

그렇게 태어나는 아이도 노예가 될 것이라는 사실을 그는 굳이 지적하지 않았다.

그러나 두 사람이 잠에 빠져들기 전에 그녀는 또 다른 얘기를 그에게 속삭였다. 완전히 깨어 있는 상태였다면 무심결에 그러는 일은 없었을 것이다.

"오늘 우리는 한 몸이 되었고, 앞으로도 그렇게 되었으면 좋겠어요. 하지만 우리가 동향인이 아니라는 걸 저도 알고 있어요."

"뭐라고?"

냉기가 등골을 스치고 지나갔다. 그는 벌떡 몸을 일으켰다.

그녀는 그의 품에 바싹 안겼다.

"누워요 내 사랑. 난 절대로, 절대로 당신을 배신하거나 하지는 않아요. 하지만…… 저는 고향에서 자랐을 때를, 사소한 일들을 기억하고, 산에 사는 게일족이 바닷가에 사는 게일족과 그렇게 다를 리는 없다는 걸 알아요…… 쉿. 우리만 아는 비밀이니까 걱정하지 말아요. 브론웬 브라노크의 딸이 왜 자기를 사랑해 준 유일한 사람을 배신할 거

라고 생각하는 거죠? 그러니까 자요, 이름 없는 내 사랑. 내 품에서
잠들어요."


새벽이 되자 하인이 와서 에버라드를 깨웠다. 송구스러운 표정으
로 온갖 미사여구를 늘어놓으면서, 그를 뜨거운 물이 담긴 욕조로 데
려갔다. 비누는 미래에나 발명되지만, 해면과 속돌만으로도 충분히
깨끗하게 씻을 수 있었다. 그런 다음 하인은 향기로운 향유를 써서 그
의 몸을 문지르고 능숙하게 수염을 깎아 주었다. 그런 다음 그는 위병
장교들과 예의 빈약한 아침식사를 하며 활발하게 잡담을 나눴다.

장교 하나가 말했다.

"난 오늘은 비번이야. 나룻배를 타고 우수로 갈 생각은 없나, 에보
릭스? 내가 함께 가서 구경시켜 줄게. 나중에 해가 좀 남아 있으면 탈
걸 빌려서 성벽 밖을 구경할 수도 있어."

당나귀를 탄다는 얘기인지 아니면 그보다는 더 빠르지만 불편한
말이 끄는 전차를 탄다는 얘기인지는 확실하지 않았다. 이 시대에서
말은 거의 짐을 옮기는 하역마로만 쓰이고, 예외가 있다면 전투나 자
기과시용으로 쓰이는 경우다.

"정말 고맙네. 하지만 우선 사라이라는 여자를 만나 봐야 해. 집사
밑에서 일한다고 하던데."

에버라드는 대답했다.

사내들은 의외라는 듯이 눈썹을 추켜올렸다.

사내 하나가 비웃었다.

"아니 그럼, 자네 같은 북방인은 왕의 여자보다 구질구질한 하녀를
더 좋아한단 얘긴가?"

궁전은 정말이지 수다쟁이들 집합소나 마찬가지로군. 에버라드는 생각했

다. 빨리 내 명성을 회복할 필요가 있겠어. 그는 똑바로 고쳐앉고는 식탁 너머로 차가운 눈길을 보내며 으르렁거리듯이 말했다.

"난 왕명을 받고 궁전에 와서 비밀리에 조사를 하고 있어. 남이 이러쿵저러쿵할 성질의 것이 아니지. 무슨 뜻인지 알겠나, 애송이?"

"아, 예! 물론입니다, 고귀하신 분. 아, 잠깐 기다려 주십시오. 당장 가서 그녀가 어디 있는지 아는 사람을 찾아오겠습니다."

사내는 벤치에서 황급히 일어나 밖으로 나갔다.

옆방으로 안내받은 에버라드는 몇 분쯤 혼자서 기다렸다. 그 몇 분 동안 마음속에서 그가 느끼고 있는 절박함에 관해 생각하며 보냈다. 이론적으로는 시간이 얼마든지 있었다. 필요하다면 언제든 과거로 돌아갈 수 있기 때문이다. 과거의 자신 옆에 모습을 드러내는 일이 없도록 조심만 한다면 말이다. 그러나 그것은 최악의 사태가 왔을 때만 사용할 수 있는 위험천만한 비상수단이었다. 완전히 통제를 벗어나 버릴 수도 있는 인과율의 고리를 만들어 낼 위험성은 일단 차치하더라도, 일상적인 사태의 추이에도 악영향을 끼칠 가능성이 너무 컸다. 그럴 경우 작전의 기간이 너무 길어지고 복잡해질 수 있기 때문이다. 그리고 빨리 일을 처리하고 싶어 하는 에버라드 자신의 성격도 작용했다. 사건을 해결함으로써 그를 낳아준 세계의 존재를 다시금 공고히 다지고 싶은 욕구라고나 할까.

땅딸막한 여자가 문간의 장막을 가르고 나타났다. 사라이는 에버라드 앞에서 무릎을 꿇었다. 그녀는 조금 불안정한 목소리로 말했다.

"나리의 숭배자가 나리의 명을 받들려고 왔습니다."

"일어서게. 편하게 있어. 단지 한두 가지 질문을 하고 싶어서 불렀을 뿐이야."

에버라드가 말했다.

속눈썹이 떨렸다. 사라이의 커다란 코끝까지 붉게 물들었다.

"무엇이든 명하기만 하십시오. 너무나도 많은 은혜를 입은 제가 할 수 있는 일이라면 뭐든지 하겠습니다."

에버라드는 이런 그녀의 태도가 순종적이거나 유혹적인 것이 아니라는 사실을 알고 있었다. 사라이는 에버라드가 적극적으로 그녀에게 구애하는 것을 기대하거나 간청하는 것이 아니기 때문이다. 경건한 페니키아 여인은 일단 여신에게 처녀성을 봉헌한 뒤에는 정숙하게 살아간다. 사라이는 단지 그에게 정말로 고마워하고 있을 뿐이었다. 에버라드는 감명을 받았다.

"편하게 있어."

그는 같은 말을 되풀이했다.

"마음을 활짝 열고 기억을 더듬어 보게. 나는 왕의 명을 받고 그의 부왕인 위대한 아비바알의 치세 후반에 그를 방문한 어떤 사내들에 관해 알고 싶어."

그녀의 눈이 커졌다.

"나리, 그때 저는 태어나지도 않았습니다."

"그건 알아. 하지만 나이 든 시종들은 어떨까? 궁정에서 일하는 사람들은 모두 알고 있잖아. 당시에 여기서 일했던 사람들 중에서 아직도 궁정에 남아 있는 사람이 조금은 있지 않나. 그들에게 가서 물어봐 주겠나?"

그녀는 이마와 입술과 가슴에 손을 대며 순종의 몸짓을 했다.

"나리가 원하신다면 그러겠습니다."

에버라드는 얼마 안 되는 정보를 사라이에게 말해 주었다. 그녀는 심란한 표정이었다.

"아무래도──아무래도 별다른 수확이 없을 것 같습니다. 저희들이 얼마나 외국인들에 관심이 많은지는 익히 아시겠죠. 그리고 그토록 기묘한 외국인들이 이곳을 방문한 것이 사실이라면, 하인들은 죽을 때까지 그 얘기만 했을 겁니다. 저희들처럼 궁전의 담장 안에서 일하는 아랫것들은 새로운 소식이나 얘기를 들을 일이 거의 없으니까요. 그래서 재밌는 소문이라도 하나 있으면 계속 지치지도 않고 같은 얘기를 되풀이하곤 합니다. 그런 사내들을 기억하는 사람이 하나라도 있었다면, 진작에 제 귀에 들어왔을 거라고 생각합니다."

그녀는 쓴웃음을 지었다.

에버라드는 머릿속에서 여러 나라 말로 욕설을 내뱉었다. 결국은 직접 20여 년 전의 우수로 가서 여기저기 묻고 다니는 수밖에 없을 것 같군—적들이 내 호퍼를 탐지해서 선수를 친다든지, 나를 죽일 위험을 무릅쓰고 말야.

"흐음. 그래도 물어봐 주지 않겠나? 아무 소득이 없어도 자네 탓을 하지는 않겠네."

그는 굳은 목소리로 말했다.

"제 탓은 아니겠지만, 저도 크게 실망할 겁니다, 나리."

그녀는 다시 한 번 무릎을 꿇고 절하더니 방에서 나갔다.

에버라드도 함께 구경을 가자던 위병 장교를 찾아 밖으로 나왔다. 오늘 본토에서 무슨 단서를 얻기를 기대하지는 않았지만, 그래도 그와 함께 나가서 돌아다니면 조금은 긴장이 풀릴 것이다.


두 사람이 다시 티레가 자리 잡은 섬으로 돌아왔을 때는 해가 지고 있었다. 해상을 뒤덮은 엷은 안개가 빛을 확산시킨 탓에 티레의 높은 성벽은 황금빛으로 어렴풋하게 반짝이고 있었다. 현실이 아닌 듯한 몽상적인 광경이었고, 다음 순간 눈 깜짝할 새에 사라져 버릴지도 모른다는 느낌조차 받았다. 부둣가에 올라서니 주민들 대다수가 귀가한 탓에 인적이 거의 없었다. 동행했던 장교는 작별인사를 하고 가족이 기다리는 집으로 돌아갔다. 에버라드는 어두운 거리를 지나 왕궁으로 갔다. 번잡한 낮에 비하면 거의 유령의 거리처럼 보인다.

왕궁의 현관 옆에 검은 그림자가 하나 서 있었다. 보초들은 신경을 쓰지 않는 듯했다. 에버라드가 다가가자 그들은 일어서서 창을 들어 올리고 수하(誰何)했다. 서서 경비를 한다는 관습은 아직 만들어지지 않았다. 그림자가 서둘러 달려오더니 앞길을 막았다. 무릎을 굽혀 절하는 여자를 보고 사라이라는 사실을 깨달았다.

가슴이 철렁했다. 그가 내뱉듯 물었다.

"뭘 원하나?"

"거의 하루 종일 나리가 돌아오시는 걸 기다리고 있었습니다. 제가 뭘 알아냈는지 듣고 싶어 하실 것 같아서요."

다른 사람에게 낮일을 맡겨 놓고 기다리고 있었던 것이 틀림없다. 거리에 이렇게 서서 기다리려면 정말 더웠을 것이다.

"그렇다면…… 뭔가를 찾아냈단 말인가?"

"아마 그럴지도 모릅니다, 나리. 혹은 아무 쓸모도 없는 정보일지 모르지만. 조금 더 자세했다면 좋았을 텐데."

"멜카르트의 이름에 걸고 부탁하는데, 빨리 얘기해 주게!"

"오직 나리를 위해서 한 얘기입니다. 나리가 제게 부탁하셨으니까요."

사라이는 깊게 숨을 들이켰다. 에버라드의 눈을 똑바로 쳐다봤다. 그녀는 다시 고개를 숙이려 하지도 않고, 뚜렷한 목소리로 사무적으로 말하기 시작했다.

"제가 우려했듯이 나이를 먹은 하인들 중에서 나리가 원하시는 정보를 갖고 있는 사람은 없었습니다. 당시에는 아직 궁전에서 일하고 있지 않았든가, 설령 일하고 있었다고 해도 아비바알 왕을 위해 궁전이 아닌 어딘가 다른 곳에서 일하고 있었던 것 같습니다. 왕가의 농장이라든지 여름 별장 따위에서 말입니다. 한두 명에게서 그나마 가망이 있어 보이는 얘기를 듣기는 했지만, 나리가 이미 제게 말씀하신 사실 이상의 것은 아니었습니다. 저는 그 사실에 절망하다가, 아셰라트 여신의 신전을 찾아가 보면 어떨까 하는 생각을 했습니다. 그토록 오랫동안 기다리기만 했던 저를 통해서 여신에게 봉사하신 나리에게 축복을 내려달라고 기도했던 겁니다. 그러자 여신님이 대답해 주셨습니다. 여신님에게 영광이 있기를. 마구간 보조였던 잔틴-하무라는 사내의 아버지가 예전에는 시종으로 일한 적이 있다는 사실을 깨달았던 겁니다. 그래서 잔틴-하무를 찾아갔더니 아버지인 보밀카르에게 저를 데려갔습니다. 그리고 보밀카르는 나리가 말씀하신 그 이방인들을 기억하고 있었습니다."

"세상에, 이런 기쁜 소식이 있나."

엉겁결에 이런 말이 튀어나왔다.

"나 혼자 힘으로는 절대 자네가 한 일을 하지는 못했을 걸세. 인맥이 없으니까 말야."

"이것이 나리에게 도움이 되었으면 저도 정말로 좋겠습니다. 산지 출신의 추한 여자에게 그렇게 친절하게 해 주시다니. 자, 따라오십시오. 안내해 드리겠습니다."

그녀는 나직하게 말했다.


······효성이 깊은 잔틴-하무는 아내와 아직 어린 자식 둘과 함께 사는 방 한 개짜리 공동 주택에서 나이 든 아버지를 모시고 살았다. 어둑어둑한 방 안을 비추는 것은 달랑 하나밖에 없는 희미한 등잔뿐이었다. 이 방의 유일한 가구인 짚요와 민걸상과 옹기 항아리와 화로가 괴물처럼 길다란 그림자를 떨이뜨리고 있었다. 산틴-하무의 아내는 다른 세입자들과 공동으로 쓰는 부엌에서 음식을 만들어 방으로 가져

왔다. 공기는 텁텁하고 찐득찐득했다. 가족들 모두가 바닥에 웅크리고 앉아 보밀카르를 신문하는 에버라드를 응시하고 있었다.

노인은 턱에 흰 터럭이 조금 남아 있는 것을 제외하면 대머리였고, 이도 모두 빠졌으며, 반쯤 귀머거리였다. 팔다리는 관절염에 걸린 탓에 뒤틀려 말을 듣지 않았고, 두 눈은 백내장으로 인해 뿌연 우윳빛으로 변해 있었다. (실제 나이는 예순 살쯤 되었을 것이다. 20세기 미국의 자연주의자들이 이걸 보면 뭐라고 할까.) 민걸상 위에 구부정하게 앉은 자세로, 두 손으로 힘없이 지팡이 자루를 감싸고 있다. 그러나 정신은 그럭저럭 멀쩡했다. 폐허 속에 갇힌 식물이 햇빛을 향해 줄기를 뻗치는 형국이라고나 할까.

"그래, 그래. 그자들이 내게 와서 우뚝 선 채로 말하는 광경을 마치 어제 일어났던 일처럼 떠올릴 수 있어. 진짜 어제 일어난 일들을 그만큼 잘 기억할 수 있으면 좋을 텐데. 흐음, 그건 전혀 기억할 수 없지만 말야. 요즘은 당최 기억력이 흐려져서…….

모두 일곱 명이었고, 히타이트 연안에서 배를 타고 왔다고 하더군. 친구인 젊은 마틴바알이 호기심을 느끼고 부둣가로 가서 물어보아도 그런 승객들을 태우고 왔다는 선장은 아무도 없었지만 말야. 흐음, 도착하자마자 그대로 필리스틴이나 이집트로 떠난 배였을 가능성도 있지만…… 하여튼 그자들은 자기들을 '시님'이라고 불렀고, 몇천 몇만 리나 떨어진 곳에 있는 <아침놀의 나라>에서 왔다고 했어. 자기들 왕에게 자기들이 본 것을 보고하기 위해서 말야. 상당히 유창하게 페니키아어를 말했지만 내가 전혀 들어 본 적도 없는 사투리가 있었어…… 키들이 크고 체격도 좋았지. 마치 살쾡이처럼 조용하게 움직였고, 흥분하면 그만큼 위험할 것 같았어. 수염은 없더군. 수염을 깎는 게 아니라 얼굴에 아예 수염이 나지 않는 거야. 여자처럼 말야. 하지만 내시나 그런 건 아니었어. 녀석들하고 잔 계집들은 다음 날에는 조심조심 돌아다니더군, 흘흘. 눈 색깔은 엷었고, 살빛은 노랑머리를 한 아카이아인보다도 더 희었어. 하지만 머리카락만은 곧고 칠흑처럼 검었지……. 언제나 마법사 같은 분위기를 풍겼고, 왕 앞에서 섬뜩한 시연(試演)을 해 보였다는 소문도 들었지. 그래도 무슨 해를 끼치거나 한 건 아니었고, 단지 호기심이 많더군. 우수에 관해서 온갖 시시콜콜한 질문을 했고, 티레를 건설하는 계획 따위에도 관심이 많았어. 그자들은 왕의 신임을 얻었고, 뭐든지 원하는 대로 구경하고 캐내도 좋다는 허락을 얻었어. 성소(聖所)나 무역조합 깊숙이 숨겨진 비밀까지 포함해서 말야……. 훗날 나는 그자들이 바로 그런 짓을 했기 때문에 결국 신들의 노여움을 산 게 아닌가 생각하곤 했지."

하느님 맙소사! 에버라드는 벼락을 맞은 듯한 충격을 받았다. 놈들이 내가 찾는 적이라는 건 거의 틀림없어. 맞아, 바라간이 이끄는 <고양주의자>들이야. '시님'이라는 건 중국인을 뜻하는 말이고, 타임 패트롤이 우연히 단서를 포착할 경우에 대비해서 흘린 가짜 정보일까? 아니, 그럴 것 같지는 않군. 그런 가명을 쓴 것은 아비바알과 그의 궁정을 설득하기 위해 미리 짜놓은 얘기에 꿰어 맞추기 위해서일 거야. 변장조차도 하려 하지 않았으니까. 남아메리카에서 그랬던 것처럼 바라간은 패트롤이 아무리 애를 써도 자신의 교묘한 술책을 포착할 리가 없다고 확신했던 거야. 사실 그렇게 될 뻔했지. 사라이가 없었더라면.

그렇다고 해서 내가 놈들 뒤를 바싹 쫓는 데 성공한 건 아직 아니지만 말야.

"그래서 그들은 어떻게 되었습니까?"

에버라드는 힐문했다.

"아, 유감스럽게도 끝이 안 좋았지. 뭔가 나쁜 짓을 해서, 이를테면 지성소(至聖所)를 더럽힌다든지 해서 천벌을 받은 거라면 잘된 거지만 말야."

보밀카르는 허를 치고는 고개를 설레설레 흔들었다.

"몇주 뒤에 왕에게 떠나도 된다는 허락을 얻었어. 항해하기에는 너무 늦은 때였지. 배들 대다수는 이미 겨울에 대비해서 뭍으로 끌어 올려진 상태였지만, 그들은 충고에도 아랑곳않고 거금을 들여서 키프 러스로 가는 배를 찾았어. 대담한 선장 하나가 그 제안을 받아들였지. 나도 부둣가로 가서 그들이 떠나는 광경을 구경했다네. 그랬었지. 춥 고 바람이 센 날이었어. 나는 그들이 탄 배가 빠르게 움직이는 구름 아래에서 점점 작아지다가 마침내 안개 속으로 사라지는 광경을 바라 보았어. 나는 왠지 어떤 예감이 들어서 타니스 여신의 신전에 들러서 등잔의 기름을 봉헌했어. 물론 그자들을 위해서 그런 것이 아니라, 우 리 티레를 떠받치는 뱃사람들을 위해서 그랬던 거야. 불쌍한 친구 들."

에버라드는 비쩍 오그라든 노인의 몸을 잡고 마구 흔들고 싶은 것 을 참았다.

"그 다음엔? 그 다음에 어떤 일이 일어나지는 않았습니까?"

"응, 내 예감이 맞았어. 원래 내 예감은 옛날부터 잘 맞았지. 안 그 러냐, 잔틴-하무야? 언제나 맞았지. 나는 신전의 신관이 되었어야 했 어. 하지만 몇 안 되는 견습 신관 자리를 놓고 언제나 경쟁이 치열했 지……. 아, 그래. 바로 그날 강풍이 몰아닥쳤어. 그 배는 침몰했지. 모두 물에 빠져 죽었어. 나중에 소문으로 듣고 확인했지. 당연히 그 이방인들에게 무슨 일이 일어났는지 궁금했기 때문이야. 이물의 조각 상하고 배의 파편들이 지금 티레가 서 있는 섬의 바위 해변으로 밀려 왔거든."

"아니, 잠깐 기다려 주십시오 노인장. 정말 한 사람도 빠짐없이 물 에 빠져 죽었습니까?"

"아, 꼭 그렇다고 단언할 수는 없을지도 모르겠군. 아마 한두 명은 널빤지 따위를 붙잡고 배의 잔해처럼 해변가로 밀려왔을지도 모르니 까 말야. 어딘가에 상륙해서 고향까지 구사일생으로 살아 돌아왔지만 아무도 몰랐는지도 모르지. 궁정에서 흔해빠진 뱃놈 따위에게 일일이 신경을 쓸 리가 없지 않나? 확실한 건 그 배가 난파했고, 시님도 사라졌다는 거야──만약 돌아왔다면 우리가 그걸 모를 리가 없잖아. 안 그런가?"

에버라드의 두뇌가 빠르게 회전했다. 놈들은 타임머신을 타고 직접 왔을지도 몰라. 시간 여행 기계의 왕래를 탐지할 수 있는 장치를 가진 타임 패트롤 기지는 당시에는 아직 설립되지 않았으니까 말야. (몇만 년이라는 세월의 모든 순간을 모두 감시할 수는 없지. 차선책으로 한 시대의 한 장소에 존재하는 지부에서 필요시에 요원을 파견하는 게 고작이니.) 그러나 시간 범죄자들이 오랫동안 지속될 파란을 일으킬 작정이었다면 현지의 교통 수단을 써서 육로나 해로로 떠나야 했어. 하지만 떠나기 전에 날씨가 어떻게 될지는 확인했을 텐데. 이 시대의 배들은 실질적으로 겨울에는 아예 항해를 하지 않아. 그러기에는 구조적으로 너무 취약하니까.

아니, 알고 보면 결국은 잘못된 단서가 아닐까? 보밀카르의 기억은 본인이 주장하는 것만큼 뚜렷한 것이 아닐지도 모르잖아. 그가 봤다는 방문자들도 실은 역사에서 우연히 나타났다가 금세 사라져 버린 소규모 문명에서 온 것인지도 몰라. 이따금 후세의 역사학자나 고고학자의 눈에 미치지 않았다가, 과거로 간 과학자들에 의해 우연히 발견될 때가 있는 문명이었을 가능성도 있어. 이를테면 아나톨리아 산맥 어딘가에서 히타이트 문명의 감화를 받고 발전한 도시국가 하나가 보낸 탐험대였을 수도 있어. 그 귀족들은 거듭된 근친혼 때문에 특이한 용모를 가지게 되었고──

물론 그 난파는 추적을 완전히 따돌리기 위한 최종 수단이었을 수도 있지. 그래서 적들은 중국인으로 변장할 생각조차도 안 했던 거야.

티레가 폭발하기 전에 어떻게 그걸 알아낼 수 있을까?

"그건 언제 일어난 일입니까, 보밀카르?"

에버라드는 최대한 온화한 어조로 물었다.

"아, 아까 말했잖나. 아비바알 왕의 치세였어. 나는 우수에 있는 궁전의 시종 밑에서 일하고 있었지."

에버라드는 주위를 에워싼 가족들의 존재를, 귀찮을 정도로 빤히 그를 응시하는 눈들을 예민하게 느꼈다. 무의식중에 숨을 들이켰다. 등잔불이 펄럭였고 그림자도 더 어두워지고 있었다. 기온이 빠르게 내려가고 있다.

"조금 더 자세히 얘기해 주실 수 있습니까? 정확히 아비바알의 치세 몇 년이었는지 기억할 수는 없습니까?"

그는 끈질기게 말했다.

"글쎄. 아니, 그것 말고는 달리 특별한 일도 없었어. 어디 보자……. 그건 리브-아디 선장이 보물을 잔뜩 싣고 돌아온 지 2, 3년 뒤의 일이었던 것 같은데. 그 보물을 어디서 찾아냈다고 했더라? 타시스 너머 어딘가라고 했었지……. 아냐, 그 뒤에 일어났다고 했던가? ……그 일이 있은 지 조금 뒤에 내 첫번째 아내가 아이를 낳다가 죽은 걸 기억해. 하지만 난 몇 년 뒤에야 두번째 아내를 얻을 수 있었고, 그 때까지는 갈보집에 다녀야 했었지. 흘흘……."

이러다가 갑자기 보밀카르의 기분이 변했다. 고령자 특유의 변덕스러움 탓인 듯했다.

"그리고 두번째 아내, 나의 바트바알도 열병에 걸려 죽었어……. 완전히 미쳐서, 내 얼굴조차도 알아보지 못했지……. 부탁이야. 부탁이니 더 이상 나를 괴롭히지 말아 줘. 내가 평안과 어둠 속에 있도록 내버려 둔다면 신들도 자네를 축복해 줄 거야."

더 이상 물어봐도 얻을 게 없겠군. 그런데 나는 뭘 얻은 것일까? 아무것도 못 얻었을 수도 있겠군.

그곳을 뜨기 전에 에버라드는 잔틴-하무에게 사례 삼아 동괴를 건넸다. 그의 가족의 생계에 도움이 될 것이다. 에버라드의 시대에 비해서 고대 쪽이 조금 더 나은 점이 있다면 바로 이것이다. 이곳에서는 증여세나 소득세를 낼 필요가 없다.


일몰 후 두 시간쯤 뒤에 에버라드는 궁전으로 돌아왔다. 현지인의 기준으로는 늦은 시각이었다. 보초들은 골풀 양초를 들어 올린 다음 눈을 가늘게 뜨고 그의 얼굴을 본 후 장교를 불렀다. 에보릭스임을 확인하자 그들은 사죄의 말과 함께 안으로 들여보내 주었다. 에버라드는 조금 무안한 표정으로 짐짓 엉큼한 웃음을 지어 보였다. 수고비로 입을 막는 것보다는 이쪽이 더 효과가 있다.

그러나 실제로는 전혀 웃고 싶은 기분이 아니었다. 그는 굳게 입을 다물고 등잔을 든 하인을 따라 자기 방으로 갔다.

브론웬은 잠들어 있었다. 등잔불 하나는 아직도 타오르고 있었다. 에버라드는 옷을 벗고 깜박거리는 어둠 속에서 2, 3분 동안 그녀를 내려다보았다. 풀어헤친 머리가 베개 위에서 반짝인다. 담요 밖으로 나온 한쪽 팔은 젊은 젖가슴을 완전히 가리진 못했다. 그러나 에버라드가 바라본 것은 그녀의 얼굴이었다. 순진무구함. 지금까지 온갖 신고를 겪었음에도 불구하고 여전히 상처 입기 쉬운 어린애 같은 인상이다.

혹시…… 아냐. 이미 우리는 서로를 조금 사랑하고 있는지도 몰라. 하지만 이걸 지속시킬 방법은 없어. 설령 앞으로 함께 산다고 해도, 두 육체로서만 그럴 수 있을 뿐이야. 우리들 사이를 갈라놓은 시대의 차이가 너무 크니까.

이 여자는 앞으로 어떻게 될까?

그는 잠을 잘 생각으로 침대로 들어가려고 했다. 그녀가 깼다. 노예들은 얕은 잠을 자는 데 익숙하다. 그녀의 얼굴이 기쁨으로 활짝 빛났다.

"나리! 다시 뵙게 되어서 기뻐요. 정말로 기뻐요!"

그들은 서로를 꼭 껴안고 누웠다. 역시 그녀와 얘기를 나누고 싶은 욕구를 느꼈다.

"오늘은 어떻게 지냈어?"

그는 턱에 닿은 그녀 귀의 따뜻한 감촉을 느끼며 속삭였다.

"예? 아…… 나리……."

그가 이런 질문을 했다는 사실에 깜짝 놀란 눈치였다.

"아, 아주 잘 지냈어요. 틀림없이 나리의 멋진 마법이 남아 있던 덕택일 거예요. 나리 하인인 품마이람하고 한참 잡담을 나눴죠."

그녀는 킥킥 웃었다.

"정말 재미있는 부랑아더군요. 조금 아슬아슬하다 싶은 질문까지 했지만, 걱정하시지 않아도 돼요. 그런 질문에는 대답을 못하겠다고 하니까 금세 물러나더군요. 그 다음에는 나리가 돌아오시면 불러 달라고 말하고 탁아실로 가서 아이들과 함께 오후를 보냈어요. 정말 귀여운 아이들이죠."

한번 가서 만나 보면 어떻겠느냐는 얘기는 물론 하지 않았다.

문득 생각나는 것이 있었다.

"흠, 그 사이에 품은 뭘 했는데?"

그 다람쥐 같은 녀석이 하루 종일 무위도식할 리가 없지.

"모르겠어요. 아, 복도를 바삐 가는 걸 두 번 보기는 했지만, 나리의 명을 받드는 거라고 생각했었는데—나리?"

에버라드가 침대에서 벌떡 일어나는 것을 보고 그녀는 놀란 표정으로 몸을 일으켰다. 에버라드는 작은 방으로 통하는 문을 벌컥 열었다. 비어 있다. 도대체 품 그 녀석은 어디로 간 것일까?

아마 그리 걱정할 필요는 없을지도 모른다. 그러나 어딘가에서 하인이 사고를 치면 주인인 에버라드가 곤란해질 수도 있다.

맨발로 차가운 방바닥 위에 서서 깊은 생각에 잠겨 있던 그는 그녀의 팔이 어느새 그의 허리를 감싸고 어깨에 뺨을 부비고 있다는 사실을 뒤늦게 깨달았다. 그녀는 어르는 듯한 어조로 말했다.

"혹시 마음이 뒤숭숭하신가요? 그렇다면 이 하녀가 고향의 자장가를 불러드리겠습니다. 그게 아니라면——"

그래, 걱정은 나중에 하면 그만이야. 에버라드는 다른 곳으로, 그리고 자신에게로 주의를 돌렸다.


아침이 되어 잠에서 깨었을 때도 여전히 소년의 모습은 보이지 않았다. 은밀히 물어보니 어제는 궁전에서 일하는 이런저런 사람들과 몇 시간이나 잡담을 나누는 걸 봤다는 대답이 돌아왔다. 호기심이 많고 재밌는 녀석이라는 것이 대다수 사람들의 반응이었다. 나중에는 궁전 밖으로 나갔고, 그 뒤에 그의 모습을 본 사람은 없다고 했다.

아마 좀이 쑤셔서 내게 받은 보수를 가지고 술집이나 갈보집으로 갔을 거야. 유감이로군. 좀 개구쟁이이긴 하지만 기본적으로는 신뢰할 수 있는 녀석이어서 앞으로 더 나은 삶을 살 수 있도록 어떤 식으로든 도와줄 참이었는데 말야.

그건 됐어. 내겐 중요한 패트롤의 임무가 있어.

에버라드는 적당한 구실을 대고 혼자서 거리로 나왔다. 하인이 열어 주는 문을 지나 자카르바알 부부의 집으로 들어가자 야엘 조라크가 나왔다. 페니키아인의 옷과 머리모양이 잘 어울렸지만, 그런 것을 감상하고 있을 마음의 여유가 없었다. 그녀의 얼굴도 스트레스를 받은 기색이 역력했다.

"이쪽으로."

평소의 그녀답지 않게 짤막하게 말하고는 내실 쪽으로 그를 안내했다.

그녀의 남편은 울퉁불퉁한 얼굴에 덥수룩하게 수염을 기른 사내와 함께 앉아 뭔가 의논을 하고 있었다. 사내의 옷은 현지인의 남자옷과는 여러 면에서 차이가 있었다.

"오, 맨스. 정말 반갑습니다. 혹시 사람을 보내야 하는 게 아닌가 생각하던 참이었거든요."

차임이 외쳤다. 그는 시간어로 말을 바꿔 초면인 두 사람을 서로에게 소개했다.

"이분은 무임소 대원인 맨스 에버라드입니다. 여기 이분은 예루살렘 기지 사령관인 엡실론 코르텐입니다."

사내는 미래의 군인식으로 일어서더니 경례를 부쳤다.

"만나 뵙게 되어 영광입니다."

이렇게 말하기는 했지만 코르텐의 계급은 에버라드보다 그리 낮지 않다. 그는 히브리 민족이 거주하는 모든 땅에서 다윗이 태어났을 때부터 유대 왕국이 멸망할 때까지의 시간 여행 관리를 총괄하는 책임자였다. 세속적인 역사에서는 티레가 더 중요할지도 모르지만, 티레를 방문하는 시간 여행자는 예루살렘이나 그 근방으로 몰려드는 미래의 여행자 수의 10분의 1에도 미치지 못하는 것이 현실이었다. 지위만으로도 코르텐이 활동적이면서도 뛰어난 학자임을 금세 알 수 있었다.

"하나이에게 다과를 가져오게 할게요. 그런 다음 하인들에게는 모두 내실로 들어오지도 말고 누구를 들이지도 말라고 명해 놓겠습니다."

야엘이 말했다.

에버라드와 코르텐은 다과를 나누는 몇 분 동안 대화를 나누며 서로에 관한 정보를 교환했다. 코르텐은 29세기에 화성의 뉴 에돔*에서

---

* Edom, 팔레스타인 근처에 있던 사해 남방의 고대 왕국.

태어났다. 코르텐 본인이 딱히 자랑하지 않아도, 초기 셈족 문헌을 컴퓨터로 분석하는 성과를 올리고, 2차 소행성대 전쟁에 우주선을 타고 참전했다는 이력이 타임 패트롤 모집 담당자들의 주의를 끌었다는 사실을 추정하기란 어렵지 않았다. 일단 의중을 떠보고 테스트를 통해서 코르텐이 신뢰할 만한 인물이라는 결론을 내린 타임 패트롤은 조직의 존재를 알리고 그를 받아들인 다음 훈련했다──모두 통상적이고 평범한 절차이다. 평범하지 않은 것은 코르텐의 뛰어난 능력이었다. 여러 면에서 코르텐의 임무는 에버라드보다 더 힘든 것이었다.

"제 지부가 이곳의 상황을 특히 더 심각하게 받아들이는 이유는 이해하시리라 생각합니다."

네 사람이 한 자리에 앉은 뒤에 코르텐이 말했다.

"티레가 파괴당할 경우 유럽에 그 여파가 닥치는 것은 몇십 년이나 뒤의 일이겠고, 다른 지역, 이를테면 아메리카 대륙이나 오스트랄라시아*가 영향을 받으려면 몇 세기는 더 지나야겠지만, 솔로몬의 왕국에게는 즉각적인 대재앙이 될 겁니다. 히람의 원조를 받지 못하고 거기서 비롯된 신망도 얻지 못할 경우 솔로몬은 여러 지족들을 그리 오래 잡아 놓지 못할 겁니다. 게다가 티레라는 든든한 동맹자가 사라지면 필리스틴인들은 시간을 들여 복수를 꾀하거나 하지도 않을 겁니다. 유대주의, 즉 야훼적 일신교는 새롭고 취약한데다가 아직도 반쯤은 이교적입니다. 제가 외삽한 결과에 의하면 이것들 또한 살아남지 못하리라는 결과가 나왔습니다. 그 결과 야훼는 조잡하고 변덕스러운 만신전(萬神殿)의 일원에 불과한 존재로 실추할 겁니다."

"그리고 그 결과 고전 문명의 많은 부분도 사라지게 되겠지."

에버라드가 덧붙였다.

---

* 오스트레일리아, 뉴질랜드와 그 부근의 남양 제도.

"예루살렘은 알렉산더의 그리스와 로마에게 물리적일 뿐만 아니라 철학 면에서도 많은 영향을 끼쳤으니까 말야. 크리스트교가 생겨나지 않을 것도 명백하고, 서구 문명이나 비잔틴 제국, 혹은 그 후계자들도 생겨나지 않을 거야. 그 대신 뭐가 나타날지는 전혀 상상도 되지 않는군."

이러면서 그는 그런 식으로 변화했다가 그의 노력으로 다시 사라진 한 세계에 대한 기억을 떠올렸다. 그 경험은 일생 동안 사라지지 않을 흉터를 그의 마음에 남겼다.

"예, 물론입니다."

코르텐은 조급한 어조로 말했다.

"문제는 타임 패트롤의 인적 자원이 한정되어 있다는 점입니다. 이곳 만큼이나 중요한 연결점들이 잔뜩 널린 시공연속체를 지독하게 적은 인원으로 지키고 있다는 점을 감안하면, 티레를 구하기 위해 모든 노력을 쏟아붓는 것은 바람직하지 않다는 것이 제 입장입니다. 만약 그런 식으로 티레를 구하려다가 실패한다면 우리는 모든 것을 잃게 됩니다. 그럴 경우 우리가 원래 세계를 다시 복구시킬 수 있는 가능성은 무에 가깝습니다. 차라리 예루살렘에 강력한 대책을, 인원이나 조직이나 계획 따위를 마련해 두고 티레의 파멸이 그곳에 미칠 영향을 최소화하는 쪽이 옳다고 생각합니다. 솔로몬의 왕국에 끼치는 악영향이 덜하면 덜할수록 변화의 소용돌이 강도도 줄어듭니다. 그런다면 티레의 멸망을 완전히 덮어버릴 수 있는 가능성도 커집니다."

"그럼 티레를 아예 포기하자는 말씀이신가요?"

야엘은 절망적인 어조로 물었다.

"아니, 물론 그런 뜻은 아니네. 하지만 티레를 잃을 경우에 대비해서 무엇이든 보험을 걸어 두고 싶어."

"그런 행위 자체가 역사를 마음대로 주무르는 것과 마찬가지가 아닙니까."

차임이 떨리는 목소리로 말했다.

"알아. 하지만 극단적인 상황에 대처하려면 극단적인 대책이 필요한 법이야. 우선 자네들과 그걸 의논하려고 여기 왔지만, 나는 최고 상층부에 이 의견을 개진할 작정이네."

코르텐은 에버라드를 돌아보았다.

"이미 빈약한 협조밖에는 못 받고 있는 지금 같은 상황을 더 악화시키게 되어서 유감입니다. 하지만 반드시 그래야 한다는 것이 제 판단입니다."

"빈약한 정도가 아냐. 아예 말라죽기 직전이라는 편이 더 정확해."

미국인은 불만스럽게 말했다. 그런 식의 사전 준비에 인원을 할애해야 한다면, 여기서 작전에 나설 수 있는 패트롤 요원은 나밖에 없다는 얘기가 되잖아?

그렇다면 데이넬리아인들은 내가 성공하리라는 사실을 알고 있다는 뜻일까? 혹은 코르텐의 의견에 찬동하기라도 했다는 뜻일까. 티레에게는 '이미' 가망이 없다는? 만약 내가 실패한다면──죽기라도 한다면──

그는 허리를 펴고 가죽 쌈지에서 파이프와 담배를 꺼내며 말했다.

"신사 숙녀 여러분, 이런 식으로 회의를 계속하다가는 급기야는 소리를 지르며 말다툼을 하게 될지도 모르겠군. 그러니까 합리적인 사람들답게 얘기를 나누면 어떻겠나. 그러기 위해서는 우선 우리가 알고 있는 확실한 사실들을 취합해서 면밀히 검토해 봐야 해. 내가 알아낸 사실들이 그리 많다고 할 수는 없지만 말야."

토론은 몇 시간이나 계속되었다.

오후가 되자 야엘이 식사를 하며 좀 쉬면 어떻겠느냐고 제안했다.

"고마워. 하지만 나는 왕궁으로 돌아가는 편이 나을 깃 같아. 그러지 않는다면 히람은 내가 공짜로 숙식하면서 게으름을 피우고 있다고 생각할지도 모르니까 말야. 내일 또 와서 얘기하기로 하지. 괜찮겠지?"

에버라드가 대답했다.

사실을 말하자면 이 시간에 나오는 구운 양고기 따위의 든든한 식사에 부담을 느꼈기 때문이었다. 어딘가의 노점에서 빵조각과 산양 치즈 한 넝어리를 사 먹으면서 이 새로운 문제를 어떻게 해결할지 좀 생각해 보는 편이 낫다. (역시 테크놀로지 덕이라고나 할까. 타임 패트롤의 의사들이 그의 몸에 이식한 유전자 조작 미생물이 없었더라면 완전히 익히지 않은 현지의 음식에는 아예 손을 댈 엄두도 내지 못했을 것이다. 인류 역사를 통틀어서 유행하다가 사라진 온갖 종류의 질병에 대해서도 면역계가 푹 잠길 정도로 예방 조치를 받았다.)

그는 20세기식으로 동료들과 악수를 나눴다. 코르텐의 생각은 틀렸을지도 모르지만, 틀리지 않았을지도 모른다. 어쨌든 그는 기분이 좋아질 정도로 유능했고, 선의에 차 있었다. 깊은 생각에 잠겨 지글지글 끓는 듯한 태양 아래의 거리로 나갔다.

품이 기다리고 있었다. 예전보다 한층 더 열광적인 태도로 벌떡 일어난다. 아직 어린 얼굴에 기묘하게 심각한 표정을 띠고 있다.

"나리, 어디 사람이 없는 곳에서 얘기를 나눌 수 있을까요?"

그는 속삭이듯이 말했다.

그들은 텅 빈 술집을 찾아갔다. 손님은 그들뿐이었다. 말이 술집이지 실제로는 담벼락에 햇살을 막는 차양을 치고 쿠션 몇 개를 놓은 작은 공간에 불과했다. 손님들이 책상다리를 하고 앉아 기다리자 주인은 자기 집에서 토기잔에 든 포도주를 가지고 나왔다. 에버라드는 건성으로 흥정을 하는 둥 마는 둥 하다가 구슬로 술값을 지불했다. 술집이 자리 잡은 거리를 지나다니는 시끄러운 통행인들의 수는 많았지만 이 시간에는 다들 서둘러 움직인다. 좀 여유가 있는 손님들은 시원한

응달에서 쉴 수 있는 늦은 오후나 되어야 술집에 들를 것이다.

에버라드는 묽고 신 포도주를 홀짝이며 미간을 찡그렸다. 진짜 포도주란 어떤 것인지를 이해하는 사람들은 17세기나 되어야 나온다는 것이 에버라드의 의견이었다. 맥주는 그보다 더 나빴다. 아니, 이런 일은 중요하지 않다.

"자, 얘기해 봐, 품. 나리는 우주의 광휘라는 둥, 내 몸에 나리의 신발창을 문질러 닦아 달라는 둥 하면서 시간을 낭비할 필요는 없어. 뭘 하고 다녔나?"

품은 마른 침을 삼키고 몸을 부르르 떨더니 상체를 내밀었다.

"오, 주인님."

이렇게 운을 떼려다가 무의식중에 새된 소리가 나왔다.

"이 하인은 주제넘은 짓을 많이 하고 다녔습니다. 제가 잘못을 저질렀다고 생각하신다면 꾸짖으시든지 때리시든지, 채찍으로 때리셔도 좋습니다. 하지만 제가 한 일은 모두 나리를 위해서라는 점만은 이해해 주십시오. 미천한 저의 모든 능력이 닿는 한도 내에서 나리에게 봉사하고 싶다는 것이 저의 유일한 희망입니다."

그러더니 씩 웃었다.

"워낙 인심도 후하시고 말입니다!"

품은 다시 엄숙한 표정으로 돌아왔다.

"나리는 강한 분이시고, 크나큰 권력을 가지신 분입니다. 그런 나리를 섬기면 제 운도 크게 좋아질 거라는 점에는 의심의 여지가 없습니다. 그러나 그러기 전에 우선 제 가치를 증명해야 합니다. 어떤 멍청이도 나리의 짐을 들거나 쾌락의 집으로 안내할 수는 있으니까요. 그렇다면 이 품마이람이 나리의 종복이 되기 위해서 그런 단순한 일들 말고 할 수 있는 일이 무엇일까 곰곰이 생각해 보았습니다. 나리가 무엇을 원하시는지, 나리는 무엇을 필요로 하시는지 말입니다.

저는 나리가 조야하고 단순한 부족민으로 보이시기를 좋아하신다는 걸 알고 있습니다. 하지만 처음 뵙자마자 저는 나리가 그 이상의 분임을 직감했습니다. 물론 우연히 만난 부랑아에게 그런 비밀을 털어놓으실 리가 없지만 말입니다. 그러나 나리에 관한 지식이 전혀 없다면, 저 같은 자가 어떤 쓸모가 있었겠습니까?"

그래. 에버라드는 생각했다. 이런 하루살이 생활을 하면서 살아남기 위해서는, 상당히 날카로운 직감을 갖출 필요가 있었겠지. 눈치가 없으면 굶어죽는 수밖에 없으니. 그는 온화한 목소리로 말했다.

"나는 화나지 않았어. 하지만 뭘 했는지 말해 봐."

품의 커다란 고동색 눈이 에버라드의 눈을 똑바로 쳐다보았다. 거의 대등한 입장에서 그러는 느낌으로.

"나리에 관해서 대담하게 질문을 해 보았습니다. 언제나 최대한의 주의를 기울였기 때문에 제 목적이 무엇인지를 상대방이 알아차리거나 의구심을 느끼는 일은 결코 없었다고 맹세할 수 있습니다. 지금까지 나리를 의심한 사람이 아무도 없다는 것만으로도 증명이 되지 않습니까?"

"으음…… 그래…… 내가 예상한 것 이상으로 나를 의심한 사람은 없었지. 누구와 얘기를 나눴나?"

"흠, 우선 그 사랑스러운 플레슈티, 보-론-우-웬을 만나 보았습니다."

품은 손바닥을 들어 보였다.

"나리! 그녀는 나리가 탐탁지 않게 여기실 수 있는 얘기는 전혀 하지 않았습니다. 저는 질문을 하면서 단지 그녀의 얼굴 표정을 보고, 그녀의 움직임을 관찰했을 뿐입니다. 단지 그뿐입니다. 이따금 질문에 대답하는 것을 거부했지만, 그런 반응조차도 제게는 실마리가 되었습니다. 그리고 그녀의 몸은 거짓말을 할 줄 모릅니다. 그건 그녀

잘못이 아니지 않습니까?"

"아니지."

또 그날 밤에 내실 문을 살짝 열어 놓고 우리 대화를 훔쳐들었다고 해도 놀라지 않을 거야. 됐어. 알고 싶지도 않아.

"그런 연유로 저는 나리가 그녀의 부족이 아니라는 사실을 알게 되었습니다. 게일족이라고 하셨나요? 그러나 저는 놀라지 않습니다. 그 정도는 이미 추측하고 있었으니까요. 나리가 전쟁터에서는 무시무시한 전사라는 걸 저는 믿어 의심치 않지만, 여자를 대하실 때는 마치 어머니가 자기 아기를 대하듯이 관대하고 상냥하십니다. 반만 문명화된 야만족이 그럴 수 있을까요?"

에버라드는 멋쩍은 웃음을 터뜨렸다. 정곡을 찔렀군! 과거에 현지인들 사이에서 임무에 종사하면서, 보통 사람처럼 냉혹하지 않다는 얘기를 종종 들어 왔던 것은 사실이었다. 그러나 거기서 이런 결론을 끌어낸 사람은 품 말고는 없었다.

품은 에버라드가 보인 반응에서 힘을 얻고 말을 이었다.

"세세한 설명으로 나리를 귀찮게 해 드리지는 않겠습니다. 아랫것들은 언제나 높으신 분들을 관찰하고, 그들에 관한 소문을 즐겨 입에 담기 마련입니다. 저는 궁전에서 일하는 사라이에게 조금 거짓말을 했을지도 모르겠습니다. 나리의 하인인 저에게 꺼지라고 할 필요를 느끼지는 못했을 테니까요. 물론 직설적으로 이러쿵저러쿵 캐묻거나 하지는 않았습니다. 그건 어리석은 동시에 불필요한 행동이니까요. 단지 저는 사라이에게서 잔틴-하무 얘기를 듣고 그 집을 찾아갔을 뿐입니다. 다들 흥분해서 어제 저녁 무렵에 찾아온 손님 얘기로 꽃을 피우고 있더군요. 그런 연유로 저는 나리가 무엇을 찾고 계시는지를 어렴풋하게나마 알 수 있었습니다."

그는 득의양양한 태도로 말했다.

"광휘 가득한 나리의 이 하인에게 필요한 것은 바로 그런 단서였습니다. 저는 서둘러 부둣가로 가서 여기저기를 쑤시고 다니기 시작했습니다. 그리고 알아냈습니다!"

에버라드는 가슴이 철렁하는 것을 느꼈다.

"도대체 뭘 찾아냈나?"

거의 고함에 가까운 목소리였다. 품은 과장된 투로 말했다.

"물론 제가 찾아낸 건, 그 배가 난파한 뒤에 악마들의 맹렬한 공격을 받고도 살아남은 사내입니다."


기스고는 마흔 중반쯤 되어 보이는 사내였다. 키는 작지만 강인해 보였고, 턱과 코 사이가 짧은 얼굴은 활력으로 가득 차 있었다. 몇십 년 동안 뱃사람 노릇을 하며 평선원에서 키잡이 자리까지 올라왔다고 했다. 항해에 능숙한 선원만 맡을 수 있는 보수가 좋은 자리이다. 그리고 몇십 년 동안 그의 친구들은 귀가 닳도록 그의 엄청난 경험 얘기를 들어 줘야 했다. 어차피 흔해빠진 허풍 정도로밖에는 받아들이지 않았지만 말이다.

술집에서 선원들을 만나 잡담을 하면서 마침내 이 사내를 찾아낸 품의 탐정 수완에 관해서는 감탄밖에는 나오지 않았다. 에버라드 자신은 결코 해내지 못했을 것이다. 외국인에 대한 경계심이 강한 편인데다가 그 외국인이 왕의 손님일 경우에는 말할 나위도 없다. 인류 역사를 통틀어서 분별 있는 사람들이 흔히 그렇듯이 평균적인 페니키아인은 자기 정부와는 가급적 관여하고 싶어 하지 않기 때문이다.

배들이 바다로 나가는 계절임에도 불구하고 기스고가 집에 있었던 것은 행운이었다. 알고 보니 충분히 지위도 높아지고 부유해진 덕택에 더 이상 위험하고 힘든 장기 항해에 나설 필요가 없기 때문이었다.

그의 배는 이집트로 가서 한동안 머물렀다가 다시 돌아온다고 했다.

공동 주택 5층에 있는 그의 깔끔한 집으로 가자 기스고의 두 아내가 포도주와 다과를 가지고 왔다. 기스고 본인은 편하게 자리에 앉은 채로 손님들과 한담을 즐겼다. 거실 창문은 주택들 사이의 안뜰을 향하고 있었다. 흙벽과 그 사이에 걸린 빨랫줄에 널린 빨랫감들이 눈에 들어온다. 이따금 불어오는 선선한 바람과 함께 비쳐오는 햇살이 수많은 항해의 기념품들 위로 떨어졌다. 조그만 바빌로니아의 천사상, 그리스산 팬파이프, 나일강 유역에서 가져온 하마 도자기, 이베리아산 부적, 잎사귀 모양을 한 북방의 단검…… 에버라드에게서 고가의 황금을 선물받았기 때문에 기스고는 매우 우호적이었다.

"그래. 정말 무시무시한 항해였지. 시기도 안 좋았어. 분점(分點)이 다가오는데 출항을 했으니. 그리고 고향이 어디인지도 알 수 없는 그 시님들이 어떤 불운을 품고 있을지도 모르고 있었으니. 하지만 우리는 젊었어. 선장까지 포함해서 모두가 젊었지. 우린 센 술과 예쁜 여자들이 있는 키프로스에서 겨울을 날 수 있을 거라고 생각했어. 시님 그 친구들의 보수도 좋았지. 그런 금붙이들을 얻기 위해서라면 죽음이나 지옥과 싸우는 일도 마다하지 않았던 거야. 세월이 흐르면서 나는 그때보다는 더 현명해졌지만 그렇다고 나이를 먹은 게 좋다는 건 아닐세. 아, 아니 아직은 튼튼하지만 이가 약해지는 걸 알겠더라고. 젊은 게 최고일세, 친구들."

그는 액을 막는 손짓을 했다.

"그 배에 탔던 불쌍한 녀석들은 모두 죽었어. 그들의 영혼이 안식을 찾았기를."

그러면서 품을 흘끗 보았다.

"그중 한 명은 꼭 너처럼 생겼었지. 너무 닮아서 아까 처음 봤을 때 깜짝 놀랐어. 이름이 아디야톤이었던가? 그래, 맞아. 아마 네 할아버지였을 수도 있었겠군?"

소년은 전혀 모르는 일이라는 듯이 어깨를 으쓱해 보였다. 아버지가 누군지도 모르니 당연한 일이었다. 기스고는 말을 이었다.

"죽은 뱃사람들의 넋을 위로하기 위해서 여러 번 공물을 올렸다네. 내가 살아남은 것에도 감사하면서 말야. 친구들을 언제나 성실하게 대하고 빚을 꼬박꼬박 갚는다면 위급한 상황이 올 때 신들의 도움을 받는 법이지. 내가 바로 그런 경우야.

키프로스로 가는 뱃길은 날씨가 좋아도 쉽지가 않아. 해안에서 야영을 할 수도 없기 때문에 망망한 바다에서 밤을 지새워야 하고, 바람이 안 좋을 때는 며칠 동안이나 그래야 하지. 그리고 그때는―그때는 정말! 해안이 시야에서 사라지자마자 사나운 바람이 불어오기 시작했고, 그걸 잠재우려고 해면에 기름을 뿌려도 아무 소용이 없었어. 노들을 밖으로 밀어내고 과감하게 앞으로 저어 나가는 수밖에 없었지. 숨이 목까지 차오르고 온몸이 삐걱거렸지만 무조건 노를 젓는 수밖에 없었어. 주위는 돼지 뱃속 만큼이나 껌껌했고, 비바람이 포효하고 채찍처럼 몰아치는 바다 한복판에서 배는 가랑잎처럼 전후좌우로 흔들렸어. 눈에는 소금이 말라붙고 입술이 갈라 터질 때까지 저었지만―키잡이의 북소리도 안 들릴 정도였기 때문에 마구잡이로 그러는 수밖에 없었어.

하지만 배 중간의 발판 위에서 나는 시님들의 두령이 망토를 펄럭이면서 폭풍우를 마주한 채로 웃는 걸, 껄껄 웃는 걸 보았어!

원래 두려움을 모르는 성격인지, 육지밖에 모르는 무지렁이라서 그러는 건지, 나보다 바다에 관해 더 잘 알고 있기 때문인지는 모르겠지만 말야. 조금 뒤에는 나도 마음을 고쳐먹었지. 과거의 힘든 경험으로 미루어 볼 때 운만 따라준다면 폭풍우를 견디고 살아남을 수도 있다고 생각했거든. 워낙 튼튼한 배였고, 선장을 포함해서 다들 실력이 있는 뱃사람이었으니까. 하지만 신들, 혹은 악마들의 생각은 달랐어.

갑자기 폭음이 울려 퍼지면서 불길이 치솟았던 거야! 너무 밝아서 눈이 멀 정도였어. 나는 다른 친구들과 마찬가지로 노를 놓쳤어. 주위를 마구 더듬어서 놋좆에서 노가 빠져나가기 전에 가까스로 잡을 수 있었지. 그 덕택에 눈이 완전히 머는 걸 피할 수 있었던 것 같아. 노에 정신이 팔려 있던 탓에 두번째 번갯불이 떨어졌을 때 고개를 숙이고 있었거든.

맞아. 우리 배는 번개를 맞았어. 두 번씩이나. 벼락 치는 소리는 듣지 못했지만 아마 파도가 포효하고 바람이 울부짖는 소리가 워낙 커서 듣지 못했을 수도 있어. 눈이 멀 듯한 빛이 스러졌을 때 나는 마스트가 횃불처럼 타오르는 걸 봤어. 선체도 갈가리 찢긴 탓에 부서지기 직전이었어. 다음 순간 견디지 못한 배가 파도에 휘말려 산산조각이 나면서 내 머리와 엉덩이도 미친 듯이 흔들렸지.

그렇지만 그때 내가 본 것에 비하면 그런 건 아무것도 아니었어. 너울거리는 희미한 불빛 아래서, 저기 있는 날개 달린 소 같은 모양의 것들이 하늘에 떠 있는 걸 봤던 거야. 진짜 소만하고 쇠처럼 번득였는데, 그 위에는 사람들이 타고 있었어. 그것들이 아래로 쏜살같이 내려오더니—

갑자기 모든 게 박살이 났어. 정신을 차려 보니 난 노를 움켜잡고 바다 위에 떠 있더군. 앞쪽에 있던 동료 둘도 바다에 뜬 부유물을 잡고 있더군. 하지만 고난은 아직 끝난 게 아니었어. 전광이 하늘에서 떨어지더니 어렸을 적부터 친했던 내 술친구 후룸-아비, 그 불쌍한 녀석을 직통으로 때렸던 거야. 아마 즉사했을 거야. 나는 물속으로 들어가서 숨을 참을 수 있을 때까지 참으면서 숨어 있었어.

그러다가 숨을 쉬기 위해 코를 내밀었는데, 바다 위에는 나뿐에 없는 것 같았어. 하지만 머리 위에서는 그 용인지 전차인지 모를 것들이 바람을 뚫고 휙휙 날아다니고 있더군. 서로 미친 듯이 불길을 뿜어대고 있었어. 나는 다시 수면 밑으로 들어갔지.

그자들은 피안(彼岸)이든 어디든 간에 하여튼 그들이 왔던 곳으로 곧 되돌아간 것 같아. 하지만 나는 살아남는 일에 전념해야 했기 때문에 더 이상 신경을 쓰지 못했지. 가까스로 해안에 밀려온 뒤에는 그때 일어났던 일은 이 세상 일이 아닌 것처럼 느껴졌어. 미치광이의 꿈 같다는 생각이 들더군. 아마 그랬을지도 몰라. 확실하지 않아. 내가 확실하게 아는 건 그 배에 탔던 사람들 중 살아서 돌아온 사람은 나 혼자뿐이라는 사실이야. 타니스 여신에게 감사할 일이지. 안 그래?"

기스고는 그런 경험을 했음에도 불구하고 아무렇지도 않다는 듯이 곁에 있던 아내의 엉덩이를 꼬집었다.

그의 회고담은 그 뒤로도 두 시간 가깝게 계속되었다. 마침내 에버라드는 하고 싶었던 질문을 했다. 포도주를 마셨음에도 불구하고 입안이 바싹 마른 느낌이었다.

"그게 정확히 언제 일어났는지를 기억하십니까? 몇년 전의 일입니까?"

"아, 물론 기억해. 기억하다마다."

기스고가 대답했다.

"20하고도 6년 전의 일이었지. 추분에서 15일 전이나 그에 가까운 날짜였을 거야."

그러고는 손을 흔들어 보였다.

"내가 그걸 어떻게 아는지 궁금하다고? 흐음, 이집트 신관들하고 같은 이유에서야. 거기 있는 강은 매년 같은 시기에 범람했다가 수위가 내려가기 때문에 그렇게 상세한 날짜를 기록하는 거지. 뱃사람도 그들처럼 날짜에 신경을 쓰지 않으면 오래 살지를 못해. <멜카르트의 기둥> 너머에서 바다의 수위가 나일강처럼 높아졌다가 낮아지는 걸 아나? 그것도 매일 두 번씩? 그쪽으로 항해를 하고 싶거든 그런 시각들을 상세하게 알고 있어야 해.

하지만 언제 떠났는지를 내가 정확하게 아는 건 실은 시님들 때문이야. 그때 난 시님들과 뱃삯 흥정을 하는 선장 곁에서 부관 노릇을 하고 있었거든. 시님들은 정확히 어느 날에 출항을 해야 하는지에 관해서 계속 주절거리더라고. 선장을 설득하면서 말야. 나는 곁에서 귀를 기울였고, 혹시 그런 식으로 날짜를 정확히 기억하면 무슨 이득이 있을지도 모르겠다고 생각하고 마음속에 그걸 새겨 뒀어. 당시 나는 아직 글을 읽거나 쓰지는 못 했지만, 그 대신 해마다 뭔가 특별한 일이 일어나면 그걸 순서대로 단단히 기억하고 필요할 때가 되면 역산을 해서 다시 기억을 했지. 그래서 나는 〈붉은 절벽 해안〉으로 탐험을 떠났을 때하고 내가 바빌로니아의 병에 걸렸을 때 사이에 일어난 일이라는 걸 기억하고 있는 거지—"


에버라드와 품은 공동 주택이 있는 시돈 항구에서 나왔고, 땅거미가 지면서 조용해진 〈밧줄 직공들의 거리〉를 지나 왕궁을 향해 가기 시작했다.

"나리가 힘을 모으고 계신 것이 느껴집니다."

잠시 후 소년이 중얼거렸다.

타임 패트롤 대원은 멍한 얼굴로 고개를 끄덕였다. 머릿속에서는 폭풍이 몰아치고 있었다.

바라간의 계획은 이제 명명백백해졌다. (이 새로운 악행을 저지르려고 획책한 자가 메라우 바라간이라는 사실을 에버라드는 거의 확신하고 있었다.) 시공연속체 어딘가에 있는 은신처에서 기어 나온 바라간은 대여섯 명의 동료들과 함께 26년 전에 우수 시로 왔던 것이다.

다른 공범자들이 타임 호퍼를 타고 거기까지 태워다 주었고, 그들을 내려준 뒤에 즉시 되돌아갔음이 틀림없다. 정확한 장소와 시각을 모를 경우, 타임 패트롤이 그렇게 짧은 순간에만 출현한 타임머신들을 탐지해서 포착하는 것은 불가능하다. 바라간 일당은 도보로 우수까지 와서 아비바알 왕의 환심을 샀던 것이다.

그리고 그들이 그런 행동을 했던 것은 신전을 폭파한 뒤의 일이었음이 틀림없다. 협박장을 남기고, 아마 에버라드의 암살을 시도한 뒤에 말이다. 적어도 그들이 계속적으로 경험한 주관적인 시간선상의 순서로는 그렇다. 에버라드 같은 표적을 찾는 일은 어렵지 않았을 것이다. 암살자를 대기시켜 놓는 일조차도 손쉬웠을 것이다. 티레를 연구하는 과학자들이 발간한 책들은 입수가 용이하다. 이런 식의 준비 행동을 통해 바라간은 계획 전체의 타당성을 가늠했을 것이다. 자기 수명의 상당 부분을 할애해서 노력할 가치가 있다고 판단한 뒤에는, 자세한 지식을 얻는 일에 착수했다. 책에서는 거의 알아낼 수 없는 종류의 지식. 정말로 이 사회를 철저하게 파괴할 작정이라면 반드시 필요한 지식을 말이다.

아비바알의 궁정에서 필요한 지식을 충분히 입수했다는 판단이 서자, 바라간과 그의 추종자들은 통상적인 방법으로 도시를 떠났을 것이다. 그러지 않는다면 현지인들 사이에서 끈질기게 남게 될 소문을 통해 결국 타임 패트롤에게 단서를 제공할 위험이 있기 때문이다. 현지인들이 그들의 존재를 점차 잊는다면 바다에서 죽은 것으로 위장하기도 쉽다.

바로 그런 이유에서 어떤 날을 특정해서 출발했던 것이다. 정찰 비행을 해 본 결과 몇 시간 안에 갑자기 폭풍우가 몰아닥치리라는 사실이 판명되었다. <고양주의자>들은 하늘에서 접근해서 동료들을 회수한 다음 에너지빔으로 배를 부수고 목격자들을 죽였던 것이다. 기스고만 놓치지 않았더라면 그들은 자신들의 흔적을 거의 완벽하게 지울 수 있었을 것이다. 사실 사라이의 도움이 없었더라면 에버라드는 바다에서 불운한 최후를 맞았다는 시님 얘기를 아예 듣지도 못했을 것이다.

바라간은 신전을 폭파할 시점이 다가오자 그의 본거지에서 티레의 타임 패트롤 본부를 감시할 부하들을 '이미' 파견했던 것이 확실하다. 만약 암살자가 몇 안 되는 귀중한 무임소 대원들을 죽이는 데 성공한다면 금상첨화다! 그럴 경우 〈고양주의자〉들이 목적—그것이 물질 변성기의 입수이든, 데이넬리아인의 미래를 파괴하는 일이든 간에—을 이룰 개연성이 높아지기 때문이다. 바라간은 어느 쪽이 성공하든 개의치 않는다고 에버라드는 판단했다. 어느 쪽으로 구르든 간에 그자의 권력욕과 사악함을 만족시킬 것이기 때문에.

흐음, 그러나 에버라드는 적의 발자취를 찾아냈다. 이제는 타임 패트롤의 사냥개들을 풀기만 하면 된다—

과연 그럴까?

그는 켈트풍 콧수염을 씹으며 이번 임무가 완료되어 이 귀찮은 터럭들을 밀어 버리면 얼마나 시원할까 하는 엉뚱한 상념을 떠올렸다.

그럴 수 있을까?

바라간은 머릿수도 달리고 무력에서도 밀리지만, 머리싸움에서는 아직 지지 않았다. 그의 음모는 해제가 불가능한 안전장치를 내포하고 있을지도 모르기 때문이다.

가장 큰 문제는 페니키아인들이 시계나 정확한 항해 기구를 갖고 있지 않다는 점이었다. 기스고는 그가 탔던 배가 언제 난파했는지를 정확하게 알지 못했다. 기껏 한두 주까지만 한정할 수 있는 정도였고, 난파 장소도 50마일 내의 어디였다 하는 식이었다. 따라서 에버라드도 언제, 어디서 배가 난파했는지를 정확하게 알아낼 수가 없었다.

물론 타임 패트롤은 정확한 날짜를 알아낼 수 있고, 키프로스로 가는 항로 또한 잘 알려져 있다. 그러나 그 이상 정확한 정보를 얻으려면 가까운 공중에서 감시를 계속할 필요가 있었다. 그렇지 않은가? 그러나 공중 감시에 나선다면 적들이 보나마나 가지고 있을 탐지기에 포착될 것이다. 그럴 경우 배를 파괴하고 바라간 일행을 회수할 그의 동료들은 접근전을 벌일 준비를 하고 현장에 도착할 수가 있다. 계획을 실행하는 데는 몇 분만 있으면 되고, 그 뒤에는 흔적도 남기지 않고 사라질 수도 있는 것이다.

아니, 아예 원래 계획을 포기해 버린다는 더 나쁜 상황이 올 수도 있다. 동료들을 데려가기 위해 더 나은 순간이 오기를 기다릴 수도 있고, 최악의 경우에는 더 이른 시각, 이를테면 배가 떠나기도 전에 그럴 수도 있는 것이다. 그럴 경우 기스고는 방금 에버라드에게 털어놓은 경험을 하지 않을 (않았을) 수도 있다. 에버라드가 그토록 공을 들여 찾아낸 단서가 아예 존재하지 않았던 것이 된다는 뜻이다. 긴 안목에서 보면 그런 일이 역사에 끼치는 영향은 아마 미미하겠지만, 현실을 가지고 놀기 시작할 경우 반드시 그렇게 되리라는 보장은 없다.

타임 패트롤 역시 바라간의 계획을 미연에 방지할 수는 없었다. 단서들을 무효화하고 시공연속체에 파란을 일으킬 위험이 너무 크기 때문에, 폭풍우가 일어나고 <고양주의자>들이 배를 공격하기 전에 급강하해서 탑승자들을 체포할 수는 없다는 뜻이다.

놈들이 배를 박살 내는 동안, 그러니까 5분이 채 안 되는 시간틀 안에 정확하게 출현하는 방법밖에는 없는 것 같군. 하지만 놈들에게 들키지 않고 정확한 출현 시간을 알아내려면 어떻게 해야 할까?

"나리께서는, 기이한 장소에서 마법사들을 상대로 싸울 작정이신 것 같군요."

품이 말했다.

그렇게 빤히 속내를 내보였나?

"그래, 그럴지도 몰라."

에버라드는 대꾸했다.

"우선 네게 상을 내려야겠군. 넌 정말로 내 오른팔 역할을 해 줬어."

소년은 에버라드의 옷소매를 잡아당겼다.

"나리. 이 미천한 하인도 함께 따라가겠습니다."

품이 간원했다.

에버라드는 깜짝 놀라 무의식중에 걸음을 멈췄다.

"뭐?"

"나리와 이별하고 싶지 않습니다!"

품이 외쳤다. 눈이 그렁그렁해지더니 뺨 위로 눈물이 흘렀다.

"나리를 뵙기 전의 그 바퀴벌레 같은 삶으로 돌아가느니, 차라리 나리와 함께 죽겠습니다. 악마들과 싸우다가 지옥에 떨어지는 편이 낫습니다. 제가 어떻게 해야 하는지만 가르쳐 주십시오. 제가 뭐든 빨리 습득한다는 걸 잘 아시지 않습니까. 저는 두려워하지 않을 겁니다. 나리가 저를 사내로 만들어 주셨습니다!"

하느님 맙소사. 적어도 이번만은 진심에서 우러나오는 말을 하는군.

물론 말도 안 되는 제안이지만.

아니, 그럴까? 에버라드는 벼락이라도 맞은 듯 우뚝 섰다.

품은 울고 웃으며 에버라드 앞에서 춤을 추기 시작했다.

"나리, 제 간청을 들어주시겠다는 거군요. 저를 데려가시겠다는 거군요!"

흐음, 혹시, 이 모든 일이 끝난 뒤에, 이 친구가 죽지 않고 살아남는다면 ─ 우리는 아주 소중한 인재를 얻게 될지도 모르겠군.

"엄청나게 위험한 일이야."

에버라드는 느릿느릿하게 말했다.

"게다가 내가 앞으로 치러야 할 일은 담대한 전사들조차도 비명을 지르며 도망칠 정도로 무시무시해. 그리고 그러기 전에 너는 이 세상에서 가장 현명한 사람들조차도 이해하지 못할 지식을 습득해야 해."

"가르쳐만 주십쇼, 나리."

품은 갑자기 침착해진 태도로 대답했다.

"그러지! 그럼 가자!"

에버라드가 너무 빨리 걷는 통에 소년은 총총걸음으로 따라와야 했다.

품이 성공한다는 전제 하에, 기본 지식을 주입하는 데만도 며칠은 걸릴 것이다. 그러나 큰 문제는 되지 않았다. 어차피 필요한 정보를 모으고 작전 부대를 조직하기 위해서는 시간이 걸리기 때문이다. 게다가 그러는 동안은 브론웬과 함께 지낼 수 있다. 에버라드는 이번 작전에서 자신이 살아남을 수 있을지 여부를 확신할 수 없었다. 어떤 즐거움이든 즐길 수 있을 때 즐기고, 또 그것을 되돌려 주기로 하자.


바알람 선장은 그리 내키지 않는 기색이었다.

"내가 왜 당신 자식을 선원으로 받아들여야 한다는 거요?"

그는 힐문했다.

"이미 두 명의 견습 선원을 포함해서 자리가 꽉 찼소. 육지 출신에 작고 비쩍 마른 녀석이 무슨 소용이 있겠소."

"보기보다 힘이 세다오."

아디야톤의 아버지를 자처하는 사내가 대답했다. (사반세기 뒤에는 스스로를 자카르바알이라고 칭할 사내이다.)

"똑똑하고 말도 잘 듣고. 경험이 없다고는 하지만 누구든 처음에는 아무것도 모르지 않소? 선장 양반, 난 정말 이 녀석에게 무역을 가르치고 싶다오. 그러기 위해서라면, 선장 양반에게 개인적으로…… 감사 표시를 할 의향이 있소."

"아, 그랬었군. 그럼 얘기가 달라지지. 수업료는 얼마쯤 지불할 작정이신지?"

바알람은 미소 짓고 턱수염을 쓰다듬었다.

아디야톤(사반세기 뒤에는 스스로를 품마이람이라고 불러도 큰 문제가 되지 않을)은 매우 기쁜 표정을 지었다. 그러나 마음속에서는 곧 죽어야 하는 사내를 응시하며 부르르 몸을 떨고 있었다.


패트롤 분견대가 대기 중인 고공에서 폭풍은 북쪽 수평선 위에 웅크리고 있는 검푸른 산맥처럼 보였다. 행성의 곡면을 따라 만곡한 바다의 다른 부분들은 은빛과 사파이어빛을 띠고 있었지만 말이다. 예외적으로 검은 부분은 섬들이고, 동쪽의 시리아 해안은 어스름한 어둠에 잠겨 있는 것처럼 보인다. 낮게 뜬 태양은 서쪽 하늘에서 주위의 푸른 바다 못지않게 차갑고 파란 빛을 발하고 있었다. 에버라드의 귓가에서 바람이 펄럭거렸다.

그는 방한 파카를 입고 타임 호퍼의 앞쪽 안장에 앉아 상체를 웅크리고 있었다. 뒷좌석은 함께 공중에 떠 있는 스무 대의 타임 호퍼들과 마찬가지로 비어 있었다. 나중에 포로를 잡아 이송할 예정이기 때문이다. 나머지 스무 대는 장갑을 두르고 무기를 내장한 달걀 모양의 무장 호퍼였다. 금속면이 햇빛을 받고 번들거린다.

빌어먹을! 에버라드는 생각했다. 이러다가 얼어죽겠군. 얼마나 더 오래 기다려야 하지? 뭐가 잘못되기라도 한 건까? 품이 배신하고 적에게 붙기라도 한 건가? 아니면 장비가 고장난 거야 뭐야?

핸들에 장착된 수신기의 계기창이 삑 소리를 내더니 빨갛게 점멸하기 시작했다. 에버라드의 입에서 참았던 숨이 터져 나오며 하얀 증기로 변했다가 금세 바람에 날려 사라졌다. 그는 깊게 숨을 들이켰다. 오랫동안 인간을 쫓는 사냥꾼으로 일해 왔기 때문에 이제는 익숙해질 때도 되었건만. 그는 곧 목에 붙인 성대 마이크로 잇따라 지령을 내렸다.

"여기는 지휘관이다. 방금 신호를 수신했다. 3각 측량 담당자들은 보고하도록."

아래쪽에서 맹위를 떨치고 있는 폭풍우 속에서 적들이 출현했고, 그 즉시 사악한 작업을 시작했다. 그러자 품은 옷 안으로 손을 넣어 초소형 무선 발신기의 단추를 눌렀다.

무선송신. <고양주의자>들도 타임 패트롤이 설마 이토록 원시적인 기계를 쓰리라고는 상상하지 못했을 것이다. 적어도 에버라드는 그러기를 희망했다.

자, 품. 이제 예습한 대로 숨을 곳을 찾아서 몸을 지킬 수 있겠어? 무임소 대원은 목구멍이 두려움으로 죄어오는 듯한 느낌을 받았다. 인류 역사 여기저기를 돌아다니며 씨를 뿌린 에버라드에게 자식들이 있는 것은 확실했지만, 이번 만큼 진짜 아들이 생긴 듯한 기분을 느낀 것은 처음이었다.

이어폰에서 부하들의 보고가 잇따라 들어왔다. 수치가 판명되었다. 백 마일씩 간격을 두고 설치된 세 대의 탐지기들이 공격을 받은 배의 위치를 정확하게 알아낸 것이다. 시계들은 최초의 신호를 수신한 정확한 시각을 이미 기록했다.

"오케이. 타임 호퍼들이 출현할 공간 좌표를 우리 계획에 맞춰 계산하도록. 모두 명령이 떨어질 때까지 대기해."

에버라드가 말했다.

그러기까지는 몇 분 더 걸렸다. 에버라드는 마음이 착 가라앉는 걸 느꼈다. 이제는 발을 뺄 수도 없다. 바로 이 순간에도 배의 상공에서는 전투가 벌어지고 있는 것이다. 이제는 노른*의 결정에 따라야 한다.

부하가 또렷또렷한 목소리로 좌표를 지정했다.

"모두 준비됐지?"

에버라드는 큰 소리로 말했다.

"발진!"

이렇게 말하며 좌표를 입력하고 주(主) 엔진의 토글스위치를 올렸다. 그가 탄 기계는 공간을 나아가는 동시에 과거로 이동했고, 품이 그들을 부른 시점을 향해 도약했다.

거친 바람이 몰아쳤다. 타임 호퍼가 반중력장(場) 안에서 전후좌우로 요동쳤다. 50미터 아래의 어둠 속에서 칠흑처럼 검게 보이는 파도가 포효한다. 해면에서 이는 거품은 진눈깨비처럼 희끄무레했다. 조금 떨어진 해상에서 밝게 타오르는 거대한 횃불이 조명 역할을 해 주었다. 수지(樹脂)를 많이 함유한 배의 마스트가 강풍을 받아 활활 불타고 있는 것이다. 검은 연기를 내며 타오르던 배의 잔해들이 파도를 뒤집어쓰고 수증기를 뿜었다.

에버라드는 이마의 광학 증폭 고글을 아래로 내렸다. 그러자 눈 아래의 풍경이 뚜렷하게 드러났다. 그가 지휘하는 부대가 정확한 위치에 자리 잡은 것을 알 수 있었다. 굽이치는 바다 위에 널린 적의 타임 호퍼 일곱 대를 위에서 완전히 에워싼 형국이었다.

그러나 적들이 선원들을 도륙하는 것을 막을 수 있을 정도로 일찍 도착하지는 않았다. 적들은 배 상공에서 출현한 즉시 선원들을 죽이

---

* Norns, 게르만을 위시한 북구 신화에 나오는 세 명의 처녀이며, 인간의 운명을 관장한다. 이들의 이름인 우르드, 베르단디, 스쿨드는 각기 과거, 현재, 미래를 상징한다.

기 시작했기 때문이다. 에버라드는 적들의 개별 위치를 정확하게 알지는 못했지만, 그들 모두가 치명적인 무기로 무장하고 있다는 사실을 알고 있었다. 그가 부하들과 함께 현장에서 조금 떨어진 곳에 출현한 이유는 적들이 그 사실을 깨닫기 전에 상황을 파악하려는 의도에서였다.

1, 2초 뒤에는 알아차릴 것이다.

"공격!"

에버라드는 불필요하게 고함을 지르고 철마(鐵馬)를 돌진시켰다.

지옥의 새파란 불줄기가 컴컴한 어둠을 갈랐다. 광선은 지그재그를 그리며 날아가던 그에게서 불과 한 뼘밖에는 떨어지지 않은 곳을 지나갔다. 열과 오존의 톡 쏘는 냄새가 훅 끼쳐오며 공기가 탁탁 타올랐다. 물론 에버라드 자신은 그 광선을 보지는 못했다. 눈에 낀 고글은 눈을 멀게 할 정도의 빛을 자동적으로 차단하기 때문이다.

그는 응사하지 않았다. 열선총을 뽑아 들기는 했지만 말이다. 그가 맡은 임무는 전투가 아니었다. 이미 섬뜩한 빛을 발하는 여러 개의 열선이 공중을 가르고 있었다. 해면도 그 빛을 반사하며 불타오르는 듯했다.

타임 호퍼를 탄 적들을 안전하게 사로잡을 방법은 없었다. 에버라드의 사수들은 적들이 자신들이 수적으로 얼마나 열세인지를 깨닫고 시공연속체 속으로 도약해 버리기 전에 모두 사살하라는 명령을 받고 있었다. 2인승인 타임 호퍼에 혼자 올라탄 대원들의 임무는 배에 타고 있던 적들을 잡는 것이었다.

적들이 거친 파도에 실려 오르락내리락거리는 배의 잔해를 붙들고 있을 것 같지는 않았다. 물론 만일의 경우에 대비해서 확인은 해 볼 예정이었지만, 적들은 바다에 홀로 떠 있을 가능성이 가장 컸다. 현지인의 카프탄 아래에 자동 팽창식 구명 조끼를 입고 있을 것이 뻔했기 때문이다.

그러나 품은 그런 위험을 감수할 수가 없었다. 견습 선원 신분이기 때문에 의심을 사지 않으려면 로인클로스만 달랑 허리에 두르고 있는 수밖에 없기 때문이다. 거기에 감출 수 있는 것은 미니 송신기 정도였다. 에버라드는 품에게 헤엄치는 방법을 미리 확실하게 가르쳤다.

페니키아의 뱃사람 중 헤엄을 칠 줄 아는 사람은 드물었다. 에버라드는 판자에 매달린 채로 떠다니는 선원 하나를 보았다. 그는 거의 그 선원을 구하러 갈 뻔했다. 아니, 이러면 안 된다. 바알람 선장과 그 부하들은 모두 익사했고, 살아남은 사람은 오로지 이런 사건이 일어났다는 사실을 고하게 될 기스고뿐이다. 타임 패트롤은 적들이 표류중인 기스고를 찾아내서 처치하기 전에 도착하는 데 성공했다. 그리고 기스고에게는 표류하다가 해안에 닿을 때까지 육중한 노에 매달려 있을 만한 체력이 있었다. 그러나 나머지 동료들, 그의 친구들은—바다에서 죽었고, 가족들의 애도를 받았다. 향후 몇천 년 동안까지도 뱃사람들이 감수하게 될 운명을 따라갔던 것이다. 그리고 그 뒤에는 우주 비행사들이, 시간 항행사들이 그 전철을 밟게 된다……. 적어도 이들의 죽음은 헛되지 않았다. 그들이 죽음으로써, 그들의 자손뿐만 아니라 몇십 억, 몇백 억이 될지도 모르는 인류의 목숨을 구했기 때문이다.

위안 치고는 삭막한 위안이지만 말이다.

다시 뚜렷해진 에버라드의 시야에 또 다른 머리통이 하나 출현했다. 틀림없다. 사내는 코르크 마개처럼 둥둥 떠 있었다—사로잡아야 할 적이다.

그는 낮게 강하했다. 사내는 미친 듯이 거품이 이는 해면에서 고개를 들고 그를 올려다보았다. 사내는 입가를 사악하게 일그러뜨리며 물 위로 손을 내밀었다. 에너지 피스톨을 쥐고 있었다.

에버라드의 사격이 더 빨랐다. 가느다란 광선이 해면을 찔렀다. 사내의 절규는 강풍에 실려 스러졌다. 쥐고 있던 무기도 마찬가지였다. 사내는 입을 벌리고 아연실색한 표정으로 검게 타서 뿌리만 남은 자기 손목을 응시했다.

에버라드는 아까와는 달리 아무 연민도 느끼지 않았다. 그러나 이번 작전의 목표는 죽이지 않고 사로잡는 것이었다. 살아남은 포로는 아무 고통도 해도 없는 완벽한 정신 심문을 통해 온갖 종류의 흥미로운 악당들에 대한 단서를 내놓는 법이다.

에버라드는 타임 호퍼의 고도를 해면까지 낮추고 정지했다. 힘차게 웅웅거리는 구동 기관이 세찬 파도와 포효하며 살을 에는 듯한 냉기를 몰고 오는 바람에 맞선다. 그는 다리로 안장을 꽉 조였다. 안장에서 상체를 내밀고 반쯤 기절한 사내를 움켜잡고 들어 올린 다음 안장 앞쪽에 걸쳤다. 좋아. 이제 위로 올라가자!

악명 높은 메라우 바라간을 몸소 사로잡은 타임 패트롤 대원이 맨스 에버라드였다는 사실은 순전한 우연이기는 했지만, 그래도 만족스럽기는 매한가지였다.


타임 패트롤 부대는 미래로 되돌아가기 전에 작전 결과를 평가하기 위해 조용한 장소로 찾아갔다. 그들이 선택한 곳은 에게해의 작은 무인도였다. 짙푸른 바다 위에 우뚝 솟은 하얀 절벽에서 그들을 맞이한 것은 강렬한 햇살과 파도에 이는 거품밖에는 없었다. 바람이 잠잠해진 하늘을 날며 우는 갈매기들조차도 투명한 느낌을 준다. 여기저기에 널린 바위 사이에서는 관목이 삐죽 고개를 내밀고 있다. 잎사귀조차도 햇빛에 바싹 구워진 느낌이다. 수평선 머나먼 곳을 지나가는 돛이 하나 보였다. 오디세우스를 태우고 나아가는 배의 돛일지도 모르겠다.

패트롤 대원들은 회의를 열었다. 경상자 몇을 제외하면 사상자는 나오지 않았다. 부상자들은 이미 진통제와 대(對) 쇼크제로 응급조치를 마쳤고, 이제 병원에 가서 치료를 받으면 어디를 다치거나 잃어버렸든 간에 원상으로 복구될 것이다. 그들이 격추한 <고양주의자>들의 타임 호퍼는 네 대였다. 세 대가 도망쳤지만, 곧 추격당할 것은 필지의 사실이었다. 포로도 잔뜩 잡았다.

대원 중 한 사람이 무선 송신기의 신호를 추적해서 바다에서 품마이람을 건져 올렸다.

"아주 잘 했어!"

에버라드는 큰 소리로 외치며 소년을 꼭 껴안았다.


두 사람은 이집트 항구에 있는 벤치에 앉아 있었다. 항구를 돌아다니는 사람들은 모두 바쁘기 때문에 그들의 이야기를 엿들을 여유 따위는 없다. 어차피 두 사람 모두 조금 있으면 티레의 활기찬 번잡함과는 작별할 예정이었다.

그러나 지나가면서 두 사람을 쳐다보는 사람들은 많았다. 에버라드는 품마이람을 대동하고 시내 여기저기를 돌아다니며 실컷 오락을 즐기다가, 이번 임무의 성공을 축하한다는 뜻에서 각자 고가의 카프탄을 사 입었기 때문이다. 왕에게나 걸맞은, 최상급 리넨과 최고로 아름다운 염료를 써서 만든 옷이었다. 에버라드 자신은 히람의 궁정에 작별을 고할 때 사람들에게 적절한 감명을 줄 수만 있다면 뭘 입든 개의치 않았지만, 품은 희열에 차 있었다.

부둣가는 온갖 소리로 가득 차 있었다. 맨발이 절썩거리는 소리, 발굽이 따각거리는 소리, 바퀴가 삐걱이는 소리, 무거운 통을 굴리는

136

소리 따위가 요란하다. 오빌*에서 시나이 해안을 경유해서 오늘 티레에 도착한 배에서 내린 고가의 짐을 옮기고 있다고 했다. 뜨거운 햇살 아래서 일하는 하역 인부들의 근육이 땀으로 번들거렸다. 뱃사람들은 근처에 포장을 친 술집에 모여 피리와 테이버** 연주에 맞춰 춤을 추는 젊은 여자를 구경하며 술을 마시고, 노름을 하고, 웃음을 터뜨리고, 허풍을 늘어놓고, 머나먼 곳에 있는 나라들 얘기를 했다. 쟁반을 든 행상이 설탕에 절인 과일의 맛을 큰 소리로 찬양했다. 나귀가 끄는 마차가 짐을 잔뜩 싣고 지나갔다. 호화로운 로브를 입은 멜카르트의 신관이 오시리스를 섬기는 금욕적인 행색의 외국인과 말을 나누고 있다. 빨강머리를 한 두 명의 아카이아인이 해적처럼 거리를 활보했다. 예루살렘에서 온 긴 수염을 기른 전사와 티레를 방문한 필리스틴인 고관의 보디가드가 서로를 노려보았지만, 히람의 평화가 지배하는 이곳에서는 칼을 뽑지 않았다. 표범 가죽을 몸에 두르고 타조 깃털을 머리에 꽂은 흑인을 페니키아인 어린아이들이 떼 지어 따라간다. 아시리아인 하나가 육중한 지팡이를 창처럼 쥐고 느리고 장중하게 걸음을 옮기고 있다. 술을 잔뜩 먹고 취한 아나톨리아인과 북방에서 온 금발의 사내가 어깨동무를 하고 즐겁게 걷고 있다……. 공기 중에서는 염료와 동물 배설물과 연기와 타르 냄새뿐만이 아니라 백단과 몰약과 향료와 갯내음이 풍겼다.

이 모든 것이 언젠가는, 몇 세기 뒤에는 죽어 없어질 것이다. 모든 세상사와 마찬가지로 말이다. 그러나 지금 최고의 전성기를 맞은 이 도시의 모습을 보라! 이곳이 후세에 남길 믿을 수 없을 정도로 풍성한 유산을 생각하라!

* Ophir, 솔로몬 왕 시대의 보석 산지.
** 한 손으로 치는 작은 북.

"그래."

에버라드가 운을 뗐다.

"너무 기쁘다고 해서 정신줄을 놓으면 안 돼."

그는 껄껄 웃었다.

"······네가 정신줄을 놓은 적이 한 번이라도 있는지는 의문이지만 말야. 하여튼 우리가 너를 찾아낸 건 정말 행운이야, 품. 단지 티레를 구한 게 아니라, 너까지 얻었으니까 말야."

평소에 비해 약간 주저하는 기색으로, 소년은 눈앞의 광경을 응시했다.

"나리는 저를 가르치면서 이렇게 설명하셨죠. 이 시대에 사는 사람들 중에서 시간을 왕래하면서 내일의 경이를 맛볼 수 있다는 상상을 할 능력이 있는 사람은 한 사람도 없다고. 그런 얘기를 해 봤자 아무 소용도 없고, 단지 혼란에 빠져 두려워할 뿐이라고."

그는 솜털이 보송보송한 턱을 괴었다.

"제가 보통 사람과 다른 것은 아마 언제나 스스로 제 앞가림을 해야 했던 탓인 것 같습니다. 그래서 어떤 틀에 끼워져서 머리가 굳는 일을 피할 수 있었다고나 할까요."

얼굴 표정이 밝아졌다.

"그렇다면 신들이든 누구든 간에 제게 그런 삶을 내려준 존재에게 감사해야겠군요. 나리와 새로운 삶을 시작할 수 있도록 저를 단련시킨 것이나 다름없으니."

"아, 꼭 그렇게 되는 건 아냐."

에버라드는 대답했다.

"앞으로 너와 내가 이렇게 자주 볼 일은 없을 테니까 말야."

"뭐라고요?"

품은 크게 낙담한 표정으로 외쳤다.

"왜? 혹시 이 하인 때문에 어디 심기가 상하시기라도 했습니까?"

"설마 그럴 리가 있겠어."

에버라드는 안심하라는 듯이 곁에 앉은 소년의 가냘픈 어깨를 토닥였다.

"사실은 정반대야. 하지만 나는 여기저기를 돌아다니는 임무를 맡고 있거든. 우리가 네게 원하는 건 같은 장소, 바로 이곳에 머무르면서 업무를 처리할 요원이야. 너는 여기서 태어났기 때문에 티레 사정을 샅샅이 알고 있어. 나나 조라크 부부는 결코 따라갈 수 없을 정도로 자세하게 말야. 그러니까 걱정할 필요는 없어. 아주 흥미로운 임무가 될 거고, 그 요구에 부응하는 일만 해도 벅찰 테니까 말야."

품은 크게 한숨을 쉬더니 흰 이를 드러내며 씩 웃었다.

"아, 바로 제가 원하던 겁니다, 나리! 사실 언제나 이방인들 사이를 돌아다녀야 할지도 모른다는 생각을 하니 조금 겁이 났거든요."

그의 목소리가 나직해졌다.

"그래도 저를 만나러 와 주시겠죠?"

"물론이지. 가끔 들를게. 네가 원한다면 네가 원하는 미래의 흥미로운 장소에서 휴가를 얻을 수도 있어. 우리 타임 패트롤 대원들은 열심히 일하고, 그러다가 위험한 꼴을 당하기도 하지만, 즐길 때 즐기는 법도 잘 알지."

에버라드는 잠시 침묵했다가 말을 이었다.

"물론 너는 훈련을 받아야 해. 네가 모르는 온갖 지식과 기술을 배우는 거지. 너는 다른 시대의 다른 장소에 있는 타임 패트롤 학원으로 보내질 거야. 거기서 몇 년을 지내야 하지만, 쉽지는 않을 거다 — 결국 너는 아주 잘 해낼 거라고 믿지만 말야. 그런 다음에 너는 현재의 티레로, 그래, 바로 이번 달로 돌아와서 임무를 맡게 될 거야."

"그때는 어른이 되어 있겠네요?"

"응. 사실 학교를 다니는 동안 너는 지식이나 정보를 습득할 뿐만 아니라 키도 크고 체중도 더 늘어날 거야. 새로운 신분이 필요해지겠지만 그건 그리 어렵지 않아. 흔한 이름이니까 지금 이름을 그대로 써도 되겠군. 너는 뱃사람 품마이람이 될 거다. 오래 전에 젊은 견습 선원으로 바다로 나갔다가 장사를 잘 해서 부유해졌고, 이제는 자기 배를 사서 직접 무역에 나설 작정으로 고향에 돌아왔다고 하면 돼. 너무 얼굴이 팔리면 임무에 지장을 받으니까 너무 유명해지는 일은 피해야겠지만, 너는 부유하고 주위의 존경을 받는 히람 왕의 신하가 될 거야."

소년은 양손을 꽉 틀어쥐었다.

"하해 같은 나리의 은혜에 어떻게 보답해야 할지 모르겠습니다."

"그게 전부가 아냐."

에버라드는 대답했다.

"실은 이런 종류의 일에 대해서 나는 상당한 자유재량권을 가지고 있어. 그래서 너를 위해 몇 가지 정해 둔 일이 있어. 여기서는 결혼해서 정착하지 않으면 존경받는 인물이 될 수 없다는 걸 너도 알지. 그러니까 너는 사라이와 백년가약을 맺어야 해."

품은 무의식중에 꽥 하는 소리를 내고는 황망한 표정으로 에버라드를 응시했다.

에버라드는 웃음을 터뜨렸다.

"어이, 품! 미인은 아니지만 그렇다고 엄청난 추녀도 아니잖아. 그건 우리가 사라이에게 해 줄 수 있는 최소한의 보답이야. 게다가 사라이는 충실하고 머리가 좋고 궁정 안팎의 일에 관해 아주 잘 알아. 물론 네 정체를 아는 일은 결코 없겠고, 단지 품마이람 선장의 성실한 아내이자 그 자식들의 어머니로 살아가겠지. 혹시 그녀가 어떤 의문을 느낀다고 해도 현명하게 입을 다물고 있을 거라는 데는 의심의 여지가 없어."

에버라드는 준엄한 어조로 말했다.

"사라이에게 잘해 줘야 해. 알겠나?"

"흠—아, 흐음—"

품의 시선이 무의식중에 춤추는 무희를 향했다. 페니키아인 남성은 이중적인 도덕 표준을 가지고 있고, 티레에서도 환락의 집은 얼마든지 찾아볼 수 있었다.

"예, 그러겠습니다."

에버라드는 소년의 무릎을 찰싹 때렸다.

"네가 뭘 생각하고 있는지 알아, 품. 하지만 지금부터 내가 하는 말을 들으면 밖에서 바람 피울 생각은 별로 들지 않을지도 모르겠군. 둘째 부인으로 브론웬을 맞는다는 안은 어때?"

망연자실한 나머지 아무 말도 못 하는 품을 보고 에버라드는 만족감을 느꼈다.

그러고는 다시 심각한 말투로 돌아왔다.

"여길 떠나기 전에, 나는 히람 왕에게 선물을 하나 하고 갈 작정이야. 그냥 흔한 작별선물이 아니라 금괴 같은 엄청난 고가의 선물을 말이야. 타임 패트롤은 무제한의 부를 보유하고 있고, 대원의 요구를 신축적으로 흔쾌히 받아들이지. 그런 다음에는 내가 무슨 부탁을 해도 히람은 체면상 거절을 못 할 거야. 나는 그의 종인 브론웬과 그 자식들을 달라고 청할 작정이야. 그래서 내 종이 되면, 정식으로 해방해 주고 지참금을 마련해 주겠어.

이미 속마음을 떠봤어. 브론웬은 티레에서 자유민이 될 수 있다면 고향으로 돌아가서 흙으로 지은 초가집에서 십여 명은 되는 친척들과 함께 살고 싶은 마음이 생기지는 않을 거야. 하지만 티레에 머무르려면 그녀에게도 남편이자 자기 자식들의 의붓아버지가 되어 줄 남자가 필요해. 네 생각은 어때?"

"그─제가─그녀도─"

품의 얼굴이 붉어졌다가 다시 원래 상태로 돌아왔다.

에버라드는 고개를 끄덕였다.

"괜찮은 남자를 찾아 주겠다고 약속했거든."

내게서 그런 얘기를 들으면서도 그녀는 어딘가 슬픈 표정이었지. 하지만 이 시대에서는 낭만적인 사랑보다는 생활이 우선해. 대다수의 다른 시대와 마찬가지로.

품은 나중에 가족들은 늙어 가는데 자기는 겉으로만 늙는다는 사실을 곱씹으면서 괴로워할 수도 있겠지. 하지만 시간을 왕래하며 이런저런 임무를 처리하면서, 최소한 몇십 년은 함께 살 수 있잖아. 게다가 품은 미국식의 예민한 감성 따위와는 인연이 없는 곳에서 자랐으니 그럭저럭 잘 풀릴 거야. 그럭저럭 잘 될 거야. 두 여자가 친구가 되어서 품마이람 선장의 가정을 조용하지만 효율적으로 다스리리라는 점에는 의심의 여지가 없고.

"그렇다면…… 오, 나리!"

소년은 벌떡 일어나 껑충껑충 뛰기 시작했다.

"진정해, 진정하라고."

에버라드는 씩 웃었다.

"네 주관적 시간으로는 여기서 자리를 잡기까지 몇년이나 더 기다려야 한다는 점을 잊으면 안 돼. 이젠 더 시간을 끌 필요도 없겠군. 자카르바알의 집으로 가서 조라크 부부 앞으로 출두하라고. 네가 훈련을 시작할 수 있도록 조처해 줄 거야."

그리고 나는…… 흐음, 우아하고 그럴듯하게 여기를 떠나려면 왕궁에서 며칠 더 머무를 필요가 있지 않겠어. 그러는 동안, 브론웬하고 나는─ 에버라드도 잠시 몽상에 잠긴 듯한 슬픈 표정이 되어 한숨을 쉬었다.

품은 이미 달려가고 있었다. 번개처럼 발을 움직이고, 카프탄을 펄

럭거리며, 자줏빛 옷을 입은 부랑아는 미래의 삶을 향해서 전력 질주
했다.

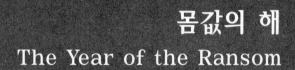

# 몸값의 해
## The Year of the Ransom

# 1987년 9월 10일

"훌륭한 고독."

그렇다. 키플링이 아니고서야 누가 이런 근사한 표현을 생각해 낼 수 있겠는가. 처음 이 시구를 들었을 때 등골에 찌르르 전율이 흘렀던 것을 아직도 기억하고 있다. 이 시를 큰 소리로 읽어준 사람은 스티븐 삼촌이었다. 12년 전쯤의 일이지만 그 감동은 여전히 남아 있다. 그 시의 주제는 물론 바다와 산이었다. 지금 내가 와 있는 이 마법의 섬 갈라파고스 제도 또한 그 시를 연상케 한다.

오늘은 나도 그 고독이 조금 필요했다. 이곳에 오는 관광객들은 대부분 똑똑하고 선량한 사람들이다. 그러나 시즌 내내 그들을 인솔해서 똑같은 장소로 안내하며 똑같은 질문에 계속 대답하는 일은 사람을 지치게 만든다. 관광객 수도 줄어들고 여름 동안의 일도 끝났으니, 이제는 미국으로 돌아가서 대학원 공부를 시작하는 일만 남았다. 따라서 지금이 마지막 기회였다.

"어이, 아가씨!"

로베르토가 실제로 쓴 단어는 께리다*였고, 이 단어는 상당히 여러 의미를 가지고 있다. 반드시 그럴 필요는 없지만 말이다. 내가 언뜻 이런 생각을 떠올리는 사이에 그가 말했다.

"부탁이니 나 혼자만이라도 따라가게 해 줘."

고개를 저었다.

---

* querida, 스페인어로 사랑하는 상대를 점잖게 이르는 말.

"미안해, 아미고."

그렇다. 아미고amigo라는 단어 역시 영어의 '친구'라는 말과 정확히 일치한다고는 할 수 없다.

"골이 났다거나 그런 건 절대 아냐. 실은 정반대지. 단지 난 몇 시간 혼자 있고 싶을 뿐이야. 너도 그런 기분이 들 때가 있잖아?"

솔직한 심정이었다. 동료 가이드들은 모두 괜찮은 친구들이었다. 이번 여름에 쌓은 우정이 오래 계속되었으면 좋겠다는 마음도 있었다. 다시 여기로 돌아온다면 충분히 가능한 일이다. 그러나 확실하지는 않았다. 내가 내년에도 여기로 돌아올지 안 돌아올지는 그때가 되어 봐야 알기 때문이다. 갈라파고스에 있는 다윈 연구소의 연구원으로 취직한다는 내 꿈은 이루어질지도 모르고, 안 이루어질지도 모른다. 연구원 자리는 그리 많지 않고, 도중에 새로운 꿈이 생겨서 다른 진로를 택할지도 모르는 일이 아닌가. 지금 나를 포함한 여섯 명의 가이드들은 야영 허가를 받고 보트를 빌려 갈라파고스 제도 여기저기를 돌아다니는 중이었다. 아마 이번 소풍은 우리가 엘 콤파네리스모, 즉 '친목회'라고 부르는 모임 멤버들이 마지막으로 교류하는 기회가 될 것이다. 아, 나중에 크리스마스 카드 따위를 한두 번 보낼지도 모르지만.

"가서 지켜 줄 사람이 있어야지. 낯선 작자가 푸에르토 아요라 근처를 돌아다니면서 북미에서 온 젊은 금발녀를 찾고 있다는 소문은 너도 들었을 거 아냐."

로베르토는 과장된 태도로 말했다.

로베르토의 호위를 받고 간다? 유혹을 느끼지 않았다면 거짓말이 된다. 로베르토는 잘생겼고 활기차며 매너도 좋다. 지난 석 달 동안에 로맨틱한 관계까지는 아니더라도 상당히 가까워진 사이였다. 입 밖에 내서 말하지는 않았어도 나는 그가 우리 관계가 더 친밀해지기를 원했다는 사실을 알고 있었다. 거기 저항하는 것은 쉽지 않았다.

그러나 혼자 가야 한다. 나를 위해서라기보다는 그를 위해서. 국적 따위에 연연하는 것은 물론 아니다. 에콰도르는 라틴 아메리카에서도 대다수의 양키들이 가장 마음 편하게 지낼 수 있는 나라라고 생각한다. 우리 미국인 기준으로 보았을 때도 아주 괜찮은 나라이다. 수도인 키토는 매우 매력적이고, 더럽고 매연과 활기로 가득 찬 항구 도시와 야킬조차도 로스앤젤레스를 생각나게 했다. 그러나 에콰도르는 미국이 아니고, 에콰도르인의 관점에서 보면 나는 문제가 많은 여자다. 예를 들자면 나는 결혼해서 정착하는 식의 삶을 살아가겠다는 확신을 갖고 있지 않다.

그래서 나는 웃으며 말했다.

"응. 우체국의 후엔테스 씨한테 들었어. 정말 걱정하는 눈치더군. 입은 옷도 이상하고 사투리도 괴상했다나. 여기로 오는 유람선에서 별별 작자들이 다 내려오는 걸 실컷 봤으니 이젠 익숙해질 때도 됐는데 좀 그렇더라고. 게다가 최근 이 섬에 오는 금발 여자가 어디 한두 명이야? 일 년에 한 오백 명은 될 성싶은데?"

"게다가 완다를 무슨 수로 스토킹할 수 있겠어? 헤엄쳐서?"

제니퍼가 끼어들었다. 우리가 산타 크루스 섬을 출발한 이래 바르톨로메 섬에 기항한 배가 없다는 사실을 우리는 알고 있었다. 섬 근처에는 요트 모습도 보이지 않고, 근처에 사는 어민과는 모두 안면이 있다.

로베르토의 볕에 그을린 얼굴이 (우리들 모두가 그렇다) 빨갛게 물들었다. 나는 조금 미안한 기분이 들어 그의 손을 툭툭 친 다음 다른 동료들에게 말했다.

"자, 모두들 스킨 다이빙을 하든 뭘 하든 하고 싶은 일을 하면서 놀고 있어. 저녁 지을 때까지는 와서 도울게."

그러고는 일행이 모여 있던 해안의 만곡부를 재빨리 떠나왔다. 이 기묘하고 가열차며 아름다운 자연 속에서 정말로 고독을 만끽하고 싶었기 때문이다.

스킨 다이빙은 정말 매혹적이다. 유리처럼 투명한 바닷물의 감촉은 비단결 같다. 이따금 물속을 헤엄친다기보다는 날아다니는 듯한 펭귄의 모습을 볼 수도 있다. 색색의 물고기들이 불꽃놀이를 하듯 주위를 맴돌며 춤추고, 해초들은 장중하게 훌라춤을 춘다. 강치들과도 친구가 될 수 있다. 그러나 다른 친구들과는 아무리 친한 사이라고 해도 잡담하는 것을 피할 수는 없다. 내가 원하는 것은 이곳의 자연과 친교를 맺는 일이었다. 그러나 동료들 앞에서 그런 내색을 할 수는 없었다. 마치 그린피스나 버클리 인민공화국*에서 파견 나온 사람처럼 너무 거창하게 들릴 게 뻔하기 때문이다.

백사장과 맹그로브를 뒤에 두고 온 지금, 발 아래에 있는 지형의 황량함을 새로이 자각한다. 바르톨로메 섬은 그 자매들과 마찬가지로 화산섬이지만, 표토(表土)가 거의 없다. 지표면은 이미 아침 해 아래에서 뜨겁게 달아올랐고, 강렬한 햇빛을 완화해 주는 구름조차도 아예 보이지 않았다. 여기저기에 빈약한 덤불이나 수풀 따위가 자라 있기는 하지만, 피너클 록 쪽으로 다가갈수록 식물의 수도 줄어들기 시작했다. 내가 신은 아디다스 운동화의 창이 이글거리는 침묵 속에서 검은 화산암을 스치는 소리가 들린다.

그러나…… 바위와 조그만 물웅덩이들 사이에서, 샐리 라이트풋 게**들이 후다닥 달려가는 것이 보인다. 선명한 오렌지색과 파란색의

---

* 미국 진보/좌파의 산실이자 반전운동의 메카인 캘리포니아 대학 버클리 분교를 비꼬는 표현이다.
** Sally Lightfoot crab, 갈라파고스 해안에 서식하는, 매우 발이 빠른 붉은 게.

대비. 섬 안쪽으로 들어가자 이 섬에만 사는 도마뱀을 보았다. 푸른발부비* 한 마리가 1미터도 떨어지지 않은 곳에 앉아 있다. 퍼덕거리며 날아갈 수도 있지만 워낙 순하기로 유명한 새라서 지나가는 나를 빤히 지켜보기만 한다. 갈라파고스방울새가 시야를 획 가로지른다. 생명이 시간을 통해 어떻게 진화하는지를 이해하도록 다윈을 도와준 바로 그 새이다. 하얀 신천옹이 상공을 선회하고 있다. 그보다 더 높은 곳에서는 군함새 한 마리가 순항중이다. 목에 건 쌍안경을 들어 올리고 쏟아져 내리는 햇살 속에서 그 날개의 웅대함과 해적의 쌍칼처럼 두 개로 갈라진 꼬리를 관찰했다.

내가 관광객들을 안내하며 구경을 시켜 주던 오솔길들은 이곳에는 아예 없다. 에콰도르 정부는 그런 부분에 대해 상당히 엄격했다. 제한된 예산을 감안하면 매우 훌륭하게 환경을 보존하며 복구하고 있다고 해도 무방할 것이다. 생물학자답게 살아 있는 것을 밟지 않도록 주의해서 걷기로 하자.

작은 섬의 동쪽 끄트머리를 돌아서 섬 중앙의 산봉우리로 이어지는 계단을 올라갔다. 산꼭대기에서 조망하는 산티아고 섬과 광활한 바다의 전망은 정말 멋지다. 그리고 오늘은 나 혼자서 그것을 독차지할 예정이었다. 가지고 온 점심 도시락은 거기서 먹으면 된다. 그런 다음에는 후미진 만으로 내려가서 셔츠와 청바지를 벗어던지고 은밀한 자맥질을 즐긴 다음 서쪽으로 가야지.

아, 하지만 조심해야 해, 너! 여긴 적도 아래로 겨우 20킬로미터밖에는 떨어지지 않은 곳이라고. 태양을 존경하는 법을 배워야 해. 나는 모자챙을 아래로 내려 햇살을 막고 수통의 물을 마셨다.

---

* blue-footed booby, 가다랭이잡이과 부비속에 속하는 바다새. 오리발을 닮은 새파란 발로 유명하다.

한숨 돌리고 주위를 돌아본다. 조금 높은 곳으로 올라왔지만 길의 기점(起點)에 도달할 무렵이면 고도는 다시 내려갈 것이다. 해변과 야영지는 보이지 않는다. 그런 것들 대신 설리번 만을 향해 기복을 이루며 내려가는 화산암 지형과 새파란 바닷물, 그리고 이웃한 산티아고 섬에서 잿빛 고개를 들고 있는 마르티네스 곶이 보인다. 저기 상공에서 선회하고 있는 건 매일까? 쌍안경을 들어 올렸다.

하늘의 번득임. 빛을 반사하는 금속. 비행기? 아니, 그런 것 같지는 않다. 사라졌다.

나는 의아한 표정으로 쌍안경을 내렸다. 비행접시, 혹은 더 점잖은 이름으로 부르자면 UFO에 관해서는 이런저런 얘기를 많이 들어보았지만, 심각하게 받아들인 적은 한 번도 없었다. 아버지에게서 건전한 회의주의를 물려받았기 때문이다. 흐음, 아버지는 전자기술자이니 당연하다. 그러나 고고학자인 스티븐 삼촌은 이런저런 곳을 훨씬 더 많이 돌아다녔고, 이 세상에는 우리가 이해 못하는 것이 얼마든지 있다고 주장했다. 방금 본 것이 무엇인지를 알아낼 길은 아마 없으리라. 그냥 가던 길을 가자.

갑자기 허공에서 돌풍이 불어오더니 쿵 하는 소리와 함께 내 머리 위를 그림자가 스치고 지나갔다. 나는 위를 올려다보았다.

세상에!

커다란 모터사이클을 닮았지만 전혀 다른 느낌을 주는 물체——우선 바퀴가 달려 있지 않다——가 3미터 높이의 공중에 떠 있었다. 아무 소리도 내지 않는다. 앞쪽 안장에 올라탄 사내는 양손으로 핸들처럼 보이는 것을 잡고 있었다. 나는 칼날처럼 또렷하게 그를 볼 수 있었다. 영원처럼 길게 느껴진 몇 초가 흘렀다. 공포가 나를 사로잡았다. 열일곱 살 때, 폭우가 쏟아지는 빅서* 절벽을 따라 운전을 하던 중 차가 미끄러졌던 이래 이토록 지독하게 두려웠던 적은 없었다.

그때는 가까스로 위기를 모면할 수 있었다. 그러나 이번은 달랐다.

사내의 키는 175센티미터쯤 되어 보이고, 비쩍 말랐지만 어깨가 넓었다. 갈색 피부에 매부리코이며 얼굴에는 얽은 자국이 있다. 길게 자란 검은 머리가 귀를 덮고 있고, 뾰족하게 보이도록 다듬은 검은 턱수염과 콧수염은 슬슬 덥수룩해지고 있다. 사내의 복장은 이런 미지의 기계에 앉아 있는 사람에게는 절대로 어울리지 않는 것이었다. 헐거운 장화를 신고, 짧고 볼록한 바짓단 아래로는 느슨한 호스*에 감싸인 두 다리가 튀어나와 있다. 너무 더러워서 확실하지는 않지만 아마 원래는 샛노란 색이었던 성싶은 헐렁한 긴팔 셔츠 위에 강철제 흉갑을 착용했다. 투구를 쓰고, 빨강 망토를 걸치고, 왼쪽 허리에는 칼집에 든 장검이——

마치 몇백 미터는 떨어진 곳에서 들려오는 듯한 목소리가 말했다. "당신이 레이디 완다 탬벌리요?"

어떤 이유에선가 이 목소리를 듣자마자 비명을 지르기 직전이었던 나는 퍼뜩 제정신으로 돌아왔다. 지금 무슨 일이 일어나고 있든 간에 나는 이것을 잘 처리할 수 있다. 히스테리하고는 인연이 없는 성격이다. 혹시 이건 악몽 내지는 열몽(熱夢)일까? 그럴 것 같지는 않았다. 내 등과 주위의 바위 위에 내리쬐이는 햇볕은 여전히 따뜻하고, 바다도 여전히 새파랗고, 보라, 저기 보이는 선인장의 가시 하나하나까지 셀 수 있지 않는가. 누군가의 장난이나, 곡예나, 혹은 심리학 실험? 저 공중에 뜬 물체가 존재할 가능성보다 더 희박하다……. 사내는 카스티야 지방의 스페인어로 말했지만, 악센트 자체는 일찍이 들어본 적도 없는 것이었다.

---

* Big Sur, 미국 캘리포니아 주 서부의 해안. 경치가 아름답기로 유명하다.
* hose, 유럽 중세의 남자용 타이츠.

나는 안 나오는 목소리를 쥐어짰다.

"당신은 누구? 무슨 이유로 그러는 건가요?"

사내는 굳게 입술을 다물었다. 치아가 고르지 않다. 그는 반쯤은 사납고 반쯤은 절망적인 어조로 내뱉었다.

"빨리 대답하시오! 나는 완다 탬벌리를 찾아야 하오. 그녀의 삼촌인 에스테반이 엄청난 위기에 처해 있단 말이오."

"내가 완다예요."

반사적으로 이렇게 말해 버렸다.

그는 큰 소리로 웃었다. 그가 탄 물체가 나를 향해 휙 내려왔다. 도망쳐!

달려가는 내 곁으로 날아오더니 상체를 기울이고 오른팔로 내 허리를 움켜잡았다. 티탄강만큼이나 강인한 근육이 나를 억지로 위로 끌어 올린다. 자기 방어술 수업을 머리에 떠올려. 나는 손바닥을 펼치고 그의 눈을 찌르려고 했다. 그러나 상대방의 반응은 더 빨랐다. 내 손을 옆으로 쳐내고는, 제어반을 건드린다. 갑자기 우리는 어딘가 다른 곳에 와 있었다.


# 1533년 6월 3일 [율리우스력]


오늘 페루인들은 포로로 잡힌 자기들 왕을 풀어 주는 대가로 또 보물 더미를 가지고 카하말카로 왔다. 루이스 일데폰소 카스텔라르이 모레노는 멀리서 그 광경을 목격했다. 휘하의 기병들을 훈련시키려고 이렇게 시내에서 멀리 떨어진 곳까지 왔지만, 서부 고원 너머로 해가 넘어가는 지금 숙소로 돌아가려던 참이었다. 계곡 안에서는 길게 땅거미가 지고, 강의 수면이 번득이고, 왕족 전용 온천에서 피어오르는 수증기가 황금빛으로 물들었다. 라마와 인간 짐꾼들이 남쪽으로 이어지는 도로 위를 터벅터벅 걸어오고 있었다. 무거운 짐을 오랫동안 지고 온 탓에 다들 피곤한 기색이 역력했다. 밭일을 하던 원주민들은 하던 일을 멈추고 그들을 빤히 바라보았지만, 이내 서둘러 하던 일로 돌아갔다. 지배자가 누구든 간에 순종적인 태도가 몸에 배어 있는 것이다.

"부대를 인솔하게."

카스텔라르는 부지휘관에게 명한 후 말에 박차를 가했다. 그는 작은 도시로 들어가는 길 어귀에서 말을 멈추고 짐꾼들의 대열이 다가오기를 기다렸다.

왼쪽에서 무엇인가가 움직이며 그의 시선을 끌었다. 회반죽을 바른 흙벽 위에 초가 지붕을 얹은 두 채의 집들 사이에서 사내 하나가 걸어나왔다. 키가 크다. 카스텔라르가 말에서 내려 나란히 선다면, 사내 쪽이 머리 하나쯤은 더 클 것이다. 체발(剃髮)하고 남은 사내의 머리카락은 입고 있는 프란체스코회의 수도복과 같은 우중충한 갈색이었지만, 희고 고운 얼굴에서는 세월의 자취가 느껴지지 않았다. 얽은 자국도 없고, 빠진 이조차도 없다. 설령 몇 주 동안 바쁘게 밖에서 쏘다녔다고 해도 카스텔라르가 에스테반 타나킬 수도사를 못 알아볼 리가 없었다. 사내도 카스텔라르를 단박에 알아보았다.

"안녕하십니까, 수사님."

"신의 은총이 그대에게 있기를."

수도사는 이렇게 대답하고 말등자 옆으로 와서 멈춰 섰다. 보물을 실은 대열이 도착해서 그들 앞을 지나갔다. 시내에서 흰희에 친 고함이 들려왔다.

"아. 정말 멋진 광경이지 않습니까?"

카스텔라르는 기쁜 어조로 말했다.

아무 대답도 돌아오지 않자 그는 아래를 내려다보았다. 수도사의 얼굴에 고뇌가 떠올라 있었다. 카스텔라르가 물었다.

"뭔가 문제라도 있습니까?"

타나킬은 한숨을 쉬었다.

"나도 어쩔 수가 없다네. 저 짐꾼들을 보게. 얼마나 힘들고 발이 아프겠는가. 몇십 세대에 걸쳐 모은 조상의 유산을 저렇게 지고 와서 고스란히 갖다 바쳐야 하다니 정말 안됐어."

카스텔라르의 태도가 무의식중에 경직됐다.

"우리 대장님에게 반대하시는 겁니까?"

정말이지 불가사의한 인물이야. 카스텔라르는 생각했다. 우선 소속된 수도회부터가 그렇다. 원정대를 따라온 성직자들은 거의 모두가 도미니크회 소속인데, 혼자만 프란체스코회인 것이다. 타나킬이 도대체 어떻게 원정대와 합류해서, 프란시스코 피사로의 신임을 얻기에 이르렀는지도 수수께끼였다. 흐음, 신임을 얻은 건 아마 깊은 학식과 온화한 거동 때문이리라. 원정대에서는 그런 사람을 거의 찾아보기 힘들다.

"아냐. 물론 그런 뜻으로 말한 게 아니네. 하지만——"

그는 말꼬리를 흐렸다.

카스텔라르도 어색하게 우물쭈물했다. 깨끗하게 민 저 머릿속에서 수도사가 무슨 생각을 하고 있는지 알 것 같았다. 카스텔라르 자신도 작년에 원정대가 한 일의 정당성에 관해 의구심을 품고 있었다. 아타후알파 황제는 스페인인들을 평화롭게 맞아들였고, 카하마르카에 그들이 머물 수 있도록 해 주었다. 그런 다음 그는 협상을 재개하기 위해 도시로 와 달라는 부탁을 받고 가마를 타고 시내로 들어왔다가 매복하고 있던 스페인인들에게 사로잡혔다. 몇백 명이나 되는 그의 시종들은 모조리 총칼에 희생되었다. 그리고 이제, 이 나라의 백성들은 사로잡힌 황제의 명을 받들어 나라 전체의 부(富)를 모조리 들어내다시피 해서 이곳으로 운반하고 있었다. 스페인인들은 몸값으로 방 하나를 황금으로 가득 채우고, 다른 방을 은으로 두 번 가득 채우면 황제를 풀어 주겠다고 약속했기 때문이다.

카스텔라르는 말했다.

"모두 신의 뜻입니다. 우리는 이곳의 이교도들에게 진정한 신앙을 가져다 주기 위해 온 겁니다. 왕도 좋은 대접을 받고 있지 않습니까? 아내들과 하인들까지 딸린 상태에서 말입니다. 몸값에 관해서는, 주 그리스도," 그는 헛기침을 했다. "아니, 성 야곱께서는 여느 좋은 지도자와 마찬가지로 휘하의 병사들에게 충분한 보상을 내려주시는 법입니다."

수도사는 상대방을 흘끗 올려다보며 쓴웃음을 지었다. 설교는 군인이 할 일이 아니라고 응수하는 듯했다. 그러나 그는 단지 어깨를 으쓱하고 이렇게 말했을 뿐이었다.

"오늘 밤에는 그 보상이 얼마나 되는지 알 수 있겠지."

"아, 그렇겠죠."

말다툼을 회피할 수 있었다는 사실에 카스텔라르는 안도했다. 예전에 성직자가 되려고 공부하다가 여자친구 문제로 추방당했고, 프랑스와의 전쟁에 참가했다가 결국은 피사로를 따라 신세계로 와서 어떻게든 부(富)를 얻어 보려는 에스트레마두라 지방 출신의 가난한 하급 귀족의 차남인 그는 여전히 성직자에 대한 존경심을 지니고 있었다.

"창고에 모아 두기 전에 일일이 검사하실 거라는 얘기를 들었습니다."

"누군가는 그래야 하거든. 단순한 귀금속이 아닌 예술적 가치를 알아보는 누군가가 미리 확인하는 편이 낫다고 대장과 종군 신부를 설득했다네. 지식의 편린이나마 보존할 수 있다면 황제의 궁정이나 교회의 학자들은 기뻐할 거라고 말야."

"흠. 하지만 하필 왜 밤에 그러시는 겁니까?"

카스텔라르는 턱수염을 잡아당겼다.

"그 얘기도 들었나?"

"여행에서 돌아온 지 벌써 며칠은 됐습니다. 온갖 소문을 다 들었죠."

"소문은 오히려 자네 쪽이 더 많이 알고 있는 게 아닌가. 나도 진득하게 자네 얘기를 듣고 싶군. 정말 엄청난 여정이었다고 들었네."

피사로의 동생인 에르난도 피사로가 지휘하는 부대와 함께 코르딜레라 산맥 서쪽을 탐사했던 지난 몇 달 동안의 혼란스러운 기억이 카스텔라르의 뇌리를 잇따라 스치고 지나갔다. 그들은 엄청나게 높은 산들과 현기증이 날 정도로 깊은 협곡을 돌파하고 격류를 건너 파차카마막의 음침한 신탁 신전에 도달했던 것이다.

"별로 얻은 것은 없었습니다. 그나마 수확이라면 인디오들의 장군인 찰쿠치마를 생포한 일 정도입니다. 다수의 반도들을 잡아서 굴복시켰죠……. 하지만 왜 해가 진 뒤에만 은밀하게 보물을 연구하시는지 얘기해 주시려는 참이 아니었습니까?"

카스텔라르가 말했다.

"이미 우리들 사이에 만연한 탐욕과 불화의 씨앗을 필요 이상으로 자극하지 않기 위해서야. 그렇지 않아도 전리품을 빨리 나눠 받고 싶어서 못 견뎌하는 자들이 많지 않나. 또 밤은 사탄의 힘이 가장 강해지는 시간이라네. 나는 이곳의 가짜 신들에게 바쳐진 보물들을 기도로써 정화하지."

마지막 짐꾼이 터벅터벅 그들 앞을 지나 담벼락 안으로 들어갔다.

"저도 그걸 보고 싶군요. 그러지 말라는 법도 없지 않습니까? 저도 함께 그러겠습니다."

카스텔라르가 말했다. 갑자기 충동이 솟구쳤다.

타나킬은 깜짝 놀란 표정을 지었다.

"뭐라고?"

"방해가 되지는 않을 겁니다. 그냥 옆에서 보고만 있겠습니다."

타나킬은 주저하는 기색이 역력했다.

"우선 허가를 받아야 하네."

"허가요? 저는 충분히 계급이 높지 않습니까. 허가 받는 건 어렵지 않습니다. 혹시 제가 거기 있는 게 싫으십니까? 누군가가 곁에 있는 편이 더 나을 거라고 생각했습니다만."

"지루해 할걸. 다른 친구들도 그랬어. 그래서 다들 내가 혼자 일하도록 내버려 둔 거야."

"보초 서는 일에는 도가 텄습니다."

카스텔라르는 웃었다. 타나킬은 항복했다.

"알았네, 돈 루이스. 정 그러고 싶다면 그러게나. 저녁 기도가 끝난 뒤에 원주민들이 <뱀의 집>이라고 부르는 곳으로 오게나."

……고원의 밤하늘 위에서 무수히 많은 별들이 날카롭게 반짝인다. 반 혹은 그 반 이상이 유럽의 하늘에서는 알려져 있지 않은 것들이다. 카스텔라르는 몸을 부르르 떨고 망토 깃을 더 단단히 여몄다. 입에서는 허연 김이 뿜어져 나왔고, 단단히 다져진 흙길 위에서 부츠 창이 뚜벅뚜벅 소리를 냈다. 주위에서 그를 에워싼 카하말카* 시내가 어스레한 빛 속에서 희미한 윤곽을 드러내고 있다. 흉갑과 투구를 착용하고 허리에는 장검을 차고 있어서 다행이다. 여기서는 불필요해

---

* Caxamalca, 페루 북쪽의 안데스 산맥에 있는 고원 도시.

보이지만 말이다. 인디오들은 이 땅을 타반틴수유, 즉 <세계의 네 방위>라는 이름으로 부른다. 신성로마제국조차도 상대가 안 될 정도로 넓은 영토를 지배했던 왕국의 명칭으로서는, 아무도 정확한 의미를 모르는 이름인 페루보다는 이쪽이 더 적절하게 느껴진다. 이제 그 왕국은 굴복한 것일까. 혹은 앞으로도 그 백성과 신들을 완전하게 지배하는 날은 결코 오지 않는 것일까?

이것은 크리스천에게는 걸맞지 않은 생각이다. 그는 서둘러 길을 나아갔다.

보물 창고를 지키고 있는 보초들의 모습을 보니 마음이 든든했다. 그들의 갑옷과 장창과 머스켓총이 랜턴 빛을 받고 번들거린다. 이들은 파나마에서 배를 타고 해안에 상륙해서, 밀림과 늪과 사막을 진군하고, 앞을 가로막는 모든 적을 박살내고, 성채를 건설하고, 엄청난 거리를 주파해서, 이교도들의 우두머리인 왕을 생포해서 그 나라 전체에서 공물을 받아낸 냉혹하고 무자비한 사내들이다. 그 어떤 인간이나 악마도 그들의 허가 없이는 안으로 들어갈 수 없고, 그들의 공격을 막을 수도 없다.

보초들은 카스텔라르를 알아보고 경례했다. 타나킬 수도사는 랜턴을 하나 들고 기다리고 있었다. 그는 뱀 모양 ── 이것은 백인의 악몽에서조차 출현한 적이 없는 종류의 뱀이었지만 ── 으로 조각된 상인방(上引枋)돌이 달린 문 아래로 기병 장교를 이끌고 건물 안으로 들어갔다.

정교하게 잘라 다듬은 네모난 돌을 끼워 맞춘 건물 내부는 넓었고 방도 여러 개 있었다. 이곳은 궁전이기 때문에 지붕은 짚이 아닌 목재로 이루어져 있다. 스페인인들은 외부로 통하는 출입구에 튼튼한 문을 달았다. 인디오들은 문이 아니라 갈대나 천으로 된 장막을 썼다. 타나킬이 방금 열고 들어온 문을 닫았다.

방 모퉁이는 어둑어둑했고, 신앙심 깊은 성직자들 덕택에 알아볼 수가 없도록 손상된 벽화 위에서 기괴한 검은 그림자들이 너울거렸다. 오늘 위탁받은 보물들은 곁방에 쌓여 있었다. 카스텔라르가 그쪽으로 고개를 돌리자 무엇인가가 번득였다. 그곳에 쌓여 있는 귀금속이 도대체 몇만 파운드나 될지 상상만 해도 머리가 어지러울 지경이다.

물론 지금은 이곳에 보물이 도착했을 때 목격했던 광경을 머리에 떠올리며 만족하는 수밖에 없었다. 피사로의 부하 장교들은 서둘러 짐꾸러미를 풀고 내용물이 맞는지만 확인한 다음 이곳에 처박아 두었다. 내일이 되면 그들은 그것들의 무게를 단 다음 나머지 것들과 함께 보관할 것이다. 카스텔라르의 부츠와 타나킬의 샌들 아래에서 노끈과 포장 재료가 버스럭거렸다.

수도사는 흙바닥 위에 램프를 내려놓고 쭈그리고 앉았다. 황금잔 하나를 들어 올리더니 희미한 빛에 대 보았고, 고개를 설레설레 저으며 혼자서 뭐라고 중얼거린다. 잔은 우그러지고 겉의 조각들도 찌그러져서 알아보기 힘들었다.

"이걸 받아들었을 때 떨어뜨렸던가, 아니면 옆으로 차냈던 것 같군. 세공품을 마치 짐승 다루듯이 하다니."

이렇게 말한 목소리는 방금 분노로 떨리지 않았나?

카스텔라르는 황금잔을 받아 들고 무게를 가늠해 보았다. 적어도 4분의1 파운드는 되어 보였다.

"그러지 말라는 법이 어디 있습니까? 어차피 녹여서 금괴로 만들 거 아닙니까."

쓰디쓴 표정. "사실이네." 잠시 후 수도사는 이렇게 덧붙였다.

"혹시 황제가 조금이라도 흥미를 가질지도 모르니까 몇 개를 골라 보낼 예정이야. 피사로는 내 얘기에 귀를 기울여 줄지도 모르니까 나는 제일 좋은 것으로 몇 개 골라 놓았네. 하지만 대다수는 결국 녹아 없어질 거야."

"그게 무슨 대수입니까? 아무리 봐도 볼품없는 것들밖에는 없는데요."

잿빛의 두 눈이 책망하듯이 전사(戰士)를 올려다보았다.

"자네라면 그래도 조금은 알아 줄 거라고 생각했는데. 인간은 자신이 창조한 것을 통해 여러가지 방법으로…… 신을 찬양할 수도 있다는 사실을 말야. 자넨 교육을 받았다고 하지 않았나?"

"라틴어, 글 읽고 쓰는 법, 셈하는 법, 그리고 역사와 천문을 조금 배웠습니다. 유감스럽게도 거의 잊어버렸지만 말입니다."

"게다가 이곳저곳을 여행했지."

"프랑스와 이탈리아에서 전쟁을 치른 적이 있습니다. 거기 말들을 조금 배웠죠."

"퀘추아어도 좀 한다는 인상을 받았네만."

"아주 조금만 합니다. 원주민들이 바보인 척하며 저항하거나 우리들 앞에서 음모를 꾸미는 걸 간과할 수는 없는 노릇이니까 말입니다."

카스텔라르는 수도사가 심문이라고 할 것까지는 없지만 그의 속을 떠보고 있다는 느낌을 받았다.

"직접 보고 기록한다고 하셨는데 깃털펜과 종이가 안 보입니다만?"

"내 기억력만으로도 충분해. 자네가 지적했듯이 금괴가 될 운명에 있는 것들의 명세를 일일이 기록해 봤자 별로 의미가 없지 않나. 하지만 그것들에 저주라든가 사악한 마법 따위가 깃들어 있지 않다는 걸 확인하기 위해서라도—"

타나킬은 카스텔라르와 말을 나누면서 손으로는 줄곧 보물들을 골라내며 정리하고 있었다. 장식품, 접시, 잔, 작은 입상(立像) 따위는 카스텔라르의 눈에는 기괴하게 비쳤다. 눈앞에 이것들을 늘어놓은 다음 허리에 매단 주머니에서 성물(聖物) 같은 것을 꺼냈다. 카스텔라르는 그것을 더 자세히 보려고 허리를 굽히며 눈을 가늘게 떴다.

"그게 뭡니까?"

"성물함일세. 성 이폴리토의 손가락뼈가 들어 있지."

카스텔라르는 성호를 그었다. 그러면서도 더 자세히 들여다본다.

"이렇게 생긴 건 난생 처음 봅니다."

손바닥만한 크기에 둥글게 다듬어진 물체였다. 위쪽에 십자가 모양을 한 자개 상감 장식이 있는 것을 제외하면 검은색이고, 창구멍이라기보다는 렌즈를 연상케 하는 두 개의 수정이 박혀 있다.

"아주 희귀한 물건일세. 무어인들이 그라나다를 떠났을 때 남겨두고 간 건데, 내용물과 교회의 축복을 통해 성별(聖別)되었지. 이걸 내게 내려준 주교는 이교도의 마법에 대해 특별한 효험이 있다고 장담했어. 피사로 대장과 발베르데 신부도 잉카의 보물을 일일이 이걸로 정화하는 편이 낫고, 적어도 아무 해도 없다는 데 동의했지."

수도사가 설명했다. 수도사는 조금 더 편한 자세로 바닥에 앉아 짐승을 본떠 만든 조그만 황금상을 골라내더니 오른손에 쥔 성물함에 박힌 수정 앞에서 왼손으로 그것을 요리조리 돌렸다. 입술이 소리 없이 움직인다. 이런 일이 끝나자 황금상을 바닥에 내려놓고 다른 것을 집어 들었다.

카스텔라르는 침착하지 못한 태도로 좌우로 몸을 흔들었다.

잠시 후 타나킬이 껄껄 웃으며 말했다.

"그게 따분할 거라고 내가 미리 경고하지 않던가. 나는 앞으로도 몇 시간 동안 이러고 있을 걸세. 그냥 잠자리에 드는 편이 나을지도 몰라, 돈 루이스."

카스텔라르는 하품을 했다.

"수도사님 말씀이 옳습니다. 친절한 말씀 감사합니다."

쉭 하고 쿵 하는 소리를 듣고 그는 뒤로 몸을 홱 돌렸다. 한순간 그는 도저히 믿을 수 없다는 표정으로 얼어붙었다.

벽가에 어떤 물체가 출현했다. 육중한 물체였고——둔한 광택을 띠고 있는 것을 보니 아마 강철일지도 모른다——한 쌍의 손잡이와 등자가 달리지 않은 두 사람용의 안장이 붙어 있었다. 이렇게 뚜렷하게 볼 수 있었던 것은 뒤쪽 안장에 앉아 있던 기수가 손에 든 짧은 막대기에서 밝은 빛이 흘러나오고 있었기 때문이었다. 두 사람 모두 몸에 딱 맞는 검정색 옷을 입고 있었다. 그 탓에 손과 얼굴이 뼈처럼 하얗다는 느낌을 받는다. 전혀 풍상에 시달리지 않은 듯이 곱고, 부자연스러울 정도로 희다.

수도사는 벌떡 일어났다. 뭐라고 고함친다. 스페인어가 아니었다.

그 순간 카스텔라르는 침입자들의 눈에 경탄한 듯한 표정이 떠오르는 것을 보았다. 설령 저들이 요술사나 방금 지옥에서 기어 나온 악귀들일지라도, 전능하신 하느님과 성인들 앞에서는 빛을 잃는다. 카스텔라르는 번개처럼 장검을 뽑아 들고 앞으로 돌진했다.

"성 이아고의 이름으로 돌격!"

그는 포효했다. 조상들이 스페인에서 무어인들을 아프리카까지 쫓아냈을 당시의 유서 깊은 함성이다. 밖에 있는 보초들에게도 들릴 정도로 소동을 일으킨다면——

앞쪽 안장에 앉아 있는 기수가 작은 원통형 물체를 들었다. 그것이 번득이자 카스텔라르는 빙빙 돌며 무(無) 속으로 굴러떨어졌다.

# 1610년 4월 15일

마추픽추! 스티븐 탬벌리는 기절에서 깨어나는 즉시 자신이 어디 와 있는지를 깨달았다. 잠시 후에는, 아냐. 정확하게는 거기가 아냐. 적어도 내가 알던 마추픽추는 아니로군. 난 도대체 언제로 와 있는 거지?

그는 일어섰다. 정신이나 감각이 멀쩡한 것을 보니 24세기나 그 후에 만들어진 전자식 스터너에 맞고 기절한 듯했다. 놀랄 일도 아니다. 그 유령 같은 사내들을 보고 엄청난 충격을 받은 이유는, 그들이 타고 있던 기계가 그가 태어난 시대로부터 몇천 년이나 지난 뒤에나 만들어질 것이라는 사실에 기인한 것이기 때문이다.

안개에 감싸인 주위의 산봉우리들은 낯이 익었다. 이런 높이에서조차도 가장 높은 봉우리들의 정상에 눈이 쌓여 있는 것을 제외하면 열대의 푸르름을 간직하고 있다. 높은 상공에서 콘도르가 선회하고 있었다. 파란 하늘에서 쏟아지는 금빛 햇살이 우루밤바 협곡을 빛으로 가득 채우고 있다. 그러나 협곡에는 기차 선로도 역의 모습도 보이지 않았고, 유일한 길은 잉카의 기술자들이 이곳에 만들어 놓은 도로밖에는 없었다.

지금 그가 서 있는 곳은 도랑 위를 지나가는 높은 담에 이어 붙인 연단 같은 곳이었다. 아래로 내려가는 경사로가 딸려 있다. 그의 발 아래로 광활한 도시가 펼쳐져 있었다. 돌을 쌓아 만든 건물들은 경사지에 달라붙은 듯이 우뚝 솟아 있다. 층계, 고대(高臺), 광장들은 높은 산 못지않게 장중했다. 고지대 자체는 거의 중국 회화에 나오는 것들을 방불케 했지만, 인간의 건축물들은 중세 프랑스의 남부 지방을 닮았다. 그러나 이것은 정확한 표현은 아니다. 이질적이고, 다른 문화와는 뚜렷하게 구분되는 그들만의 독특한 느낌을 갖추고 있기 때문이다.

시원한 바람이 불어 왔다. 관자놀이의 혈관이 욱신거리는 소리를 제외하면 들리는 것이라고는 바람 소리뿐이었다. 이 성읍(城邑)에서 움직이는 것은 전무했다. 절망이 오히려 빠른 사고를 촉발했는지, 오랫동안 방치된 것이 아니라는 사실을 금세 깨달았다. 잡초와 덤불이 무성했지만 도시가 풍상에 시달리고 식생에 의해 파괴되려면 아직 한참 더 시간이 흘러야 할 것이다. 이런 사실을 알아도 딱히 도움이 되는 것은 아니었다. 1911년에 하이럼 빙엄이 이 장소를 발견했을 때에도 그리 심하게 파괴된 상태가 아니었기 때문이다. 그러나 그가 처음 이곳에 와 보았을 때는 폐허였거나 아예 아무것도 없었던 장소에 멀쩡한 건물들이 서 있는 것을 알 수 있었다. 목조 건물이나 초가 지붕의 흔적도 있었다…….

그리고 탬벌리는 혼자가 아니었다. 루이스 카스텔라르가 곁에서 웅크리고 있었다. 망연자실한 표정에서 험악한 표정으로 바뀌는 중이었다. 그들 주위를 에워싸고 서 있는 남녀들 역시 긴장된 표정을 하고 있었다. 타임 호퍼는 연단 가장자리에 세워져 있었다.

탬벌리는 그제야 자신을 겨냥한 무기들의 존재를 깨달았다. 그는 고개를 들고 사람들을 응시했다. 여기저기를 돌아다니며 온갖 인종을 보았지만 일찍이 본 적도 없는 인종이었다. 하나같이 이질적인 탓에 모두 어딘가 닮아 보였다. 이들의 이목구비는 섬세했다. 광대뼈가 조금 튀어나오고 콧대는 가늘며 눈이 크다. 머리카락은 칠흑처럼 검지만 얼굴은 석고처럼 희고 홍채 빛깔은 엷다. 사내들에게는 처음부터 아예 수염이 없는 것처럼 보였다. 키가 크며 체격은 호리호리하며 유연해 보였다. 남녀 모두 이음매나 지퍼 따위를 전혀 찾아볼 수 없는, 몸에 밀착하는 일체형 옷과 머리카락처럼 윤기가 나는 검정색의 부드러운 반장화를 착용하고 있었다. 대부분의 옷은 어딘가 동양적인 느낌을 주는 가느다란 은빛 무늬로 장식되어 있었고, 눈에 확 들어오는 빨간색이나 주황색이나 노란색 망토를 걸친 사람들도 있었다. 주머니와 홀스터가 달린 폭이 넓은 벨트로 허리를 죄었다. 어깨까지 내려오는 장발은 단순한 헤어밴드나 아라베스크 무늬로 장식된 가는 띠나 반짝이는 다이아몬드를 박아 넣은 보관(寶冠)으로 묶었다.

서른 명쯤 되어 보였다. 모두 젊었다──아니, 불로인(不老人) 같은 느낌이랄까? 탬벌리는 이들이 오랜 세월을 살아 왔다는 인상을 받았다. 자긍심과 예민함뿐만 아니라 고양이를 연상시키는 차분함을 갖췄다고나 할까.

카스텔라르는 고개를 돌리며 이들을 노려보았다. 단검과 장검은 빼앗긴 듯했다. 낯선 사내 중 하나가 그의 장검을 들고 있다. 카스텔라르는 이들을 공격하려는 듯이 온몸을 긴장시켰다. 탬벌리는 그의 팔을 잡았다.

"진정하게 돈 루이스. 그래봤자 아무 소용이 없어. 원한다면 성인들의 이름을 불러도 좋지만, 가만히 있게."

스페인인은 잠시 으르렁거리다가 곧 조용해졌다. 탬벌리는 카스텔라르의 옷소매 아래의 팔이 떨리고 있는 것을 느꼈다. 이방인들 중 하나가 가르랑거리고 지저귀는 듯한 말투로 뭐라고 말했다. 그러자 다른 사람이 조용히 하라는 듯이 손을 저어 보이고는 앞으로 걸어 나왔다. 마치 물이 흐르는 듯한 우아한 동작이었다. 이 인물이 이들을 통제하고 있다는 사실은 명백했다. 매부리코에 초록색 눈을 가진 사내였다. 풍성한 입술에 미소가 떠올랐다. 사내가 말했다.

"예기치 않은 손님을 맞게 되어서 기쁘군."

사내는 타임 패트롤과 많은 민간인 시간 여행자들의 공용어인 시간어로 유창하게 말했다. 그리고 사내가 쓴 타임머신 또한 타임 패트롤의 제식 타임 호퍼와 거의 차이가 없었다. 그러나 사내가 무법자이며 적임은 명백했다.

탬벌리는 떨리는 목소리로 말했다. "지금은…… 몇 년이지?" 그는 중얼거렸다. 타나킬 수도사가 이해할 수 없는 언어로 말하는 것을 본 카스텔라르의 반응이 시야 가장자리에 흘긋 보였다──경악, 낙담, 음울함.

"아마 자네가 익숙한 그레고리력으로는 1610년 4월 15일일세. 자네는 여기가 어딘지 알고 있는 듯하군. 자네 동료는 모르는 게 명백하지만 말야."

사내가 말했다.

물론 알 리가 없지. 탬벌리는 이런 생각을 하고 있었다. 후세의 현지인들이 마추픽추라고 부르는 유적은 원래 파차큐텍 황제의 명으로 <태양의 처녀들>을 모시기 위해 설립된 신성한 도시였어. 스페인인 침략자들에 대항하기 위한 본부가 빌카밤바로 바뀌고 스페인인들이 마지막 잉카 황제였던 투팍 아마루를 사로잡아서 처형한 후 도시는 그 존재 목적을 상실했지. 22세기의 안데스 부활 운동이 시작될 때까지는 말야. 그래서 이곳으로 올 이유가 없었던 스페인 정복자들은 이곳을 발견하지 못했고, 1911년까지 이곳은 소수의 가난한 현지인들을 제외하면 아무도 기억하는 사람이 없는 장소로 남아 있었어…….

너무나도 골똘히 생각하고 있던 탓에 사내가 이렇게 말하는 것도 자칫 지나칠 뻔했다.

"역시 자네는 타임 패트롤 요원이겠지."

탬벌리는 쥐어짜는 듯한 목소리로 말했다.

"당신은 누구요?"

"조금 더 편한 장소에서 얘기를 나누기로 하지. 여긴 단지 우리 정찰대가 되돌아오는 장소에 지나지 않으니까 말야."

사내가 말했다.

왜? 타임사이클은 초(秒)와 센티미터 단위로 어떤 시점에든 출현할 수 있다——이곳에서 지구 궤도로 가든, 지금으로부터 공룡이 살던 태곳적이든 데이넬리아인들의 시대이든 자유자재로 갈 수 있는 것이다. 물론 데이넬리아인들을 만나러 가는 것은 금지되어 있지만 말이다. 탬벌리는 이번 음모를 꾸민 자들이 발착 플랫폼을 이런 식으로 외부의 눈에 노출시킨 것은 인근의 인디오들에게 두려움을 주고 쫓아버리려는 목적에서라고 추측했다. 몇 세대가 지나면 이곳을 왕래하던 마법사들 얘기는 자연스레 사라지겠지만, 사람들은 여전히 마추픽추를 피할 것이므로.

옆에서 구경하고 있던 자들은 다시 흩어져서 하던 일들을 하러 갔다. 스터너를 뽑아든 네 명의 경비들이 우두머리와 포로들 뒤를 따랐다. 그중 한 명이 카스텔라르의 장검을 들고 있는 것을 보니 아마 기념품으로 간직하려는 것 같았다. 일행은 경사로와 좁은 통로와 계단을 통해 시내의 건물들 사이를 누비고 지나갔다. 한동안 모두가 침묵하고 있었다. 그 침묵을 깬 사람은 두령이었다.

"자네의 그 동료는 단지 자네와 함께 있던 군인인 게 확실해 보이는군."

미국인은 고개를 끄덕였다.

"흐음, 그럼 나와 자네가 얘기하고 있을 때는 잠시 다른 데 있으라고 해야겠군. 야론, 사르니르, 이자의 말을 할 줄 알지. 심문을 해. 당분간은 심리적 심문에 한정하라고."

그들이 들어간 건물은 탬벌리의 기억이 정확하다면 <왕의 건물군(群)>으로 알려진 곳이었다. 외벽 하나를 지나자 다른 타임 호퍼가 주차된 작은 안뜰이 나왔다. 자개처럼 영롱하게 반짝이는 빛의 장막이 열린 공간에 면한 건물들의 출입문과 지붕이 없는 옥상을 넓고 있었다. 핵폭발을 제외한 그 어떤 것으로도 돌파가 불가능한 역장(力

場)이다.

누군가의 장화 끝에 떠밀린 카스텔라르가 울부짖었다.

"신의 이름으로 묻겠는데, 도대체 이건 뭡니까? 미쳐 버리기 전에 말해 주십시오!"

탬벌리는 재빨리 대답했다.

"진정하게 돈 루이스. 진정해. 우린 포로로 잡혔어. 저자들의 무기 위력을 봤을 테니까 하라는 대로 하게. 하늘의 도움을 기대할 수도 있겠지만 우리들 힘으로는 저항해 봤자 아무 소용도 없어."

스페인인은 이를 악물고 두 간수에게 이끌려 더 작은 건물을 향해 갔다. 이들의 우두머리가 이끄는 그룹이 가장 큰 역장을 향해 가자 앞을 가로막은 역장이 사라지며 양쪽 그룹을 받아들였다. 역장이 꺼진 덕택에 건물 석재와 하늘과 자유가 있는 방향을 볼 수 있었다. 아마 신선한 공기를 들이기 위해서라고 탬벌리는 판단했다. 그가 들어간 방은 최근에 사용한 기색이 없었기 때문이다.

창문은 없었지만 햇빛과 머리 위에서 반짝이는 장막에서 오는 빛이 방 안을 밝혔다. 방바닥을 덮은 심청색 물질 위를 걷자 마치 살아 있는 근육처럼 조금 꿈틀거렸다. 의자 두 개와 탁자는 반쯤 낯익은 모양을 하고 있었지만, 검게 번득이는 재질이 무엇인지는 알 수 없었다. 캐비닛이었을지도 모르는 물체 안에 들어 있는 것들이 무엇인지는 알 수 없었다.

간수 역할을 맡은 자들이 입구 양쪽에 자리 잡고 섰다. 그중 한 명은 여자였지만 남자 못지않게 냉혹한 느낌이다. 우두머리가 의자에 앉더니 탬벌리에게도 앉으라고 손짓했다. 의자는 탬벌리의 몸뿐만 아니라 모든 움직임에 반응하며 그를 지탱했다. 우두머리는 탁자 위에 놓인 포도주병과 유리잔들을 손짓해 보였다. 모두 법랑칠이 되어 있는 것으로 미루어볼 때 이 시대의 베니스에서 제작된 듯하다. 돈을 주고 산 걸까? 아니면 훔쳤거나 약탈해 온 것일까? 남자 간수가 미끄러지듯이 탁자로 다가와서 두 개의 잔에 포도주를 따랐다. 우두머리와 탬벌리는 각자의 잔을 받아 들었다.

우두머리는 미소 지으며 자기 잔을 들어 올렸고, "자네의 건강을 위해"라고 중얼거렸다. 바꿔 말해서, 건강을 유지하고 싶거든 내가 하라는 대로 해라는 뜻이다. 와인은 톡 쏘는 샤블리 타입의 백포도주였다. 너무나도 산뜻한 느낌이었기 때문에 탬벌리는 흥분제가 들었을지도 모른다고 생각했다. 미래인들은 인간의 생화학적 성질에 대해 상세하고 폭넓은 지식을 갖고 있다.

"자, 일단 한숨 돌렸으니 볼일을 봐야지."

우두머리가 말했다. 여전히 온화한 말투였다.

"자네가 타임 패트롤에 소속되었다는 점은 명백해. 손에 홀로그래픽 녹화장치를 들고 있었으니까 말야. 그리고 패트롤은 그토록 중요한 시대에서 다른 시간 여행자들이 돌아다니는 걸 결코 허용하지 않지. 자기 요원들을 제외하고 말야."

탬벌리는 목이 바싹 마르는 것을 자각했다. 혀가 딱딱하게 굳었다. 타임 패트롤 대원이 되는 훈련을 받았을 때 심리 차단 조치가 취해졌기 때문이다. 자격이 없는 사람들에게 역사를 자유자재로 왕래하는 시간 여행자들이 있다는 비밀을 결코 누설할 수 없도록 하기 위해서 말이다. "어, 어…… 나는……." 전신에서 식은땀이 배어 나오기 시작했다.

"미안하군." 방금 한 말에는 웃음기가 섞여 있지 않았나? "나는 자네 마음의 조건반사에 관해서 상세히 알고 있네. 그것이 상식의 한계 안에서 작동한다는 사실도 알아. 같은 시간 여행자인 우리들과는 얼마든지 시간 여행 얘기를 할 수 있지. 패트롤이 비밀에 부치고 싶은 세세한 점까지는 무리일지도 모르지만 말야. 내 소개를 하면 좀 도움이 될까? 난 메라우 바라간일세. 우리 민족에 관해 들은 적이 있다면, 아마 <고양주의자(高揚主義者)>라는 이름으로 알고 있을 거야."

탬벌리가 그들에 관해 아는 것만으로도 지금 이 상황을 악몽으로 만들기에 충분했다. 제31천년기는 최초의 타임머신이 발명된 것보다 한참 과거의 시대였지만, 시대이지만, 시대가 될 것이지만——이런 시간 개념을 완벽하게 표현할 수 있는 시제를 가진 언어는 시간어뿐이다——그 문명에서 선택된 소수는 시간 여행에 관해 알고 그것에 참가했으며, 그 일부는 다른 시대 사람들과 타임 패트롤에 입대했다. 문제는…… 이 시대에는 우주 탐사에 특화된 유전자 조작을 받고 태어난 초인들이 존재했다는 점이다. 그리고 그 초인들이 몇만 년이나 계속된 문명의 무거운 짐——그들의 관점에서 보면 내가 태어난 20세기는 구석기시대와 오십보백보보다——에 짓눌리면서 알력이 생겨났다. 결국 그들은 반란을 일으켰다가 패했고, 도망쳐야 했다. 그러나 그들은 시간 여행이 존재한다는 엄청난 사실을 알아 버렸고, 놀랍게도 몇 대의 타임머신을 강탈하는 데 성공했다. '그 이후'로, 타임 패트롤은 그보다 더한 악행을 방지하기 위해 그들을 추적하고 있지만, 타임 패트롤이 그들을 '반드시' 잡으리라는 보고서가 있다는 얘기는 아직 들은 적이 없다…….

"당신이 추정한 것 이상의 얘기는 하고 싶어도 해 줄 수가 없어. 설령 죽을 때까지 고문하더라도 얘기해 줄 수가 없다는 뜻이야."

탬벌리는 항의했다.

메라우 바라간이 대꾸했다.

"위험한 게임을 할 작정이라면, 만일의 경우에 대비해 놓아야 하는 법이지. 자네가 거기 있을 거라고는 미처 예상하지 못했지만 말이야. 밤이 되면 보물 창고 안에는 아무도 없고, 밖에서 지키는 보초들만 있을 거라고 생각했어. 하지만 타임 패트롤과 맞부닥칠 가능성은 언제나 염두에 두고 있었다네. 라오르, 카이라덱스를 가져 와."

탬벌리가 그것이 무슨 뜻인지 생각해 보기도 전에, 바라간이 부른 여자가 곁에 와 있었다. 그녀가 무슨 목적으로 그러는지를 뒤늦게 깨닫고 그는 내심 몸서리쳤다. 그는 벌떡 일어섰다. 도망치든, 그러다가 총에 맞아 죽든, 하여튼 이것보다는 낫다.

그녀가 쥔 스터너 총구가 반짝했다. 완전히 기절시킬 때보다 더 약한 출력으로 맞춰져 있었다. 탬벌리는 몸에서 힘이 빠지는 것을 느끼며 의자에 털썩 앉았다. 의자가 감싸주지 않았더라면 그대로 융단 위에 쓰러졌을 것이다.

그녀는 캐비닛으로 가서 어떤 물체를 가지고 되돌아왔다. 상자와 케이블로 연결된 일종의 반짝이는 헬멧이었다. 그녀는 반구형 헬멧을 그의 머리에 씌웠다. 라오르의 손가락이 헬멧 표면의 반짝이는 부분——제어 장치인 듯했다——들 위에서 춤추듯이 움직였다. 공중에 기호들이 떠올랐다. 계기 수치들일까? 웅웅거리는 소리가 탬벌리를 감쌌다. 그 소리는 점점 더 커지더니 급기야는 전 세계로 변했고, 그 안에 갇힌 그는 그 중심부에 있는 어두운 구멍으로 휘말려 들어갔다.

천천히 떠오르기 시작했다. 근육을 움직일 수 있게 되자 의자 위에서 고쳐 앉았다. 한참을 자고 깨어났을 때처럼 느긋한 기분이었다. 자기 자신으로부터 떨어져 나와 아무 감정도 없는 외부 관찰자가 된 느낌. 그러나 완전히 깨어 있었다. 오감을 통해 흘러 들어오는 모든 감각을 뚜렷하게 자각했다. 한동안 씻지 않은 자기 로브와 몸에서 나는 냄새, 문간을 통해 흘러 들어오는 산지의 신선한 공기, 카이사르처럼 신랄한 느낌을 주는 바라간의 이목구비, 손에 작은 상자를 든 라오르, 머리를 누르는 헬멧의 감촉, 그리고 마치 너도 나만큼이나 수명이 제한되어 있어라고 말하려는 듯이 벽으로 날아와 앉은 파리 한 마리.

바라간은 의자에 등을 기대며 다리를 꼬았고, 손끝을 맞대더니 기묘하게 정중한 어조로 말했다.

"이름과 출신지를 얘기해 주겠나."

"스티븐 존 탬벌리. 1937년 6월 23일 미 합중국 캘리포니아주 샌프란시스코에서 태어났어."

그는 정직하게 모든 것을 털어놓았다. 그럴 수밖에 없었기 때문이다. 더 정확하게 말하자면 그의 기억과 신경과 입이 그럴 수밖에 없었다. 카이라덱스는 궁극적인 심문자였다. 얼마나 끔찍한 상황에 놓여 있는지조차 느낄 수 없었다. 마음속 깊은 곳에서 무엇인가가 비명을 질렀지만 그의 깨어 있는 의식은 기계가 되어 있었다.

"그럼 언제 타임 패트롤의 입대 권유를 받았나?"

"1968년이었어."

매우 점진적인 과정이었기 때문에 정확한 날짜를 대기는 힘들었다. 동료 하나가 몇몇 흥미로운 사람들을 소개해 줬고, 나중에 판명된 바에 의하면 이들이 그를 평가했던 것이다. 나중에 가서 탬벌리는 심리학 연구 프로젝트의 일환이라는 설명을 듣고 몇몇 테스트를 받는 데 동의했고, 그 뒤에 그들은 탬벌리에게 모든 것을 밝혔다. 그는 그 즉시 적극적으로 입대 권유를 받아들였지만, 물론 그들은 그가 그러리라는 사실을 알고 있었다. 사실을 말하자면 이혼의 아픔에 괴로워하고 있던 참이었기 때문이다. 결혼한 상태였다면 줄곧 이중생활을 영위해야 하므로 그렇게 금세 결론을 내리지는 못했을 것이다. 설령 배우자가 있었다고 해도 그는 자신이 입대에 동의했으리라는 사실을 알고 있었지만 말이다. 타임 패트롤은 그가 그때까지만 해도 문헌이나 폐허나 유물 조각이나 오래된 뼈를 통해서만 알 수 있었던 것들을 직접 탐험할 기회를 제공해 주었기 때문이다.

"패트롤에서 자네의 위치는?"

"법 집행이나 구출 업무 따위와는 아무 상관도 없는 현지 역사가야. 고향에서는 인류학자가 되어서 현대 남아메리카의 케추아로 가서 연구하다가 나중에는 그 지방의 고고학적 연구로 방향을 바꿨지. 그래서 자연스레 스페인인들의 정복 시대를 맡게 됐던 거야. 개인적으로는 콜럼버스의 미 대륙 발견 이전의 원주민 사회 쪽에 더 관심이 있었지만, 물론 그러는 건 불가능했어. 그때 나타났다면 너무 튀어 보였을 테니까."

"그랬었군. 타임 패트롤에서는 얼마나 오래 근무했나?"

"주관적으로는 60년쯤 근무했어."

다른 시간대를 왕복하다 보면 몇 세기가 흐르는 경우도 부지기수다. 타임 패트롤 대원이 향유하는 엄청난 특권 중 하나는 미래의 불로(不老) 요법을 받을 수 있다는 점이다. 물론 당사자가 사랑하는 사람들이 당사자의 비밀을 전혀 모르는 채로 나이를 먹고 죽는 것을 보고만 있어야 하는 아픔을 감수해야 하지만 말이다. 그것을 피하기 위해서는 일반적으로 그들의 인생에서 점진적으로 사라지는 방법이 쓰인다. 어딘가 다른 곳으로 이주했다고 믿게 하고, 그들과의 접촉 횟수를 점점 줄이다가 완전히 끊어 버리는 식이다. 당사자가 세월의 흐름에 영향을 받지 않는다는 사실을 그들이 알아차리면 안 되기 때문에.

"가장 최근의 임무를 시작한 장소와 시각은?"

"1968년의 캘리포니아였어."

그는 대다수의 요원에 비해 옛 인간 관계를 더 오래 유지했다. 주관적 나이는 90살이고 생물학적 나이는 30살일지도 모르지만, 스트레스와 슬픔의 영향을 완전히 받지 않을 수는 없는 일이다. 1986년에는 50살이라고 주장할 수 있었지만, 친척들에게서는 그가 실제보다 정말 젊어 보인다는 지적을 받곤 했다. 타임 패트롤 요원의 삶에서 슬픔은 모험 못지않게 필연적이다. 너무나도 많은 것을 목격하기 때문이다. 바라간이 말했다.

"흐음. 나중에 그 부분을 조금 더 상세히 알아보기로 하지. 우선 자네의 임무가 뭔지 설명해 보게. 지난 세기의 카하말카에서 도대체

뭘 하고 있었던 거야?'

후대의 이름이군. 멀리 가 있는 탬벌리의 일부가 생각하는 것과 동시에, 자동기계가 된 의식이 대답했다.

"아까 말했듯이 나는 현지 역사가이고, 스페인인들에 의한 <정복> 시기의 데이터를 모으고 있었어."

물론 과학적 흥미로만 그런 것은 아니었다. 실제 역사에서 무슨 일이 일어났는지도 모른다면 어떻게 시간선을 순찰하고 현실을 지킬 수 있단 말인가? 역사서는 독자를 오도하기 쉽고, 역사상 중요한 사건들 중 많은 부분은 아예 기록에 남지도 않는다.

"타임 패트롤은 프란체스코회의 수사인 에스테반 타나킬이라는 내 신분을 만든 다음에 1530년에 다시 스페인에서 남아메리카로 돌아온 피사로의 탐험대에 합류시켰어."

독일의 지도 제작자인 마르틴 발트제뮐러가 아메리카라는 이름을 짓기 전에 말이다.

"나는 단지 거기서 일어나는 일을 관찰하고, 남의 이목을 끌지 않는 한도 안에서 최대한 많은 것들을 기록하라는 지시를 받았어." 그리고 원주민들이 감수해야 하는 엄청난 고통을 경감—가슴이 찢어질 정도로 조금밖에는 그럴 수 없었지만—시켜 주려고 노력했다.

"당신도 알다시피 그 시대는 역사상 중요한 의미를 가지게 될 거야. 내가 태어난 시대의 미래이고, 당신 시대에서는 과거인 22세기에 부활주의자들이 안데스의 유산을 부흥시키려고 했을 때 말야."

"그래."

바라간은 고개를 끄덕였다. 그는 아무렇지도 않은 어조로 말했다.

"만약 그 시대가 다른 식으로 전개되었다면, 20세기조차도 크게 달라졌겠지." 그는 씩 웃었다. "이를테면 후아이나 카팍 황제의 후계자 문제가 발생하지 않았다고 가정한다면, 피사로가 도착했을 무렵

아타후알파도 라이벌들과 내전을 벌이고 있지는 않았을 거야. 그랬다면 극소수의 스페인 모험자들은 그 거대한 제국을 자기들 힘으로 무너뜨리지는 못했겠지. 결국 〈정복〉은 더 시간이 걸리고, 더 많은 노력을 필요로 했을 거야. 그 결과 유럽에서의 권력 균형이 영향을 받았겠지. 종교개혁에 의해 기독교 국가들 사이에 그마나 남아 있던 취약한 협력 관계조차도 엉망이 된 와중에, 계속 유럽으로 진출하려는 투르크인들의 압박을 받는 거야."

"그게 네 목적이야?"

탬벌리는 자신이 이런 냉담한 태도를 취하는 대신 격노하거나 아연실색해야 한다는 사실을 어렴풋하게나마 자각하고는 있었지만, 실제로는 뭐라도 상관없다는 식의 질문밖에는 나오지 않았다.

바라간이 놀리듯이 말했다.

"그럴지도 모르지. 하지만 자네가 마주친 친구들은 그보다는 훨씬 더 얌전한 목적을 갖고 있었어. 아타후알파의 몸값을 여기로 가져올 예정이었지. 물론 그런 행위 자체도 상당히 큰 여파를 불러일으켰겠지만 말야."

그는 웃음을 터뜨렸다.

"하지만 값을 매길 수도 없을 정도로 귀중한 예술품들을 보존할 수는 있겠지. 자네는 미래인들을 위해서 홀로그램 기록을 하는 것만으로 만족한 것 같았지만 말야."

"인류를 위해서야."

탬벌리는 반사적으로 대답했다.

"흐음, 타임 패트롤의 세심한 감독하에서 시간 여행의 달콤한 과실을 맛볼 수 있는 사람들을 위해서라고 하는 편이 더 정확하겠지."

"보물을…… 여기로 가져온다고? 지금?"

탬벌리가 더듬거리며 말했다.

"일시적으로 여기로 가져올 거야. 우리가 여기서 야영하고 있는 건 편리한 기지를 제공해주기 때문이지." 바라간은 미간을 찌푸렸다. "타임 패트롤은 우리 시대나 장소를 너무 자세하게 감시하고 있어서 말야. 오만한 돼지새끼들!"

그는 냉정을 되찾았다.

"현재의 마추픽추처럼 고립되어 있는 곳은 가까운 과거에서 변화가 있더라도 별다른 영향을 받지 않을 거야. 이를테면 아타후알파의 몸값이 밤 사이에 감쪽같이 사라져 버리는 일이 발생하더라도 말야. 하지만 탬벌리, 자네 동료들은 대대적으로 자네를 찾아 나서겠지. 그 어떤 사소한 단서도 놓치지 않고 추적할 거야. 따라서 그자들의 움직임을 미리 봉쇄하기 위해서라도 그 정보를 지금 당장 알아내는 편이 낫다는 얘기야."

영혼 깊숙한 곳부터 전율해야 마땅한 얘기로군. 무모함이나 만용 같은 표현 가지고서는 충분하지 않아──시간선의 고리나 시간 소용돌이나 미래 전체를 파괴할 위험 따위는 안중에도 없는──아니, 안중에도 없는 게 아냐. 고의적으로 그런 일을 야기할 작정인 거야. 하지만 지금 나는 아무런 공포도 느낄 수가 없어. 내 머리에 뒤집어씌운 이 물건이 나의 인간성을 억누르고 있으니까.

바라간은 탬벌리 쪽으로 상체를 수그렸다.

"그러니까 자네의 개인사에 관해서 얘기해 보자고. 자네가 고향이라고 간주하는 곳은 어디인가? 어떤 가족이 있지? 친구나 기타 유대 관계를 가지고 있어?"

바라간은 곧 면도날처럼 날카로운 질문을 잇따라 내놓기 시작했다. 이런 질문들을 통해 능숙하게 자신의 기억의 세부가 발려 나가는 상황을 탬벌리는 제3자처럼 바라보고, 귀를 기울였다. 바라간은 무엇인가에 흥미를 느끼면 끝까지 철저하게 추구했다. 탬벌리의 두번째 아내는 안전할 것이다. 그녀 또한 타임 패트롤 소속이었기 때문이다.

첫번째 아내는 그와 헤어진 후 다시 결혼해서 그의 인생에서 떠나갔다. 하지만…… 아아 하느님. 그는 동생인 빌과 그의 아내 얘기를 하고, 그 사이에서 난 조카를 딸처럼 귀여워하고 있다는 얘기까지 늘어놓고 있었다…….

문간이 어두워지는가 했더니 루이스 카스텔라르가 뛰어들어왔다.

장검이 공중을 갈랐다. 방을 지키고 있던 사내가 풀썩 쓰러지더니 바닥에서 몸부림쳤다. 목에서 새빨간 피가 분수처럼 솟구치며 더 이상 지를 수 없는 비명을 대신했다.

라오르는 제어상자를 떨어뜨리고 허리에 찬 총을 뽑으려고 했다. 카스텔라르가 더 빨랐다. 주먹으로 턱을 갈기자 그녀는 비틀거리며 뒤로 물러나다가 힘없이 쓰러졌다. 바닥에 누운 채로 멍하게 그를 올려다본다. 그녀가 쓰러졌을 때 카스텔라르의 장검은 또다시 공중을 가르고 있었다. 바라간은 믿기 힘들 정도로 민첩하게 벌떡 일어서서 치명적인 일격을 아슬아슬하게 피했다. 그러나 방이 너무 좁은 탓에 밖으로 달아날 수는 없었다. 바라간은 카스텔라르의 칼에 찔린 배를 움켜잡았다. 손가락 사이에서 피가 솟구쳤다. 그는 벽에 몸을 기대고 고함을 질렀다.

카스텔라르는 시간을 낭비하지 않았다. 상대방의 숨통을 끊어 놓는 대신 탬벌리의 헬멧을 홱 벗겨냈다. 바닥에 떨어진 헬멧이 덜그럭거렸다. 영혼에 한 줄기 햇살이 비쳐오며 탬벌리는 다시 하나가 되었다.

"빨리 도망쳐야 해! 밖에 있는 마법의 말을 타고——"

카스텔라르가 목쉰 소리로 내뱉었다.

탬벌리는 허우적거리며 의자에서 일어섰다. 다리가 후들거리며 쓰러지려고 한다. 카스텔라르가 다른 손으로 그를 부축했다. 그들은 비틀거리며 밖으로 뛰쳐나갔다. 티임 호퍼 한 대가 기다리고 있었다. 탬벌리는 앞쪽 안장으로 기어 올라갔다. 카스텔라르가 뒤쪽 안장으로 뛰어올랐다. 검은 옷을 입은 사내가 안뜰 입구에 나타났다. 그는 고함을 지르며 무기를 뽑으려고 했다.

탬벌리는 때리듯이 제어반의 스위치를 눌렀다.

# 기원전 2937년 5월 11일

마추픽추는 사라졌다. 강풍이 그를 감쌌다. 몇백 피트 아래에는 강이 흐르고 수풀이 무성하게 자란 비옥한 협곡이 있었다. 멀리서 푸른 바다가 번득였다.

타임 호퍼가 아래로 뚝 떨어졌다. 바람이 포효했다. 탬벌리는 중력 구동 스위치를 더듬었다. 엔진이 다시 깨어났다. 추락이 멈췄다. 그는 타임 호퍼를 소리 없이 매끄럽게 착륙시켰다.

몸이 와들와들 떨리기 시작했다. 눈앞의 어둠이 갈가리 찢겨 나가는 느낌.

쇼크 증세가 사라졌다. 눈앞에 카스텔라르가 서 있는 것이 보였다. 스페인인은 뽑아 든 장검의 칼끝을 탬벌리의 목에서 1인치 떨어진 곳에 갖다 대고 있었다. 카스텔라르가 말했다.

"거기서 내려와. 두 손을 위로 들어 올리고, 천천히 움직여. 넌 성직자가 아냐. 아마 기둥에 묶어서 불태워야 하는 요술사인지도 모른다는 생각이 드는군. 곧 알아내게 되겠지."

# 1885년 11월 3일

덜하우지 & 로버츠 수입상점——이 시대에 위치한 타임 패트롤의 런던 기지이다——에서 나온 에버라드는 말 한 필이 끄는 이륜마차를 잡아 타고 요크 플레이스에 있는 저택으로 갔다. 짙고 노리끼리한 안개를 뚫고 계단을 올라가서 초인종 손잡이를 돌렸다. 하녀가 징두리 벽판을 댄 대기실로 그를 안내했다. 그는 하녀에게 명함을 건넸다. 하녀는 1분 뒤에 되돌아와서 기꺼이 그를 접견하겠다는 여주인 미시즈 탬벌리의 말을 전했다. 그는 코트걸이에 모자와 코트를 걸어 놓고 하녀 뒤를 따라갔다. 난방도 바깥의 축축한 냉기를 완전히 몰아내지는 못했기 때문에, 새삼 빅토리아 시대의 신사 복장을 하고 있어서 다행이라는 생각이 들었다. 보통 때라면 그는 이런 옷을 지독하게 불편하게 느끼곤 했다. 그런 것을 제외하면 빅토리아 시대는 일반적으로 말해서 실로 멋진 시대였다. 그러니까 돈이 있고, 몸이 매우 건강하고, 앵글로색슨 프로테스탄트처럼 보일 수만 있다면 말이다.

거실은 가스등이 켜진 아늑한 느낌을 주는 방이었다. 벽가의 책장에는 책이 잔뜩 꽂혀 있고, 잡다한 골동품 따위가 잔뜩 널려 있지도 않았다. 벽난로에서는 석탄불이 너울거리고 있었다. 헬렌 탬벌리는 마치 난롯불이 주는 얼마 안 되는 위안이라도 얻으려는 듯이 난로 가까이에 서 있었다. 불그스름한 금발을 가진 작은 체구의 여성이었다. 몸 전체를 감싼 드레스는 많은 사람들이 부러워할 것이 뻔한 멋진 몸매를 미묘하게 강조하는 역할을 하고 있었다. 그녀 입에서 나오는 빅토리아 시대의 순정 영어는 음악적으로 들린다. 그러나 조금 떨리는 말투였다.

"안녕하세요 미스터 에버라드. 자리에 앉으시죠. 홍차를 드시겠습니까?"

"아니, 됐습니다. 그쪽에서 드시고 싶으시다면 얼마든지 그러셔도 좋습니다만. 다른 친구가 조금 뒤에 올 예정입니다. 그 친구와 얘기를 나눈 뒤에 마시고 싶어질지도 모르겠군요."

그는 굳이 미국 악센트를 감추려는 노력을 하지 않았다.

"물론 그러셔도 좋아요."

그녀가 하녀에게 고개를 까닥해 보이자 하녀는 문을 열어둔 채로 방에서 나갔다. 헬렌 탬벌리는 문쪽으로 가서 문을 닫았다.

"젠킨스가 이걸 보고 너무 큰 충격을 받지 않았으면 좋겠네요."

그녀는 힘 없는 미소를 지으며 말했다.

"그녀도 관습과는 좀 동떨어진 이 가족의 방식에 어느 정도 익숙해지지 않았을까요."

에버라드도 그녀처럼 애써 침착한 어조로 맞장구를 쳤다.

"흠, 그래도 너무 상궤를 벗어난 일은 하지 않으려고 해요. 사람들은 어느 정도까지는 기벽(奇癖)을 용인해 주는 분위기이지만. 만약 우리의 위장 신분이 지금처럼 부유한 부르주아 가정이 아니라 상류 계층이었다면 무슨 짓을 해도 상관이 없었을 거예요. 하지만 그런다면 너무 외부의 시선에 노출이 되니까 바람직하지 않았죠."

그녀는 융단 위를 가로질러 에버라드 앞으로 와서 두 주먹을 꼭 쥐고 섰다.

"아니, 이런 얘기를 늘어놓아도 의미가 없겠군요. 당신은 타임 패트롤 요원이니까. 무임소 대원이라고 하셨죠? 스티븐 일 때문에 오신 거군요. 틀림없어요. 얘기해 주세요."

그녀는 절망적인 어조로 말했다.

누가 엿들을 염려는 없었기 때문에 그는 영어로 말을 계속했다. 시간어보다는 모국어가 그녀의 귀에는 온화하게 들릴지도 모르기 때문이다.

"그렇습니다. 아직 확실한 것은 모릅니다만. 스티븐은——행방불명입니다. 시간에 맞춰 기지에 출두하지 않았습니다. 아마 기억하시겠지만 그는 1535년의 리마에 나타날 예정이었습니다. 피사로가 그것을 세운 지 몇 달 뒤에 말입니다. 거기에는 타임 패트롤의 전초 기지가 하나 있습니다. 나중에 은밀하게 조사를 해 보니 에스테반 타나킬 수도사는 2년 전 카하말카에서 불가사의하게 실종되었다는 사실이 판명되었습니다. 사고나 싸움 따위에 말려들어가서 죽은 것이 아니라, 실종입니다." 에버라드는 음울한 말투로 덧붙였다. "그렇게 간단한 문제가 아닙니다."

"그렇다면 살아 있을 가능성이 있다는 얘기군요?"

그녀는 외쳤다.

"희망을 가질 수는 있습니다. 패트롤이 최선을 다하리라는 약속밖에는 해 드릴 수가 없지만 말입니다. 정말 더럽게 힘든 일이라서——아, 실례했습니다."

그녀는 섬약한 웃음을 터뜨렸다.

"괜찮아요. 스티븐이 태어난 곳에서는 다들 그렇게 말들을 거칠게 한다고들 하던데 사실인가요?"

"흐음, 스티븐과 저 두 사람 모두 20세기 중반의 미합중국에서 태어났습니다. 그래서 이번 사건을 조사해 달라는 요청을 받았던 겁니다. 저는 스티븐과 태어나고 자라난 환경이 같으니 뭔가 쓸모 있는 아이디어가 떠오를지도 모른다는 생각에서겠죠."

"요청을 받았다." 그녀는 중얼거렸다. "무임소 내원에 명령을 내릴 권한을 가진 사람은 없다고 하더군요. 데이넬리아인을 제외하고는."

"꼭 그런 것만은 아닙니다."

에버라드는 어색한 어조로 대답했다. 특정 시대나 장소에 배치되는 대신, 그를 필요로 하는 어떤 시대나 장소로도 자유롭게 가서 자기 판단하에 행동할 수 있는 지위에 있다는 사실에 그는 이따금 당혹감을 느끼곤 했다. 본디 거만함과는 거리가 먼 성격이고, 천성이 소박하기 때문이라고나 할까.

"그렇게 말씀해 주시니 고맙군요."

그녀는 눈을 깜박이며 억지로 눈물을 참았다.

"앉아서 편하게 있어 주세요. 원하신다면 담배를 피우셔도 좋고요. 정말로 홍차하고 비스킷이라든지, 브랜디를 조금 드시고 싶지는 않으세요?"

"나중에 그럴지도 모르겠지만 지금은 괜찮습니다. 파이프는 피우겠습니다만."

그는 그녀가 벽난로 곁의 의자에 앉을 때까지 기다렸다가 반대편 안락의자에 앉았다. 스티븐 탬벌리의 의자일 것이다. 두 사람 사이에서 난롯불이 너울거렸다.

그는 조심스럽게 운을 뗐다.

"실은 과거에도 몇 번 이런 사건을 담당한 적이 있습니다—그러니까, 제 주관적인 과거에 말입니다. 이럴 경우는 사건 당사자에 관해서 가능한 한 많은 일들을 아는 것이 바람직합니다. 바꿔 말해서 당사자와 가까운 관계에 있는 사람과 이런저런 얘기를 나눠 봐야 한다는 뜻입니다. 오늘 약속 시간보다 조금 일찍 온 것도 그 때문입니다. 현지에 있던 요원 하나도 잠시 뒤에 와서 무엇을 알아냈는지 얘기해 줄 겁니다. 그래도 괜찮으시다면 말입니다만."

"아, 물론이에요." 그녀는 깊이 숨을 들이켰다. "하지만 얘기해 주세요. 저는 시간어로 생각할 때조차도 언제나 이해에 조금 어려움을 겪었어요. 아버지가 물리학 교수였던지라 제 뇌리에 각인된 인과관계에 관한 엄밀한 논리를 불식하기가 힘든 거예요. 스티븐은…… 16세기 페루에서 어떤 식으로든 곤란에 처한 것 같아요. 아마 타임 패트롤은 그를 구출해 줄지도 모르고, 그럴 수 없을지도 몰라요. 어떤 결과가 나오든 간에…… 패트롤은 그걸 알게 될 거예요. 언젠가는 보고서가 들어올 테니까요. 그러니까 거기로 가서 그 보고서를 미리 읽을 수는 없나요? 아니면, 시간을 건너뛰어서 미래의 자신에게 물어볼 수는 없는 건가요? 왜 이런 식으로 일을 진행해야 하는 거죠?"

어떤 가정교육을 받았든 간에 이런 질문을 하다니 정말로 엄청나게 동요하고 있는 것이 틀림없다. 점신세(漸新世)—인류 역사를 건드려도 아무런 영향을 받지 않는 태곳적—에 있는 타임 패트롤 학원에서 훈련을 받은 인물의 입에서 이런 말이 나올 수는 없기 때문이다. 그렇다고 그녀에 대한 에버라드의 평가가 낮아진 것은 아니었다. 오히려 저런 냉정한 태도를 취할 수 있는 용기를 칭찬하고 싶은 기분이었다. 게다가 그녀의 패트롤 업무는 변화 가능한 시간이 자아내는 패러독스나 위험과는 인연이 없다. 탬벌리 자신도 마찬가지다. 갑자기 어떤 사고를 당하기 전까지만 해도 그는 위장 신분을 쓰기는 했지만 단도직입적인 관찰 업무에만 종사하고 있었던 것이다.

그는 가급적 부드러운 어조로 말했다.

"그건 금지되어 있다는 걸 알고 있지 않습니까. 인과율의 고리는 금세 시간의 소용돌이가 되어버릴 수 있습니다. 모든 노력이 무효화되어 버릴 가능성조차도 우리가 무릅쓰는 위험에 비하면 아무것도 아닐 정도입니다. 게다가 그런 일을 해 봤자 의미가 없습니다. 그런 기록, 그런 기억들은 결코 일어나지 않은 일에 관한 기록이 되어버릴 수 있으니까 말입니다. 우리가 예지(豫知)로 믿었던 일이 우리의 행동에 어떤 영향을 끼칠지 생각해 보십시오. 그렇습니다. 우리는 임무 수행 시의 행동이 인과율에 위배되지 않도록 최대한의 노력을 기울여야 합니다. 임무의 성공이나 실패를 현실로 만들기 위해서 말입니다."

왜냐하면 현실은 잠정적인 것이기 때문이야. 해면에 이는 파문(波紋)과 비슷하다고나 할까. 파도——현실의 긍극적인 기반을 이루는 양자적 혼돈의 확률 파동——의 리듬을 바꾼다면 조금 전까지만 해도 존재했던 잔물결과 소용돌이치는 거품의 흔적은 갑자기 사라져 버리고 다른 패턴으로 변화하게 돼. 20세기에도 이미 물리학자들은 이런 현상의 어렴풋한 단초를 목격했지. 하지만 그게 실제로 인간 생활에 간섭하기 시작하는 건 시간 여행이 발견되면서부터야.

만약 시간 여행자가 과거로 간다면 그가 도착한 세계는 그의 현실이 돼. 예전과 마찬가지로 자유의지를 가진 채로 말야. 시간 여행을 한 당사자에게 딱히 무슨 제약이 가해지는 것은 아니므로, 그는 그 뒤로 일어날 일들에 대해 영향을 끼치게 되지.

통상적으로는 사소한 영향밖에는 끼치지 않아. 시공연속체는 튼튼한 고무줄을 합쳐 놓은 것이나 마찬가지이고, 어떤 힘이 그것을 교란한다면 다시 원래 상태를 복구시키려는 성질을 가지지. 그리고 시간 여행자는 바로 그런 과거의 산물이야. 피사로와 함께 여행을 한 타나킬 수도사를 자처하는 사내는 실제로 존재했다는 뜻이야. 그건 '언제나' 사실이고, 그가 지금 이 시대가 아니라 훨씬 미래에서 태어났다는 사실은 이 경우 중요하지 않아. 그가 할지도 모르는 사소한 시대 착오적인 행동들도 별로 중요하지 않아. 그걸 목격한 현지인들이 이러쿵저러쿵 입방아를 찧을지도 모르지만, 그런 기억은 언젠가는 스러지게 마련이니까. 그런 사소한 변화들이 현실의 연속성에 실제로 영향을 끼치는지 안 끼치는지의 여부는 철학적인 의문에 불과해.

하지만 어떤 행위는 실제로 영향을 끼치게 돼. 어떤 미치광이가 5세기로 돌아가서 훈족의 왕 아틸라에게 기관총들을 공급했다면? 그런 식의 노골적인 짓은 쉽게 막을 수가 있지. 그렇지만 미묘한 변화는 달라. 이를테면 1917년의 볼셰비

키 혁명은 거의 실패하기 직전까지 갔지. 그게 성공할 수 있었던 건 순전히 레닌의 능력과 천재성 때문이었어. 만약 19세기로 되돌아가서 레닌의 부모가 서로를 만나는 것을 조용하고 무해한 방법으로 방해한다면? 그런다면 러시아 제국이 나중에 뭐가 되든 간에 소비에트 연방은 되지 않을 것이고, 그런 사실의 파장은 향후의 역사 전체에 영향을 끼치게 돼. 그런 변화가 일어난 시점보다 과거에 와 있는 당신은 여전히 거기에 존재하지만, 미래로 돌아간다면 전혀 다른 세계와 직면하게 될 거야. 아마 당신이 아예 태어나지도 않은 세계와 말야. 그런 미래에서도 당신은 존재할 수야 있겠지만, 현실의 근원에 있는 아나키 자체에 의해 생겨난 우연한 존재가 되어 버리는 거야.

최초의 타임머신이 건조되었을 때 데이넬리아인들, 머나먼 미래에 사는 초인들이 나타났어. 그들은 시간 여행의 규칙을 제정하고 그것들을 집행하기 위해 타임 패트롤을 설립했어. 다른 경찰들과 마찬가지로 우리는 합법적인 일에 종사하는 사람들을 돕지. 그들이 곤경에 빠지면 가급적 구출해 주고, 역사의 희생자들에게는 가능한 한도 안에서 최대한의 조력과 친절을 베풀어. 하지만 우리의 기본 임무는 역사를 지키고 보존하는 거야. 바로 그 역사가 영광에 가득 찬 데이넬리아인들을 낳으니까 말야.

헬렌 탬벌리가 말했다.

"미안해요. 제가 멍청한 얘기를 했군요. 하지만 워낙…… 걱정이 되어서. 스티븐은 사흘 동안만 떠나 있을 예정이었거든요. 그이에게는 6년이지만 저한테는 사흘이었죠. 사흘을 더 잡은 건 단지 이 시대에 익숙해지기 위해서라는군요. 신분을 드러내지 않고 돌아다니면서 빅토리아 시대의 관습에 다시 익숙해져야 무심코 엉뚱한 일을 해서 하인들이나 현지 친구들을 놀래키는 일이 없을 거라고 했어요. 그런데 1주가 되어도 안 돌아오는 거예요! 죄송합니다. 횡설수설했군요. 그렇죠?"

그녀는 입술을 깨물었다.

"천만에요."

에버라드는 파이프와 담배 파우치를 꺼냈다. 이런 고뇌에 찬 상황에서 그나마 작은 위안이 되어 주는 물건이다.

"당신들처럼 다정한 부부를 보면 독신자인 저는 언제나 부럽습니다. 하지만 당면한 일에 집중하기로 합시다. 우리 두 사람을 위해서도 그게 가장 좋습니다. 이 시대의 잉글랜드에서 태어나신 걸로 알고 있습니다. 맞습니까?"

그녀는 고개를 끄덕였다.

"1856년에 케임브리지에서 태어났어요. 열일곱 살 때 부모님이 돌아가셨죠. 유산으로 먹고사는 데는 어려움이 없었기 때문에 고전문학을 공부해서 일종의 여류학자가 되었고, 나중에 패트롤의 권유를 받고 입대했죠. 스티븐과 저는 타임 패트롤 학원에서 만났어요. 상당히 나이 차이가 나긴 했지만 다행히도 우리는 그런 일에 개의치 않았고―아주 친해졌다가 졸업 후에 결혼했어요. 그이는 자기가 태어난 시대는 제 마음에 들지 않을 거라고 하더군요." 그녀는 미간을 찡그렸다. "방문해 보니 그이 말이 옳더군요. 그이는 이 시대 이 장소를 좋아했―좋아해요. 이곳에서는 수입회사의 미국인 직원이라는 신분을 유지하고 있어요. 제가 일을 하러 가거나, 일을 가지고 집에 돌아오는 것에 관해서는, 흐음, 여기서 여자가 학문에 관심을 보이는 것은 특이하기는 하지만 경악할 만한 일은 아녜요. 마리 스클로도프스카가―퀴리 부인이―소르본느에 입학하는 건 불과 몇 년 뒤의 일이랍니다."

"그리고 이 시대 사람들은 제가 태어난 시대에 비해 남의 일에는 간섭하지 않는 법을 알더군요."

에버라드는 브라이어 파이프에 담배를 가득 재우는 일에 착수했다.

"어, 그렇지만 이 시대의 남편과 아내 치고는 함께 돌아다니는 시간이 상당히 긴 걸로 알고 있습니다만."

"예, 그래요."

열성적으로 반응하는 것이 보기에도 안쓰러웠다.

"우선 이 시대나 다른 시대로 곧잘 함께 휴가를 가곤 했어요. 고대 일본에 푹 빠져서 몇 번이나 방문하기도 했죠."

충분히 고립된 나라인 데다가 주민은 소박한 문맹이 대부분이기 때문에 타임 패트롤도 이방인의 노골적인 방문을 허용하는 것이라고 에버라드는 판단했다.

"수공예품 제작에도 취미를 갖게 되었어요. 도자기 따위 말예요. 거기 그 재떨이를 만든 사람은 바로 스티븐이었어요──"

그녀는 말을 잇지 못했다.

에버라드는 황급히 질문을 던졌다.

"전문 분야가 고대 그리스 맞습니까?"

기지에서 만난 사내는 정확하게는 모르겠다고 했다.

"주로 기원전 7세기와 6세기의 이오니아 식민지들이에요."

그녀는 한숨을 쉬었다.

"그쪽 기지에서 북유럽 인종인 저를 받아주지 못한다는 건 아이러니죠." 그녀는 기운을 차리려고 노력했다. "하지만 방금 말씀드렸듯이 그것 말고도 스티븐과 저는 정말 멋진 것들을 많이 보았어요." 물론 충분히 장비를 갖추고 신중한 가이드라인을 따랐겠지만 말이다.

"아, 불평할 계제가 아니겠군요." 애써 냉정하려고 했지만 무리였다. "만약 스티븐을 찾아내서 다시 데려다 주신다면, 혹시 저처럼 한 곳에 정착해서 연구에 전념하라고 설득할 수 있을 거라고 생각하세요?"

그 뒤로 흐른 침묵 속에서 에버라드가 성냥을 칙 하고 켜는 소리가 울려 퍼졌다. 그는 혀 위로 연기를 굴리며 나무결이 거친 파이프를 손에 쥐었다.

"큰 기대는 하지 마십시오. 유능한 현지 역사가는 그리 많지 않다는 걸 아시지 않습니까. 사실 유능한 인재는 만성적으로 모자라는 상태입니다. 타임 패트롤의 인원 부족 현상이 얼마나 심각한지를 잘 모르실 수도 있겠군요. 당신 같은 요원의 뒷받침이 있으니까 그 친구 같은 요원이 활동할 수 있는 겁니다. 저 같은 요원도 말입니다. 보통 현지 요원들은 안전하게 귀가하기 마련입니다."

타임 패트롤의 업무는 만용이나 위험천만한 모험과는 거리가 멀다. 패트롤이 기능하려면 정확한 정보가 있어야 한다. 스티븐 같은 요원들은 현지에서 그런 정보 대부분을 수집하지만, 그런 그들 또한 헬렌처럼 보고서를 대조해 보는 연구 요원들의 끈기 있는 노력을 필요로 하는 것이다. 이오니아로 간 관찰자들은 19세기까지 살아남은 사료나 유물 따위에 비해 상대가 안 될 정도로 많은 양의 정보를 가지고 돌아온다. 그러나 그런 정보를 종합하고, 해석하고, 분류하고, 다음 탐험을 위한 브리핑을 준비하는 것은 그녀의 몫인 것이다.

"언젠가는 조금 더 안전한 걸 찾아야 할 거예요. 그러지 않으면 자식을 낳을 생각이 없다고 말했어요."

그녀의 얼굴이 살짝 붉어졌다.

"오, 때가 되면 행정직으로 옮겨 가게 될 겁니다."

에버라드가 대답했다. 그 친구를 구출하는 데 성공한다면 말야.

"힘들게 현지를 돌아다니기에는 너무 많은 경험을 쌓았으니까요. 현지 조사를 그만둔 뒤에는 신인들의 업무를 위에서 지시하게 될 겁니다. 음, 그러기 위해서는 몇십 년 동안 스페인 식민자 신분으로 일할 필요가 있겠지만 말입니다. 함께 거기 가 계시는 편이 스티븐이나 당신에게도 가장 좋을 겁니다."

"정말 멋진 모험이로군요! 저도 적응할 수 있어요. 우리는 영원히 빅토리아인으로 남을 생각은 없었으니까요."

"20세기 미국도 아니라고 하셨고. 흐음, 거기 스티븐 친척은 있습니까?"

"스티븐은 오래된 캘리포니아 가문 출신이랍니다. 페루와도 먼 관련이 있다고 들었어요. 증조부가 선장이었는데 리마에서 젊은 처녀와 결혼해서 고향으로 돌아왔다고 하더군요. 그래서 페루 초창기에 관심을 갖게 되었는지도 모르겠군요. 그이가 처음에는 인류학자로, 나중에는 고고학자로 거기서 연구했던 걸 아시죠. 샌프란시스코에 결혼한 남동생이 있다고 들었어요. 그이도 결혼했지만 타임 패트롤에 입대하기 바로 전에 이혼을 했죠. 그건 1968년의 일이었어요——일일 거예요. 입대한 뒤에는 교수직에서 사직하고, 사람들에게는 학술 연구소에서 연구비를 받았기 때문에 개인적으로 연구에 전념할 수 있게 되었다고 설명했어요. 오랫동안 집을 비우고 있는 것도 그걸로 설명할 수 있었죠. 친척하고 친구들과 접촉을 유지하기 위해서 혼자 살던 집을 여전히 갖고 있고, 그들의 삶에서 천천히 모습을 감출 계획도 현재로서는 없어요. 결국은 그래야 하고, 본인도 그걸 알지만——제일 귀여워하는 조카딸이 결혼해서 아이를 낳는 걸 보고 싶다고 하더군요. 종조부가 되기를 고대하고 있다고."

그녀는 미소 지었다.

에버라드는 뒤죽박죽이 된 그녀의 시제(時制)를 무시했다. 시간어가 아닌 다른 언어로 말할 때는 피할 수 없는 현상이다.

"제일 귀여워하는 조카딸이라고 했습니까? 그런 인물은 이런 상황에서는 상당히 도움이 되어 줄 수 있습니다. 당사자에 관해 많은 걸 알고 있을 거고, 의심을 품지 않고 술술 얘기해 수니까요. 그 조카딸에 관해 얘기해 주시겠습니까?"

"이름은 완다이고, 1965년생이에요. 스티븐이 마지막으로 완다에 관해 얘기했을 때, 그 아이가, 으음, 스탠포드 대학이라는 곳에서 생물학을 공부하고 있다고 하더군요. 그러고 보니 이번 임무를 위해 출발할 때도 이곳 런던이 아니라 캘리포니아에서 출발한 건 거기 사는 친척들을 만나기로 해서였어요. 그러니까, 1986년에 말예요."

"아무래도 가서 만나 보는 편이 낫겠군요."

문을 두드리는 소리가 났다. "들어와." 헬렌이 말했다.

하녀가 들어왔다.

"마님을 뵙겠다는 분이 밖에서 기다리고 있습니다. 바스케스 씨라는 분입니다."

그녀는 쌀쌀한 표정으로 불만스럽게 말했다.

"유색인종 신사분이십니다."

"온다던 요원입니다. 예상보다 빨리 왔군요."

에버라드는 여주인을 향해 중얼거렸다.

"들여보내."

그녀가 명했다.

훌리오 바스케스는 정말 이 장소에 어울리지 않는 외모를 하고 있었다. 땅딸막한 체격에 피부는 구릿빛이고, 머리는 검고, 넓적한 얼굴에 매부리코였다. 22세기에 태어나기는 했지만 거의 순수한 안데스 산지인이라는 사실을 에버라드는 알고 있었다. 그래도 탬벌리 가의 이웃들은 지금쯤이면 이국적인 손님들에게 어느 정도는 익숙해져 있을 것이다. 런던은 지구 곳곳에 영토를 가진 제국의 수도일뿐만 아니라, 이곳 요크 스트리트는 베이커 스트리트를 가로지르고 있는 것이다.

헬렌 탬벌리는 이 신참자를 친절하게 맞이했고, 이제 홍차를 가져오라고 하녀에게 명했다. 타임 패트롤은 혹시 그녀가 가지고 있었을

지도 모르는 빅토리아인 특유의 인종적 편견은 깨끗하게 불식했다. 필요상 그들 사이의 대화는 시간어로 진행되었다. 그녀는 스페인어를 하지 못했고 (케추아어는 말할 나위도 없다!) 바스케스의 생활에서 영어는 패트롤 입대 전이든 후든 별로 중요한 언어가 아니었기 때문이다. 기껏해야 몇 가지 관용구밖에는 몰랐다.

"별다른 정보를 얻어 내지 못했습니다. 워낙 급하게 요청을 받아서 임무 수행이 한층 더 어려웠던 탓도 있습니다. 스페인인들의 눈에 저는 또 한 명의 인디오로 비칠 뿐입니다. 그런 제가 어떻게 그런 자들에게 접근할 수 있었겠습니까? 질문을 하는 것은 물론 논외였습니다. 저는 건방지다는 이유로 채찍을 맞거나, 그 자리에서 처형당할 수도 있었습니다."

바스케스가 말했다.

"그 정복자들은 정말이지 지독하게 악독한 자식——자들이지. 몸값이 지불된 뒤에도 피사로는 아타후알파를 석방하지 않았던 걸로 알고 있어. 그러는 대신 엉터리 재판에 회부해서 날조된 죄목을 읽어 주고 사형선고를 내렸지. 산 채로 태워 죽이는 형이 아니었나?"

에버라드가 말했다.

"그가 세례를 받는 데 동의한 뒤에는 교살형으로 감형되었죠. 그리고 피사로 본인을 포함해서 몇몇 스페인인들은 훗날 양심의 가책을 느끼게 됩니다. 아타후알파를 석방하면 반란을 일으키지는 않을까 걱정했기 때문에 죽였던 겁니다. 나중에 그들이 꼭두각시 황제로 내세운 만코도 결국 반란을 일으켰습니다."

그는 잠시 말을 멈췄다.

"예, 스페인인의 마야 정복은 살육, 약탈, 노예화 등으로 점철된 소름 끼치는 사건이었습니다. 하지만 여러분은 영어권의 학교에서 역사를 배우신 걸로 알고 있습니다. 그리고 스페인은 몇 세기 동안이나 잉글랜드의 라이벌이었습니다. 그런 상황에서 나온 프로파간다는 오랫동안 사라지지 않고 남았습니다. 실제로는 종교 재판 따위로 악명이 높은 스페인인들은 다른 동시대인들에 비해 특별히 악랄하지도 않았다는 것입니다. 다른 많은 나라보다 차라리 나은 점도 있었죠. 이를테면 코르테스 본인이나 토르케마다*조차도 어느 정도는 정의롭게 현지인들을 대하려고 했습니다. 대부분의 라틴 아메리카 국가에서는 정복당한 현지인들이 조상의 땅에서 멸종당하지 않고 살아남았다는 사실에 주목하십시오. 특히 영국인들과 그 후계자인 양키와 캐나다인들이 현지인들의 씨를 거의 말리다시피 했다는 사실에 비추면 말입니다."

"사실이야."

에버라드는 쓴웃음을 지으며 말했다.

"제발."

헬렌 탬벌리가 속삭였다.

"죄송합니다, 세뇨라."

바스케스는 앉은 채로 까딱 절을 해 보였다.

"애타게 하려는 것이 아니라 왜 그토록 적은 정보밖에는 얻지 못했는지를 설명하기 위해서 그랬음을 이해해 주십시오. 수도사와 군인 하나가 보물을 하룻밤 동안 보관한 집으로 갔다는 사실은 명백합니다. 그런 그들이 새벽이 되어도 나오지를 않자 걱정이 된 보초가 문을 열어 보았더니 안에는 아무도 없었습니다. 보초들이 모든 문을 지키고 있었는데도 말입니다. 선정적인 소문이 떠돌았죠. 인디오에게 들은 얘기이긴 하지만, 더 이상 꼬치꼬치 캐물을 수도 없었습니다. 아시

---

* Tomás de Torquemada(1420 - 1498), 스페인 최초의 종교재판소 소장. 공포, 종교적 편협함, 잔인한 광기와 동의어로 쓰였다.

다시피 인디오들 사이에서 저는 이방인이었고, 그들은 고향을 떠나는 법이 거의 없습니다. 그나마 소요사태가 벌어지고 있는 통에 그 도시에 가 있는 이유를 둘러댈 수 있었지만, 누군가가 흥미를 느끼고 저를 신문했다면 금세 들통 났을 겁니다."

에버라드는 파이프를 뻑뻑 빨았다. 그는 그것을 문 채로 말했다.

"흠. 아무래도 수도사로 위장한 탬벌리는 새로 들어오는 보물들을 접할 수 있었던 것 같군. 기도로 정화해야 한다, 뭐 그런 이유를 대고 말야. 실제로는 미래인들이 보고 즐기기 위해서 예술품들의 입체영상을 찍고 있었지만 말야. 하지만 그 군인 얘기는 또 뭔가?"

바스케스는 어깨를 으쓱했다.

"이름은 루이스 카스텔라르라고 하더군요. 전쟁에서 공훈을 세운 기병 장교랍니다. 보물을 훔칠 음모를 꾸미고 있었다고 하는 사람도 있었지만, 그토록 고결한 기사가 그런 일을 할 리가 없다고 반론하는 사람도 있었습니다. 착하고 정이 많은 타나킬 수사는 말할 것도 없고 말입니다. 피사로는 보초들을 오랫동안 심문했지만 그들의 진술이 정직하다는 결론을 내렸다고 들었습니다. 보물들은 멀쩡하게 남아 있으니까 말입니다. 제가 거길 떠날 무렵에는 요술사들의 소행이라는 얘기가 정착하기 시작하고 있었습니다. 히스테리컬한 흥분이 빠르게 전파되고 있었습니다. 끔찍한 결과를 가지고 올지도 모릅니다."

"그리고 그건 우리가 배운 역사에서는 일어나지 않았어. 그 시공연속점은 정확히 얼마나 중요한가?"

에버라드는 으르렁거리듯이 말했다.

"<정복> 자체는 중대한 역사적 추이의 열쇠가 되는 필요 불가결한 사건입니다. 그러나 이 실종 사건 하나만을 두고 보자면─그걸 누가 알겠습니까? 우리는 그 시짐보다 더 미래에 있었지만, 적어도 존재하는 걸 그치지는 않았습니다."

"그렇다고 해서 존재하는 걸 그치지 않으리라는 보장은 되지 않아."

에버라드는 거칠게 말했다. 사실 우리는 아예 존재하지도 않은 것이 될 수도 있지. 우리뿐만이 아니라 우리를 낳은 세계 전체가 말야. 그건 죽음보다도 훨씬 더 절대적인 파멸이야.

"사건이 일어난 시점을 중심으로 며칠 또는 몇 주까지, 동원할 수 있는 패트롤 인력을 모두 동원해서 조사할 수 있도록 조처하겠네. 최대한 경계를 하면서 그래야 해."

그는 헬렌 탬벌리를 보며 이렇게 덧붙였다.

"무슨 일이 일어났을까? 뭔가 생각나는 게 있나, 바스케스 요원?"

"빈약하나마 가설이 하나 있습니다. 저는 타임머신을 가진 누군가가, 몸값으로 지불된 그 보물들을 강탈하려 했다고 생각합니다."

"응. 상당히 개연성이 있는 추측이야. 탬벌리의 임무 중 하나는 주위에 일어나는 일들을 감시하고, 뭔가 수상한 점을 발견한다면 타임패트롤에 보고하는 것이었거든."

"다시 미래로 돌아오지 않는 이상 보고할 수가 없지 않나요?"

헬렌 탬벌리가 소리 내어 의문을 말했다.

"보통 바위처럼 보이지만 실은 식별용 Y 방사선을 발산하는 바위 아래에 음성 보고서를 놓아 두도록 되어 있습니다. 그렇게 미리 정해 둔 지점을 미래에 점검하는 식이지만, 그가 경험한 일들을 담은 짧고 일상적인 보고들밖에는 없었습니다." 에버라드가 설명했다.

"이번 일을 조사하느라고 제가 맡은 진짜 임무를 내버려 두고 와야 했습니다. 제가 맡은 시대는 그보다 한 세대 이전, 아타후알파와 우아스카르의 아버지인 우아이나 카팍이 통치하는 잉카입니다. <정복>을 이해하려면, 우선 그것이 파괴한 위대하고 복잡한 문명을 이해해야 하니까요."

잉카는 에콰도르 오지에서 칠레까지, 태평양 연안에서 아마존강 상류까지를 포함한 거대 제국이었다.

"그리고…… 우아이나 카팍이 죽기 1년 전인 1524년의 잉카 궁정에 이방인들이 나타났다는 보고가 있습니다. 유럽인들을 닮은 용모를 하고 있었기 때문에 그런 말이 나온 것입니다. 당시 제국 내부에서는 멀리서 온 사내들의 소문이 이미 돌고 있었으니까요. 잠시 머물다가 떠났지만 어디로 갔는지, 또 어떻게 그랬는지를 아는 사람은 아무도 없었습니다. 하지만 제가 이 미래로 불려 왔을 무렵에는, 그들이 이복형인 우아스카르에 맞먹을 수 있을 정도의 권력을 아타후알파에게 주지 말라면서 우아이나 카팍을 설득하려고 했다는 심증을 얻었습니다. 그 시도는 실패했습니다. 우아이나 카팍은 워낙 완고한 노인이라서. 하지만 그런 시도가 있었다는 사실 자체는 의미심장하지 않습니까?"

에버라드는 휘파람을 불었다.

"맙소사, 물론이야! 그 방문자들의 정체에 관해서는 뭔가 단서를 얻었나?"

바스케스가 뒤틀린 미소를 지었다.

"아니, 별다른 단서는 얻지 못했습니다. 정말로 침투하기가 힘든 시대입니다. 16세기의 기준으로도 괴물이었다는 비난을 받은 스페인인들을 변호한 김에, 잉카가 지배하는 나라 또한 평화롭고 순진한 사람들이 살던 곳이 아니었다는 점은 짚고 넘어가야겠군요. 잉카 제국은 사방팔방을 향해 공격적으로 영토를 확장하고 있었습니다. 게다가 전체주의 국가였죠. 삶의 온갖 소소한 부분까지 국가에서 통제를 했으니까요. 순순히 지시에 따른다면 냉대를 받지 않았지만, 지시를 어기는 사람들은 가차없는 응징을 받았습니다. 귀족들조차도 자유라고 할 만한 것을 전혀 누리지 못했습니다. 오로지 신권(神權)을 가진 왕인 잉카만이 자유를 향유할 수 있었죠. 아무리 같은 민족이라고 해도 외부인이 그런 사회에서 겪을 어려움을 상상하실 수 있을 겁니다. 카하말카에서 저는 제가 사는 지방의 관청에서 중앙 관청으로 보고를 하려고 왔다는 이유를 댔습니다. 피사로가 잉카의 지배를 뒤흔들기 전이라면 그런 거짓말은 결코 통하지 않았을 겁니다. 하여튼 제가 들을 수 있었던 것은 한두 다리 건너서 들은 풍문뿐이었습니다."

에버라드는 고개를 끄덕였다. 실질적으로 역사에서 일어난 모든 사건과 마찬가지로, 스페인인들에 의한 신대륙 정복은 완전히 사악하지도 않았고 완전히 선하지도 않았다. 코르테스는 적어도 아즈텍족의 소름 끼치는 집단적 인신 공양을 중지시켰고, 피사로는 개인의 존엄과 가치라는 개념이 자리 잡는 계기를 마련했다고 할 수도 있다. 이 두 침략자 모두 현지인들의 동맹자들이 있었다. 그럴 만한 동기를 가진 동맹자들이.

흐음, 타임 패트롤 대원은 윤리 도덕을 논하거나 하는 직업이 아니다. 그의 의무는 동료들과 힘을 합쳐 이미 존재했던 것들을 시간의 끝에서 끝까지 보존하는 일이다.

에버라드가 제안했다.

"뭐든 좋으니 도움이 될 만한 걸 머리에서 쥐어짜서 토론을 해 보기로 하세. 탬벌리 부인, 우리는 남편분을 포기해서 운명에 맡길 생각은 없습니다. 구출은 실패로 끝날지도 모르지만, 최대한의 노력을 경주할 생각입니다."

젠킨스가 홍차를 가지고 왔다.

# 1986년 10월 30일

미스터 에버라드를 보고 놀랐다. 뉴욕에서 그가 보낸 편지를 받고 통화를 해 본 느낌으로는, 흐음, 정중하고 지적이라는 인상을 받았기 때문이다. 그런데 직접 만나 보니 우그러진 코를 가진 거구의 사내였다. 나이는 몇 살쯤 됐을까. 마흔? 확실하지가 않다. 이곳저곳을 돌아다니며 경험을 쌓은 티가 난다.

하여튼 생긴 건 중요하지 않다. (일의 향방에 따라서는 정말 섹시하게 보일 수 있는 외모였지만 그런 일은 물론 일어나지 않을 것이다. 보나마나 그러는 편이 나를 위해서도 낫겠지만, 빌어먹을.) 말투는 온화했고, 편지나 전화를 통해 대화했을 때와 마찬가지로 약간 구식이라는 인상을 준다. 악수를 했다.

"만나 뵙게 되어 반갑습니다, 미스 탬벌리."

굵직한 목소리가 말했다.

"친절하게 여기까지 와 주셔서 감사합니다."

우리는 다운타운의 어느 호텔 로비에 와 있었다.

"흐음, 하나밖에 없는 제 삼촌에 관한 일이니 당연하지 않겠어요?"

나는 이렇게 툭 말해 보았다.

그는 고개를 끄덕였다.

"좀 시간을 들여서 말씀을 나누고 싶습니다. 어, 제가 한잔 사겠다고 하면 실례가 될까요? 아니면 저녁을 산다든지? 개인적인 시간을 좀 빼앗고 있으니까 말입니다."

조심하자.

"고맙습니다. 하지만 우선 무슨 얘기인지부터 알고 싶어요. 솔직히 말해서 지금 당장이요. 좀 신경이 곤두선 상태라서. 밖에서 좀 걸으면 안 될까요?"

"물론입니다. 날씨가 정말 좋은데다가 팰로알토에 온 것도 몇 년 만이니까요. 그럼 대학 캠퍼스에서 산책을 할까요?"

날씨는 정말이지 좋았다. 우기가 오기 전의 인디언 서머다. 맑은 날씨가 계속된다면 스모그가 생기겠지만. 하지만 오늘은 머리 위에 맑게 개인 파란 하늘이 펼쳐져 있고, 햇살이 폭포수처럼 쏟아진다. 캠퍼스의 유칼리나무들은 은빛과 초록빛으로 반짝이고 코를 톡 쏘는 냄새를 풍길 것이다. 이런 상황에서도 (아아, 스티븐 삼촌한테 도대체 무슨 일이?) 흥분을 억누를 수가 없었다. 와아, 진짜 살아 있는 사립탐정과 이렇게 걷고 있다니.

길을 왼쪽으로 돌았다.

"뭘 원하시나요, 미스터 에버라드?"

"이미 말씀드렸듯이 얘기를 듣고 싶습니다. 탬벌리 박사님에 관한 이런저런 얘기를 말입니다. 거기서 뭔가 단서를 얻을 수 있을지도 모릅니다."

재단이 탐정을 고용할 정도로 삼촌을 걱정해 줘서 다행이다. 흐음, 물론 스티븐 삼촌에게 투자한 것도 있으니까 당연할지도 모른다. 삼촌은 남아메리카에서 연구를 하고 있었다. 무슨 연구인지는 거의 말하지 않았지만 말이다. 필시 폭발적인 호응을 얻을 책을 쓰고 있는 것이리라. 그러면 재단의 명성도 올라가니까. 면세(免稅)에도 도움이 되겠고. 아니, 이런 식으로 생각하지는 말자. 이런 안이한 냉소주의는 신입생들에게나 어울린다.

"하지만 하필 왜 저를? 그러니까, 우리 아버지는 삼촌 동생이잖아요. 저보다 아는 게 훨씬 많을 텐데요."

"그럴지도 모르겠죠. 사실 그분과 아내되는 분도 만나 볼 예정입니다. 하지만 제가 받은 정보는 탬벌리 박사의 귀여움을 가장 많이 받던 조카로 당신을 지목하고 있었습니다. 그래서 당신에게 뭔가 속내를 내비쳤을지도 모른다는 생각이 들었던 겁니다. 뭐 거창하거나 딱히 특별해 보이는 얘기가 아닐지도 모르지만, 그런 정보만으로도 그의 성격에 관한 통찰이라든지 그가 어디로 갔는지에 관한 단서를 얻을 수 있을지도 모릅니다."

마른침을 삼켰다. 엽서조차도 보내지 않고 소식이 끊긴 지 벌써 여섯 달이나 되었다.

"재단 쪽에서는 전혀 짚이는 데가 없다던가요?"

"그 질문은 아까도 했습니다." 에버라드가 지적했다. "탬벌리 박사는 언제나 혼자 활동하는 걸 선호했습니다. 연구비를 받을 때도 그걸 조건으로 내세웠죠. 예, 그가 안데스 산맥으로 간 것은 알고 있지만, 그것 말고는 거의 아는 것이 없습니다. 엄청나게 넓은 지역이죠. 그분이 갔을 가능성이 있는 몇몇 나라의 경찰 당국에 문의해 보아도 아무런 단서도 찾지 못했습니다."

입 밖에 내서 말하기가 쉽지 않다. 너무 신파라서. 하지만.

"혹시…… 삼촌 신변에 무슨 일이라도 일어났다고 의심하시는 건가요?"

"전혀 아는 바가 없습니다, 미스 탬벌리. 그런 일이 아니기를 빌고 있습니다만. 혹시 박사는 자기 운을 너무 과신하고―하여튼 간에, 제 일은 우선 박사를 이해하는 일입니다." 그는 미소 지었다. 얼굴에 주름이 잔뜩 생긴다. "그럴 경우 저는 당사자와 가까운 관계에 있는 사람들을 이해하는 것부터 시작합니다."

"아시다시피 삼촌은 언제나 과묵했어요. 혼자 있기를 좋아하는 성격이었죠."

"하지만 당신에게는 달랐던 걸로 알고 있습니다. 우선 당신에 관한 질문부터 해도 되겠습니까?"

"그러세요. 모두 대답할 거라는 보장은 없지만."

"딱히 개인적인 질문을 하려는 건 아닙니다. 어디 보자, 지금은 스탠포드 대학의 4학년이라고 했지요? 전공이 뭡니까?"

"생물학이요."

"그건 '물리학' 만큼이나 넓은 표현입니다. 그렇지 않습니까?"

바보가 아니다.

"흐음, 저는 주로 진화적 전이(轉移)에 관해 관심이 많아요. 아마 고생물학 쪽으로 갈지도 모르겠군요."

"그럼 대학원으로 진학할 생각입니까?"

"물론이죠. 과학을 하고 싶으면 박사학위는 노동조합의 조합원증이나 마찬가지니까요."

"겉보기에는 학자보다는 운동선수 같은 느낌을 받습니다만."

"테니스나 야영 따위를 좋아해요. 야외에서 돌아다니는 걸 좋아하고, 화석을 찾아내면 돈도 벌 수 있으니 일석이조죠."

나는 충동적으로 덧붙였다.

"실은 여름 일자리를 벌써 찾았어요. 갈라파고스 제도의 관광객 가이드. 잃어버린 세계가 존재한다면 바로 그곳이야말로 잃어버린 세계라고 생각해요." 갑자기 눈물이 왈칵 쏟아지려고 한다. "그 자리를 얻어준 사람은 스티븐 삼촌이었어요. 에콰도르에 지인들이 있다고 하면서."

"멋지군요. 스페인어는 어느 정도 합니까?"

"상당히 잘 해요. 우리는, 우리 가족은 멕시코로 휴가를 자주 갔거든요. 지금도 이따금 가곤 하고, 남아메리카도 여행한 경험이 있어요."

——놀랄 정도로 대화를 나누기가 쉬운 상대였다. 아버지라면 "낡은 구두처럼 편해"라고 했을 것이다. 우리는 캠퍼스의 벤치에 앉아서 얘기를 나누다가 학생 식당에서 맥주를 마셨고, 나는 결국 그의 저녁 초대에 응했다. 뭐 비싸다거나 로맨틱한 곳으로 간 것은 아니었다. 하지만 수업을 빼먹을 가치는 있었다. 나는 어느새 정말로 많은 얘기를 그에게 털어놓고 있었다.

그런 반면, 그가 자기 얘기는 거의 안 했다는 점이 조금 마음에 걸린다.

그 사실을 깨달은 것은 내가 사는 아파트 앞까지 배웅해 준 그가 작별 인사를 했을 때였다.

"정말 큰 도움이 됐습니다, 미스 탬벌리. 당신이 상상하는 것 이상으로 그랬을지도 모릅니다. 내일은 부모님을 만나 보겠습니다. 그런 다음 다시 뉴욕으로 돌아가야겠지요. 자, 이걸 받으십쇼."

그는 지갑을 꺼내 조그만 흰색 카드를 꺼냈다.

"제 명함입니다. 뭔가 또 떠오르는 일이 있다면, 즉시 제게 연락을 해 주시면 고맙겠습니다. 콜렉트 콜로." 그는 갑자기 심각하기 그지없는 표정을 지었다. "조금이라도 이상한 일이 일어날 경우에도 주저 없이 연락을 주십시오. 이번 일은 조금 위험할 수도 있으니까요."

스티븐 삼촌이 CIA와 연루되었거나 뭐 그러기라도 했단 말인가? 따뜻하게 느껴지던 저녁 공기가 갑자기 서늘해졌다.

"오케이. 안녕히 가세요, 미스터 에버라드."

나는 명함을 낚아채고 서둘러 현관으로 들어갔다.

# 기원전 2937년 5월 11일

"놈들이 경계를 풀고 함께 뭉쳐 있는 걸 보고," 카스텔라르가 말했다. "난 마음속으로 성 이아고를 부르고 놈들을 덮쳤어. 첫번째 놈은 나한테 목을 걷어채이고 바닥에 쓰러졌지. 나는 뒤로 홱 돌아서 손 언저리로 두번째 놈의 코 아래를 쳐올렸어. 이렇게 말야." 번개처럼 빠르고 사나운 동작이었다. "그놈도 픽 쓰러지더군. 내 칼을 찾아서 놈들의 숨통을 끊어놓고, 너를 데리러 온 거야."

마치 일상적인 대화를 하는 듯한 말투였다. 탬벌리는 충격을 받아 멍해진 머리로 〈고양주의자〉들이 과거 시대의 인물을 과소평가하고 얕잡아 보는 흔한 잘못을 저질렀다는 생각을 했다. 이 사내는 그들이 아는 것들에 관해 거의 무지하지만, 머리 회전은 그들 못지않게 빨랐다. 이 사내는 몇 세기나 계속된 전란의 시대가 낳은 살벌함의 산물이다――몰개성적인 미래의 하이테크 전쟁이 아니라 적의 눈을 들여다볼 수 있는 거리에서 직접 칼로 찌르고 베는 중세의 전투에 익숙한 인물인 것이다.

"그자들의…… 마법은 전혀 두렵지 않았나?"

탬벌리는 중얼거렸다.

카스텔라르는 고개를 가로저었다.

"하느님이 나와 함께 하시는 걸 알고 있었어." 그는 성호를 그은 다음 한숨을 내쉬었다. "놈들의 총을 그대로 두고 온 건 멍청한 짓이었지만 말야. 다시는 그런 실패를 되풀이하지 않을 거야."

뜨거운 햇살에도 불구하고 탬벌리는 몸을 부르르 떨었다.

그는 정오의 태양 아래에서 긴 풀숲 위에 축 늘어져 있었다. 카스텔라르는 그런 그를 내려다보며 우뚝 서 있었다. 갑옷의 금속이 번득인다. 칼자루 위에 손을 얹고, 다리를 벌리고, 마치 세계 위에 버티고 서 있는 거상(巨像)처럼 말이다. 타임 호퍼는 몇 미터 떨어진 곳에 놓여 있었다. 그 너머에는 바다로 흘러 들어가는 강 어귀가 보였다. 이 지점에서 바다를 볼 수는 없었지만, 아까 상공에서 흘끗 본 바에 의하면 대략 2, 30마일쯤 떨어진 곳에 있었다. 야자나무와 체리모야나무를 위시한 기타 식생(植生)으로 미루어 보건데 그들은 '아직도' 아메리카 대륙의 열대에 있는 듯했다. 타임 호퍼에 올라탔을 때 공간 이동 손잡이보다 시간 이동 레버쪽을 더 세게 돌린 어렴풋한 기억이 있다.

몸을 일으켜서 스페인인보다 더 빨리 타임머신 쪽으로 후다닥 달려가서 도망칠 수 있을까? 불가능하다. 지금보다 몸 상태가 나았다면 그랬을지도 모른다. 대다수의 현지 요원들과 마찬가지로 그도 격투기 훈련을 받았다. 그걸 쓴다면 힘은 세지만 기술은 덜 세련된 상대와 맞붙을 수 있을지도 모른다. (격렬한 육체적 활동에 종사하며 일생을 보내는 이런 중세 기사 앞에 갖다 놓는다면 올림픽 금메달리스트조차도 유약하게 보일 것이다.) 그러나 지금은 몸도 마음도 쇠약해진 상태였다. 카이라덱스를 머리에서 떼어낸 지금은 다시 자유의지를 되찾았지만, 아직 별반 쓸모가 없었다. 완전히 기력이 고갈 되어버린 듯한 느낌이었다. 온몸의 신경에 마치 모래라도 낀 것 같고, 눈꺼풀은 납덩이처럼 무거웠으며, 머리통 속은 텅 빈 듯하다.

카스텔라르는 탬벌리를 쏘아보며 화난 어조로 내뱉었다.

"말장난은 이제 그만둬, 요술사. 이제 질문을 하는 건 나야."

묵비권을 행사해서 차라리 나를 죽이도록 유도해 볼까? 탬벌리는 극심한 피로를 느끼며 생각했다. 그런다면 우선 고문을 해서 내 협력을 얻으려고 하겠지. 하지만 내가 죽은 뒤에는 이곳에 난파한 채로 무해한 존재가 될 거야……

아냐, 보나마나 타임 호퍼를 가지고 이런저런 실험을 할 거야. 그러다가 파멸해 버릴 가능성이 많지만, 안 그럴 경우에는 어떤 일이 일어날 수 있을까? 죽는 것이 유일한 가능성이 될 때까지 그건 유예하는 편이 낫겠군.

그는 가무잡잡한 얼굴을 향해 고개를 들어올리고 느린 어조로 말했다.

"나는 요술사가 아닐세. 단지 자네가 모르는 여러 가지 기술이나 장치에 대한 지식을 갖고 있을 뿐이야. 인디오들은 우리의 머스켓병들의 사격을 처음 보고는 벼락이 떨어졌다고 생각했잖나. 우리에겐 단순한 화약의 작용에 불과했지만 말야. 나침반의 바늘은 북쪽을 가리키지만, 그건 마법이 아냐." 자네는 그 원리를 이해하지는 못하겠지만. 안 그래? "사람을 다치게 하지 않고 기절시키는 무기나, 시간과 공간을 건너뛰는 기계들도 그와 크게 다를 것이 없어."

카스텔라르는 고개를 끄덕이고 느릿느릿하게 말했다.

"나도 비슷한 느낌을 받았어. 내가 죽인 놈들도 그런 얘기를 언뜻 하더군."

하느님 맙소사, 정말 머리가 좋은 친구로군! 나름 천재일지도 모른다. 그렇다. 신부들에게 교육을 받은 것 말고도, 아마디스가 쓴 이야기들을 재미있게 읽었다고 한 적도 있다. 당대 사람들의 상상을 부풀게 만든 환상적인 로맨스를 말이다. 게다가 한 번은 이슬람교에 대해 놀랄 정도로 세련된 관점을 피력한 적도 있었다.

카스텔라르는 온몸을 긴장시키고 따지듯 물었다.

"그럼 도대체 이게 뭔지 설명해 봐. 성직자라고 거짓말을 했지만, 진짜 정체가 뭐지?"

탬벌리는 필사적으로 머릿속을 더듬어 보았다. 장벽을 전혀 느낄 수가 없다. 카이라덱스가 시간 여행과 타임 패트롤의 존재를 발설하는 것을 막는 반사작용을 아예 지워 버린 듯했다. 이제 남은 것은 의무감밖에는 없다.

어떻게 하든 간에 이 끔찍한 상황을 통제하고 장악해야 한다. 일단 휴식을 취하고 방금 겪은 충격에서 몸과 마음이 회복된다면, 카스텔라르의 의표를 찔러 제압할 충분한 가능성이 생길 것이다. 아무리 이해력이 좋다고 해도 이런 기이한 환경에서는 압도당하지 않고는 배기지 못할 테니까 말이다. 그러나 지금 탬벌리는 반은 시체나 마찬가지였다. 그리고 카스텔라르는 그런 약점을 감지하고 교활하고 무자비하게 그것을 공략했다.

"당장 말해! 시간을 끌거나 말을 빙빙 돌리지 말고. 당장 진실을 말하란 말야!"

칼을 칼집에서 반쯤 뽑았다가 다시 철컥 집어넣는다.

"간단히 설명하기엔 너무 긴 얘기라네, 돈 루이스──"

부츠코가 탬벌리의 갈비뼈를 걷어찼다. 그는 몸을 뒤집고 헐떡였다. 고통이 파도처럼 몰려온다. 마치 천둥 속에 잠긴 느낌을 받으며 이런 목소리를 들었다. "자, 빨리, 얘기해."

그는 억지로 몸을 일으켜 앉은 다음 상대방의 무자비함을 피하려는 듯이 몸을 웅크렸다.

"그래, 수도사를 사칭한 건 사실이지만, 크리스천에 걸맞지 않은 나쁜 의도로 그런 것은 아니었다네." 그는 기침을 했다. "그럴 필요가 있었어. 알다시피 저것과 같은 기계를 가진 사악한 자들이 활보하고 있어. 자네도 보았듯이 그자들은 보물을 빼앗으려고 거기로 쳐들어왔다가 우리 두 사람을 끌고 갔고──"

이런 식으로 심문은 계속되었다. 혹시 카스텔라르는 스페인 종교 재판을 도맡았던 도미니크회 수도사들 아래에서 공부를 했던 것일까? 그게 아니라면 전쟁 포로를 다루는 법을 터득했을 뿐일까? 처음에는 시간 여행에 관해서 감추려고 마음 먹었지만, 어느새 얘기해 버렸거나, 억지로 고백해 버렸다. 카스텔라르의 추궁은 가차가 없었다. 이토록 빠르게 시간 여행의 개념을 파악했다는 것을 믿기가 힘들 정도였다. 이론은 전혀 이해 못해도 말이다. 탬벌리 자신도 그가 태어난 시대로부터 몇천 년 뒤의 과학의 소산인 시간 여행에 관해서는 어렴풋하게만 알고 있을 뿐이었다. 카스텔라르는 시간과 공간이 결합되어 있다는 얘기를 듣고는 영문을 모르겠다는 표정을 지었지만, 곧 욕설을 내뱉으며 더 이상의 추궁을 포기하고 좀 더 실제적인 질문을 하기 시작했다. 그래도 그는 이 기계가 날 수 있고, 공중에 정지할 수 있으며, 조종사가 원하는 어떤 시간, 어떤 장소로라도 갈 수 있다는 사실을 알아차렸다.

그가 이토록 쉽게 그 개념을 받아들인 것은 자연스러운 일인지도 모르겠다. 교육을 받은 16세기 사내들은 기적을 믿었기 때문이다. 기적은 크리스트교, 유대교, 이슬람교의 교의였다. 게다가 그들은 새롭고 혁신적인 발견과 발명과 아이디어가 발흥하는 세계에 살고 있었다. 특히 스페인인들은 기사도와 마법 이야기에 푹 빠져 있다고 해도 과언이 아니었다. 나중에 세르반테스의 풍자에 의해 제정신으로 돌아오기 전까지는 말이다. 카스텔라르에게 과거로 가는 여행이 불가능하다고 단언한 과학자는 없었고, 논리적으로 황당무계하다고 설파한 철학자도 없었다. 그는 단순한 사실에 직면했을 뿐이었다.

시간의 변화 가능성, 즉 미래 전체를 지워 버릴 가능성도 그의 주의에서 벗어나지는 못했다. 혹은 그런 가능성에 의해 구속받는 것을 거부했다고나 할까. "하느님이 알아서 돌봐 주실 거야." 그는 이렇게 선언하고 자신이 할 수 있는 일이 무엇이고 어떤 방식으로 그럴 수가 있는지를 알아내는 일에 착수했다.

그는 시간의 바다를 항해하는 대선단(大船團)이라는 개념을 선뜻 받아들였을 뿐만 아니라 그 사실에 크게 고무받은 눈치였다. 그런 항해를 통해 얻을 수 있는 진정한 가치를 가진 것들, 이를테면 여러 문명의 단초에 관한 정보라든지 사포*의 잊혀진 시, 사상 최고의 가멜란** 연주가의 음악, 몸값으로 녹여 버린 예술품의 3차원 영상에는 별로 흥미를 보이지 않았지만 말이다. 그는 이런 것들 대신 루비와 노예들, 그리고 특히 무기에 지대한 관심을 보였다. 미래의 왕들이 시간 통상(通商)을 통제하고 그런 귀중품들을 약탈하려는 산적들을 막으려 한다는 설명은 자연스레 받아들였다.

"그렇다면 너는 네 주군을 위해 첩자 노릇을 하고 있었고, 밤에 보물을 훔치러 온 도적들은 우리를 보고 놀랐다, 이거군. 하지만 신의 은총에 의해 우리는 다시 자유의 몸이 되었어. 이제는 어떻게 해야 할까?"

해가 지고 있었다. 탬벌리는 타는 듯한 갈증을 느꼈다. 당장이라도 머리가 깨질 것 같고, 온몸의 뼈가 산산조각 날 듯한 느낌이다. 앞에 웅크리고 앉은 카스텔라르의 지치지 않는 끔찍한 모습이 흐릿하게 시야에 들어왔다.

탬벌리는 목쉰 소리로 말했다.

"아, 물론 우린…… 우린 돌아가야 해……. 내 동료들이 있는 곳으로. 그들은 자네에게 두둑한 보수를 주고…… 원래 있던 곳으로 되돌려보내 줄 거야."

카스텔라르는 늑대 같은 웃음을 지었다.

"이제는 그러겠다는 말씀이시군? 그러면 내가 보수를 받는다는 보장이 어디 있지? 그리고 난 네가 진실을 얘기했다는 확신이 없어, 타나킬. 단 하나 확실한 건 하느님이 이 도구를 내게 내려주셨고, 나는 그걸 하느님의 영광과 우리 나라의 명예를 위해서 써야 한다는 사실

---

* Sappho, 기원전 600년경 그리스의 여성 시인. 동성애로 유명.
** gamelan, 타악기를 위주로 한 인도네시아의 전통 음악.

이야."

탬벌리는 마치 상대방의 입에서 나온 단어가 주먹처럼 잇따라 자기 몸을 강타한 것처럼 느꼈다. 몇 시간 동안이나 줄곧.

"그렇다면 뭘 어떻게 할 작정인가?"

카스텔라르는 턱수염을 쓰다듬었다. "우선은," 그는 눈을 가늘게 뜨고 중얼거렸다.

"그래, 우선은 이 말을 어떻게 움직이는지를 내게 가르쳐 줘."

그는 벌떡 일어났다.

"일어나!"

타임 호퍼까지 포로를 데려가려면 질질 끌고 가는 수밖에 없을 것이다.

거짓말을 해야 해. 지연 전술을 펴야 해. 최악의 경우에는 거부하고 그 결과를 받아들여야 해. 그러나 그럴 수가 없었다. 녹초가 된 데다가 고통, 갈증, 허기가 너무 심했기 때문이다. 물리적으로 저항할 수 있는 상태가 아니었다.

카스텔라르는 탬벌리 곁에 쭈그리고 앉아 상대방의 모든 움직임에 신경을 곤두세웠다. 조금이라도 수상하다면 당장이라도 내리칠 기세였다. 그리고 탬벌리는 그런 카스텔라르를 속여 넘기기에는 너무나도 멍한 상태였다.

조종간 사이의 콘솔을 보았다. 스위치를 눌러 날짜를 확인했다. 타임머신은 시공연속체 내부에서 그것이 행한 모든 전이(轉移)를 하나도 빠짐없이 기억한다. 그렇다. 먼 과거로 온 것이 맞았다. 기원전 13세기다.

카스텔라르는 속삭이듯이 말했다.

"그리스도가 나시기 전. 세상에, 맞아. 나는 주님이 지상을 걸으셨을 때로 돌아가서 주님을 만나 뵙고 그 앞에서 무릎을 꿇을 수도──"

카스텔라르가 황홀경에 빠져 잠시 넋을 잃은 순간, 강건한 사내였다면 수도(手刀)로 가격할 수도 있었을 것이다. 그러나 탬벌리는 단지 안장 위에 축 늘어져 발진 스위치로 손을 뻗칠 수 있었을 뿐이었다. 카스텔라르는 마치 쌀부대를 치우듯이 탬벌리를 옆으로 밀쳐냈다. 탬벌리는 반쯤 의식이 없는 상태로 땅 위로 쓰러졌다. 다시 칼끝에 콕 찔린 뒤에야 안장으로 기어 올라왔다.

지도 디스플레이를 켰다. 그들이 있는 곳은 언젠가는 남부 에콰도르가 될 예정인 해안 부근이었다. 카스텔라르의 명령을 받고 탬벌리는 스크린에 자전하는 전 세계의 영상을 불러냈다. 정복자는 잠시 지중해를 바라보고 있었다.

"이교도 놈들을 멸절시켜야 해. 성지를 되찾는 거야."

그는 중얼거렸다.

어떤 지역도 원하는 축척으로 보여 줄 수 있는 지도 유닛의 도움을 받으면 공간 제어 장치를 조작하는 것은 어린애 장난이나 마찬가지였다. 그러니까, 적당한 위치 지정만으로 충분한 경우에는 말이다. 충분한 연습 없이는 문이 잠긴 보물창고 안으로 도약하는 식의 스턴트는 시도하지 않는 편이 낫다는 탬벌리의 말에 카스텔라르는 영리하게도 동의했다. 후대 아라비아 숫자를 터득하면 시간 세팅 또한 그에 못지않게 쉬웠다. 카스텔라르는 단지 몇 분만에 그것을 터득했다.

조작법이 이토록 쉬운 것은 필요에서 비롯된 것이었다. 시간 여행자는 어떤 시점의 어떤 장소에서 부리나케 도망칠 필요가 있을지도 모르기 때문이다. 반중력 구동 장치를 사용하는 비행은 역설적으로 더 많은 기술을 필요로 했다. 카스텔라르는 탬벌리에게 명해 비행 제어장치를 확인했고, 뒤쪽 안장에 앉아 테스트 비행에 나섰다.

"내가 떨어지면, 너도 떨어져."

그는 경고했다.

탬벌리는 정말로 그랬으면 좋겠다고 생각했다. 처음에는 비틀거리는 통에 거의 떨어질 뻔했지만, 곧 카스텔라르가 열성적으로 조종을 도맡아 하기 시작했다. 시험 삼아 반나절 전으로 시간 도약을 해 보았다. 느닷없이 태양은 중천으로 되돌아갔고, 카스텔라르는 1마일 아래쪽의 계곡에 있는 자신과 탬벌리의 모습을 볼 수 있었다. 그걸 보고는 충격을 받은 듯했다. 그는 황급히 해질녘을 향해 도약했다. 공간 도약을 통해 이제는 아무도 없는 지면으로 접근했다. 1분 동안 공중에 정지해 있다가 쿵하는 소리를 내며 서투르게 착지했다.

그들은 타임 호퍼에서 내렸다. 카스텔라르가 외쳤다.

"아, 하느님에게 영광을! 하느님의 영광과 기적은 한이 없군."

"부탁이야. 강으로 가도 될까? 목이 말라서 죽을 지경이네."

탬벌리는 간원했다.

"잠시 후에 그럴 수 있을 거야. 여긴 먹을 것도, 땔감도 없어. 더 나은 장소를 찾아가자고."

카스텔라르가 대꾸했다.

"어디로?"

탬벌리는 신음을 흘렸다.

"아까부터 생각을 해 봤어. 네 왕을 찾아가는 건 안 돼. 그런다면 그 수중에 들어가게 되니까. 네 왕은 기독교 국가 전체에 엄청난 도움을 줄 수 있는 이 장치를 회수할 게 뻔해. 그렇다면 카하말카의 그날 밤으로 돌아갈까? 아니, 당장은 안 돼. 그러다가는 그 산적놈들에게 잡힐지도 모르니까. 그렇다면 존경하는 나의 상관이신 피사로 대장에게 갈 수도 있겠지만, 설득하는 건 쉽지 않을 거야. 하지만 내가 무적의 무기들을 가지고 가면 내 말에 귀를 기울여 주시겠지."

카스텔라르가 말했다. 내면에서 솟구치는 어둠 속에서도, 탬벌리는 스페인 정복자들이 서로 싸웠을 무렵 페루의 인디오들은 완전히 굴복하지 않았다는 사실을 떠올렸다.

카스텔라르가 말을 이었다.

"너는 주님이 태어나신 지 2000년쯤 뒤의 미래에서 왔다고 주장했지. 그 시대는 한동안 좋은 항구가 되어줄 수 있겠군. 너는 거길 잘 알 테니까 말야. 그와 동시에 그 시대의 경이로운 문물도 내가 받아들이기 힘들 정도로 발달하지는 않았을 거야. 네 말대로 이 기계가 그보다 훨씬 더 미래에 발견되었다고 하면 말야."

탬벌리는 카스텔라르가 자동차, 비행기, 마천루, 텔레비전 따위의 문명의 이기는 아예 상상도 못한다는 사실을 떠올렸다……. 그는 경계심을 최대한 발동시켰다.

"하지만 나는 평화로운 은신처에서, 놀라운 것들이 별로 없는 뒤떨어진 장소에서 조금씩 앞길을 모색해 볼 거야. 그래. 거기서 한 사람을 더 찾아내서, 그자의 말과 네가 한 말을 대조해 볼 수만 있다면— 방금 내가 말한 대로야. 넌 알잖아. 말해!"

갑자기 그는 고함을 질렀다.

서쪽에서 금빛 석양이 길게 비쳐 왔다. 새들이 집에 돌아가기 위해 어스름해진 나무들 사이로 날아간다. 강의 수면이, 물이 번득였다. 카스텔라르는 또다시 물리력을 행사했다. 매우 능숙한 솜씨로.

완다…… 그녀는 1987년의 갈라파고스에 가 있을 것이고, 그 섬들이 평화롭다는 사실은 자명한 사실이다……. 그녀를 이런 위험에 처하게 하는 행위는 타임 패트롤의 규칙을 깨는 일이나 다름없지만, 어차피 카이라덱스는 탬벌리의 마음속에 있는 심리적 족쇄를 깨 버렸다. 하지만 그녀는 여느 남자 못지않게 똑똑하고 임기응변의 재능이 있으며, 강인함에서도 거의 뒤지지 않는다. 그리고 만신창이가 된 이 불쌍한 삼촌을 위해 최선을 다해 줄 것이다. 금발의 미녀라는 사실은 카스텔라르의 주의를 산만하게 해서, 여자라고 과소평가하게 만들 것이다. 완다와 함께라면 어떤 식으로든 기회를 포착하거나 만들어 낼 수 있다…….

나중에 탬벌리는 자신을 여러 번 저주했다. 그러나 스페인 전사의 독촉에 못 이겨 흐느끼는 듯한 어조로 띄엄띄엄 그녀 얘기를 털어놓은 사람은 진짜 탬벌리가 아니었다.

갈라파고스 제도의 지도와 좌표. 역사서에는 1535년 이전에 그 땅을 밟은 사람은 없는 것으로 되어 있다. 그곳 환경의 묘사. 완다가 거기서 무엇을 하는지를 조금 설명하자 카스텔라르는 대경실색했지만, 중세 로망스에 나오는 아마존족 얘기를 머리에 떠올리고 진정했다. 완다에 관한 이런저런 정보. 대부분의 시간을 친구들에게 둘러싸여 지낼 가능성. 그러나 일이 모두 끝날 무렵에는 혼자서 하이킹을 갈지도 모른다. 카스텔라르는 또 다시 이런 일들을 꼬치꼬치 캐물었다. 교활한 육식동물을 연상케 하는 집요함으로, 모든 것을 낱낱이 알아냈다.

어둠이 주위를 뒤덮었다. 열대답게, 황혼은 빠르게 밤을 향해 가고 있었다. 별들이 반짝거리기 시작했다. 재규어가 구슬픈 울음소리를 냈다.

"아, 그랬었군. 잘 해 줬어, 타나킬. 자유의지로 그런 건 물론 아니지만, 이젠 좀 쉬어도 괜찮아."

카스텔라르는 기쁜 표정으로 나직하게 웃었다.

"제발, 물을 마시러 가도 되겠나?" 설령 강가로 기어 가는 한이 있더라도.

"맘대로 해. 하지만 나중에 내가 와서 찾을 수 있도록 여기 남아 있어. 안 그런다면 황야에 혼자 남겨져 죽을지도 모르니까."

탬벌리는 가슴이 찢어지는 듯한 실망을 맛보았다. 격분한 탓에 자기도 모르게 허리를 펴고 고쳐 앉는다. "뭐라고? 함께 간다고 했잖아!"

"아냐, 아냐. 난 아직도 너를 전혀 믿을 수가 없다네, 친구. 일단 내가 어떤 일을 할 수 있는지를 알아보고 올 거야. 그 뒤에는——하느님의 손에 맡겨야겠지. 내가 다시 데리러 올 때까지 잘 있게나."

투구와 흉갑이 별빛을 반사하며 번득였다. 스페인의 기사는 타임머신으로 성큼성큼 다가가서 안장에 올라탔다. 그는 빛을 발하는 제어반을 조작했다. "성 이아고의 이름으로, 돌격!" 그는 이렇게 외치고 공중으로 몇 미터 상승했다. 훅 하는 소리가 들리더니 그의 모습이 사라졌다.

# 기원전 2937년 5월 12일

탬벌리는 해가 떴을 때 일어났다. 그가 누워 있는 강 기슭은 축축했다. 낮게 불어오는 바람에 갈대가 흔들리고, 강물은 소용돌이치며 콸콸 흘렀다. 초목의 향기가 그의 코를 가득 채웠다.

전신이 욱신거렸다. 배고픔이 위를 할퀴었다. 그러나 이제 머릿속은 맑았다. 카이라덱스에 의한 혼란과 그 뒤에 받은 고문의 후유증이 사라진 덕택이다. 다시 생각을 하고, 다시 한 사람의 인간임을 자각할 수 있었다. 그는 힘겹게 일어난 다음 시원한 공기를 심호흡하며 잠시 서 있었다.

하늘이 푸르스름해지고 있었다. 까악까악 울면서 날아올랐다가 모습을 감춘 까마귀 떼를 제외하면 구름 한 점 없는 맑은 날씨였다. 카스텔라르는 아직 돌아오지 않았다. 아마 한동안 돌아오지 않을지도 모른다. 상공에서 자신의 모습을 내려다보고 크게 동요한 기색이었기 때문이다. 아예 돌아오지 않을지도 모른다. 미래로 가서 죽을 수도 있고, 혹은 가짜 수도사 따위에는 아무런 미련도 없다고 판단할지도 모른다.

어떤 행동을 할지는 확실하지 않아. 내가 할 수 있는 일은 그자가 나를 결코 찾아내지 못했다는 걸 기정사실화하는 거겠지. 그자의 손에서 벗어나 자유의 몸이 되는 거야.

탬벌리는 걷기 시작했다. 많이 쇠약해진 상태였지만 가급적 힘을 절약하며 강을 따라간다면 언젠가는 바다가 나올 것이다. 강어귀에 거주지가 있을 가능성은 높았다. 인간이 아시아 대륙에서 이곳 아메리카로 건너온 지 이미 한참 지났다. 원시적이겠지만, 흔쾌히 그를 손님으로 받아 줄 것이다. 그가 가지고 있는 기술을 활용한다면 부족에서 중요한 인물이 될 수도 있을 것이다.

그런 다음에는──이미 생각이 있었다.


## 1435년 7월 22일


그는 나를 놓아 주었다. 몇 센티미터 아래로 떨어졌다가 발을 헛디디고 쓰러졌다. 다시 벌떡 일어났다. 후다닥 뒤로 물러났다가, 멈춰서서 그를 응시한다.

그는 여전히 안장에 앉은 채로 미소 지었다. 천둥 같은 나 자신의 심장 고동 소리 너머로 그가 이렇게 말한다.

"세뇨리타, 두려워하지 마시오. 이렇게 거칠게 대해서 미안하지만,

달리 방법이 없었소. 자, 이제 아무도 없는 곳으로 왔으니 얘기를 할 수 있겠지."

아무도 없다! 주위를 둘러보았다. 해변에 더 가까운 곳이다. 만(灣)인가. 하늘을 배경으로 우뚝 솟은 저 윤곽은 다윈 연구소 근처의 아카데미 만이 틀림없다. 하지만 연구소는 어디로 간 것일까? 푸에르토 아요라로 가는 도로는? 만타자르노 관목, 팔로 산토 나무, 무성한 수풀, 그 사이에 간간이 보이는 선인장. 없다. 텅 비었다. 모닥불을 피운 흔적이 있다. 하느님 맙소사! 거대한 등딱지. 씹어 먹은 자국이 있는 거북이 뼈. 이 작자는 갈라파고스 거북이를 죽였어!

"도망치지는 마시오. 그러면 쫓아가서 다시 잡아 오는 수밖에 없으니까. 당신의 정절은 절대로 안전하다는 걸 보장하겠소. 사실 어디로 가든 여기보다 더 안전한 곳은 없을 거요. 낙원에서 추방당하기 전의 아담과 이브처럼 이 섬에 있는 사람은 당신과 나뿐이니까."

목이 바싹 타고, 혀를 제대로 놀릴 수가 없다.

"당신은 누구야? 도대체 이건 뭐지?"

그는 기계에서 내려오더니 궁정풍으로 허리를 굽혀 절했다.

"돈 루이스 일데폰소 카스텔라르 이 모레노라고 하오. 카스티야 지방의 바라코타 출신이고, 최근에는 페루에서 프란시스코 피사로 대장 휘하에서 일하고 있소. 처음 뵙게 되어 반갑습니다, 레이디."

저 인간이 미쳤든가, 내가 미쳤든가, 아니면 전 세계가 미친 것이다. 또다시 내가 꿈을 꾸고 있는 게 아닌가 하는 생각이 들었다. 이것은 모두 내 머릿속에서 일어나는 일이고, 나는 지금 열병 따위에 걸려서 섬망 상태에 빠진 건 아닐까. 그러나 전혀 그런 느낌을 받지는 않았다. 이것들은 내가 잘 아는 식물이고, 다들 멀쩡하게 제 자리에 있다. 하늘의 태양 위치가 좀 바뀌었고 공기는 덜 뜨겁지만, 땅에서 올라오는 열기는 평소와 하등 다르지 않았다. 여치가 찌르륵 울었다. 파란 왜가리가 날개를 퍼득이며 날아갔다. 그렇다면 이 모든 일이 현실이란 말인가?

그가 말했다.

"앉으시오. 망연자실한 상태로군. 물을 마시고 싶소? 원한다면 가지고 오겠소. 여기는 황량한 장소이지만, 뭐든 원하는 것이 있으면 말해 보시오."

마치 나를 달래는 듯한 어조였다.

나는 고개를 끄덕이고 그가 하라는 대로 했다. 그는 땅 위에 놓인 용기를 집어 들어 내게 건네고, 그 즉시 뒤로 물러났다. 어린 소녀를 놀래키지 않으려는 듯이 말이다. 물이 든 용기는 분홍색 양동이였고, 윗부분이 깨져 있었다. 쓸모는 있지만 별 가치가 없다. 어딘가에 누가 버려 놓은 것을 주워 왔음이 틀림없다. 마을의 조그만 오두막 같은 집에서도 플라스틱 제품은 널렸다.

플라스틱.

마지막 일격이라고나 할까. 장난을 치고 있는 것이다. 하나도 재미없다. 맙소사. 웃어넘기는 수밖에 없다. 폭소. 홍소(哄笑).

"진정하시오, 세뇨리타. 현명하게만 행동한다면 전혀 두려워할 것이 없소. 내가 당신을 지켜 줄 테니까."

돼지 같은 자식! 난 페미니즘의 여전사 따위는 아니지만, 유괴범 주제에 짐짓 선심을 쓰는 듯한 이런 태도는 도저히 참기 힘들었다. 웃음을 그쳤다. 일어섰다. 몸에 힘을 준다. 조금 떨린다.

그러나 어떻게 그랬는지는 모르겠지만 나는 더 이상 두렵지 않았다. 그 대신 차가운 분노가 몰려왔다. 그와 동시에 일찍이 경험한 적도 없을 정도로 오감이 날카로워졌다. 내 앞에 서 있는 사내의 모습이 마치 번개가 쳤을 때처럼 뚜렷하게 내 눈에 각인되었다. 큰 몸집은 아니고 호리호리하다. 그러나 얼마나 힘이 센지를 잊으면 안 된다. 본인이 말한 것처럼 스페인계 유럽인의 풍모를 하고 있다. 볕에 그을은 피부는 거의 새까맣지만 말이다. 입고 있는 옷은 무대의상이 아니다. 색이 바래고, 여기저기 기운 자국이 있고, 때가 묻었다. 식물성 염료로 물들인 옷이고, 입고 있는 사람과 마찬가지로 전혀 씻은 기색이 없다. 체취가 강하지만 악취라기보다는 야외 생활자의 몸에서 풍기는 냄새다. 수직으로 융기한 투구는 목까지 내려오고, 가슴에 착용한 강철 흉갑(胸甲)은 변색된데다가 긁힌 듯한 홈이 있다. 전투 중에 생긴 걸까? 왼쪽 허리에 장검을 찼다. 오른쪽 허리에 찬 것은 나이프 칼집인 듯하지만, 달랑 칼집만 있는 것을 보니 장검을 써서 거북이를 죽이고 나무 꼬치를 만든 듯하다. 땔감은 바싹 마른 나뭇가지를 손으로 부러뜨리는 것만으로도 충분하다. 저기 보이는 조그만 활은 마찰열로 불을 붙이기 위한 도구다. 활줄로는 거북이 힘줄을 썼다. 한동안 여기 있었던 듯하다.

속삭이듯 물었다.

"여기는 어디?"

"같은 제도에 있는 섬이오. 당신은 산타 크루스라는 이름으로 알고 있겠군. 그렇게 불리는 건 500년 후의 일이지만. 오늘은 이 섬이 발견된 날로부터 100년 전이오."

천천히 심호흡을 한다. 심장, 진정해. 나도 이런저런 과학소설은 읽어 보았다. 시간 여행. 하지만, 왜 스페인 정복자가?

"당신은 어느 시대에서 왔는데?"

"아까 말했잖소. 여기서 1세기쯤 미래에서 왔소. 나는 피사로 형제와 함께 진군하며 페루의 이교도 왕을 타도했소."

"아니, 무슨 말인지 모르겠어."

아냐, 완다. 기억하고 있으면서. 스티븐 삼촌한테 한 번 들은 적이 있어. 만약 내가 만난 사람이 16세기의 잉글랜드인이었다면 의사소통

218

에 엄청난 어려움을 겪었겠지. 철자법은 별로 달라지지 않았지만 (않을 것이지만), 발음이 많이 바뀌었을 테니까. 스페인어는 그보다 훨씬 더 안정된 언어야.

스티븐 삼촌!

냉정해져. 침착하게 말해. 그러나 그럴 수가 없다. 적어도 이 사내의 눈을 똑바로 들여다봐.

"당신이 나를…… 억지로 끌고 오기 직전에 내 친척에 관해 말했지."

그는 조금 화난 투로 말했다.

"필요 이상의 힘은 쓰지 않았소. 그래, 만약 당신이 정말로 완다 탬벌리라면, 나는 당신 아버지의 형을 알고 있소. 그자가 우리들 사이에서 쓴 이름은 에스테반 타나킬이었지만."

그는 쥐구멍을 들여다보는 고양이처럼 내 얼굴을 훑어보았다.

그럼 스티븐 삼촌도 시간 여행자였다는 거야? 현기증이 몰려오며 나도 모르게 비틀거렸다.

세게 머리를 흔들어 정신을 차린다. 돈 루이스 어쩌고 저쩌고는 내가 망연자실한 상태인 것을 알고 있는 듯하다. 아니면 그럴 것을 예상했거나. 아무래도 이런 식으로 행동하며 나를 계속 그런 상태에 놓아두고 싶은 듯하다. 그가 말했다.

"그가 위험한 상황에 빠져 있다고 경고했고, 그건 사실이오. 그는 내 포로요. 황야에 내버려 두고 왔으니 굶어 죽든지, 아니면 그 전에 들짐승에게 잡아먹히겠지. 그리고 그자의 몸값을 지불하는 사람은 바로 당신이오."

# 1987년 5월 22일

다음 순간. 도착했다. 명치를 정통으로 얻어맞은 듯한 느낌. 나는 거의 안장에서 떨어질 뻔했다. 그자의 허리를 움켜잡고, 거친 망토에 얼굴을 묻었다.

어이 진정해. 이렇게…… 이동할 거라는 경고를 이자에게서 미리 받았잖아. 그도 외경을 느끼는 표정이었다. 황급히 불어오는 바람을 향해 중얼거린다. "아베 마리아 그라티아 플레나──" 고공은 춥다. 달은 보이지 않지만 하늘 가득 별이 찬란하다. 비행기 등불이 보인다. 반짝. 반짝. 반짝.

아래에 보이는 반도(半島)는 마치 은하수를 펼쳐 놓은 것처럼 엄청나게 커 보인다. 하양, 노랑, 빨강, 초록, 파랑, 새너제이에서 샌프란시스코까지 혈류처럼 이어지는 반짝이는 자동차들의 흐름, 왼쪽에 검게 웅크리고 있는 부분은 산악지대다. 오른쪽의 어둠 속에서 빛을 발하고 샌프란시스코 만을 가로지르는 다리들은 마치 불길 같다. 반대편 해안의 소도시들이 불꽃처럼 번득인다. 금요일 저녁 10시 무렵의 광경이다.

얼마나 자주 이런 광경을 목격했나? 비행기 창문을 통해 말이다. 그러나 허공에 뜬 시공연속체 바이크의 2인용 안장 위에서, 거의 5세기 전에 태어난 사내 뒤에 걸터앉아서 보는 느낌은 그런 것과는 전혀 달랐다.

그는 이내 냉정을 되찾았다. 마치 사자를 방불케 하는 용기를 가진 사내다. 물론 진짜 사자는 미지의 것을 향해 맹목적으로 돌진하거나 하지는 않지만 말이다. 콜럼버스가 세계의 반을 제시한 이래 이 무모한 사내들은 그런 식으로 약탈을 일삼아 왔다.

"이곳은 모르가나 라 아다*의 왕국인가?"

속삭이는 듯한 목소리였다.

"아니. 여긴 내가 사는 곳이에요. 저기 보이는 저 불빛은 모두 램프고. 가로를 밝히는 램프, 집을 밝히는 램프, 그리고…… 마차를 밝히는 램프. 저 마차는 말이 없이 혼자 움직이지만. 저기 가는 건 하늘을 나는 탈 것이죠. 하지만 여기 이 기계처럼 한 장소에서 다른 장소로, 한 시각에서 다른 시각으로 도약하지는 못해요."

슈퍼우먼이라면 결코 이런 식으로 주절주절 설명을 하지는 않았을 것이다. 그러는 대신 잘못된 정보를 줌으로써 그를 오도하고, 그의 무지를 이용해서 어떤 식으로든 함정에 빠뜨렸을 것이다. 하, 이 '어떤 식으로든'이 문제다. 난 그냥 나지만, 이 사내는 슈퍼맨 내지는 그에 가까운 존재인 것이다. 시대가 빚은 자연도태의 산물이라고나 할까. 당시에는 육체적으로 터프하지 않으면 살아남아 자손을 남길 수가 없었다. 농노는 멍청하고, 어떤 의미에서는 그런 멍청함이 오히려 장점이 될 수도 있지만, 군대의 장교인 이 사내는 멍청하면 살아남기 힘들다. 그를 대신해서 작전을 세워주는 펜타곤이 있는 것도 아니고 말이다. 게다가 산타 크루스 섬에서 (여담이지만 그곳을 처음으로 걸은 여자는 다름아닌 나, 완다 메이 탬벌리다) 몇 시간 동안이나 꼬치꼬치 심문을 받은 탓에 나는 녹초가 되어 있었다. 결코 내게 손을 대지는 않았지만, 지치지도 않고 계속 질문 공세를 했던 것이다. 내 반항심이 어느새 다 사그러들 정도로 끈질겼다. 당장은 협력하는 편이 낫겠다는 것이 현재의 내 입장이다. 그러지 않는다면 뭔가 엉뚱한 실수를 저

---

* 모건 르 페이. 아서왕 전설에 등장하는 마녀.

지르는 것은 시간 문제다. 그러면 우리 두 사람 모두 황천으로 가고, 스티븐 삼촌은 황야에 버려지게 된다.

"성인들이라면 저런 영광스러운 광휘 속에서 살아갈 것이라고 상상한 적이 있어."

루이스가 중얼거렸다. 그가 아는 도시들은 해가 지면 모두 껌껌해졌다. 밤에 돌아다니려면 랜턴이 필요했다. 부유한 도시라면 인도가 없는 도로 한복판에 징검다리를 놓아서, 말똥이나 쓰레기를 밟지 않아도 돌아다닐 수 있다.

그는 당면한 문제로 주의를 돌렸다.

"남의 이목을 끌지 않고 내려갈 수 있나?"

"조심하면 돼요. 내가 안내할 테니 천천히 가기로 하죠."

스탠포드 대학 캠퍼스가 보였다. 불이 거의 꺼진 공간이다. 그의 등을 향해 몸을 기울이고, 왼손으로 그의 망토를 부여잡았다. 매우 설계가 잘된 안장이다. 양손을 쓰지 않고 무릎만으로도 앉은 자세를 유지할 수 있었다. 그러나 저기까지는 까마득한 거리다. 오른팔을 앞으로 뻗어 가리킨다.

"저기로."

기계가 앞으로 기울었다. 우리는 비스듬하게 하강을 시작했다. 사내의 체취가 내 코 안에 가득 찬다. 이미 알아차리고 있었다. 쉰내라기보다는 톡 쏘는 듯한 냄새. 아주 마초적이다.

감탄하지 않을 수가 없었다. 보는 입장에 따라서는 영웅이라고 할 수도 있다. 내심 그의 절망적인 시도가 성공하면 좋겠다는 생각이 언뜻 떠오르는 것을 막을 수가 없었다.

어이 너. 그런 함정에 빠지면 안 돼. 유괴당한 사람들, 그러다가 고문당한 사람들까지도 유괴범들에게 감정이입한다는 얘기를 못 들어본 것도 아니잖아. 또 다른 패티 허스트*가 되고 싶어?

그럼에도 불구하고, 빌어먹을, 루이스의 행동은 정말 환상적이라고밖에는 할 수 없었다. 용감할 뿐만 아니라 머리까지 좋다. 생각해 보자. 이렇게 공중을 날아가는 동안, 머릿속을 뒤져서 그가 뭐라고 했는지, 내가 무엇을 목격했는지, 또 내가 무엇을 알아냈는지를 정리해 보는 것이다.

쉽지 않았다. 루이스 자신도 많이 혼란된 상태임을 고백했다. 삼위일체와 호전적인 성인들에 대한 신앙으로 버티고 있다고나 할까. 반드시 성공해서 그들에게 그의 승리를 바치고 신성로마제국 황제보다 더 위대한 인물이 되든지, 아니면 그런 시도를 하던 중에 실패하고 죽어서 천국으로 가든지 둘 중 하나다. 설령 그런 시도가 실패한다 하더라도 모두 기독교 국가, 가톨릭을 믿는 기독교 국가들을 위해 한 일이므로 그의 죄는 깨끗이 용서받을 수 있을 것이다.

시간 여행은 실제로 존재한다. 일종의 시간 호위대guarda del tiempo도 존재하며, 스티븐 삼촌은 그 조직에서 일한다. (오, 스티븐 삼촌. 웃으며 얘기를 나누고 가족 소풍을 가고 TV를 보고 체스나 테니스를 했을 때, 머릿속에는 줄곧 그런 사실이 자리 잡고 있었단 말이군요.) 역사 여기저기를 마음대로 들쑤시고 다니는 일종의 산적이나 해적들도 존재한다고 한다. 정말 끔찍한 생각이 아닌가? 루이스는 그런 자들로부터 도망쳤고, 이 기계를 손에 넣었고, 나를 손에 넣었다. 그 자신의 엄청난 목적을 달성하기 위해.

그가 어떻게 나를 찾아왔는지─스티븐 삼촌으로부터 나에 대한 기본적인 정보를 쥐어짤 수 있었는지는 생각하고 싶지도 않다. 본인 말로는 무슨 영구적인 손상을 주지는 않았다지만 말이다. 갈라파고스

---

* 미국 신문 재벌 허스트가의 상속녀로, 1974년 19세때 공생해방군에 납치되었다가 인질범들에게 동화되어 강도 행각을 벌이다 체포되었다.

로 날아와서, 이 섬들이 발견되기 전 시대에 야영지를 설정했다. 그런 다음 20세기의 갈라파고스를 몇 번 신중하게 정찰했다. 정확히는 1987년의 갈라파고스를. 그때 내가 있으리라는 것을 알고 있었고, 그가…… 이용할 수 있는 가능성이 조금이라도 있었던 인물은 나밖에는 없었다.

그가 야영지로 고른 장소는 다윈 연구소 뒤쪽의 삼림공원 안이었다. 이른 아침이나 늦은 오후나 밤 시각을 골라 타임머신을 그곳에 남겨 두고 정찰을 나섰다. 갑옷을 벗고 시내나 그 주위를 돌아다녔다. 옷도 좀 이상하긴 하지만, 신중하게 현지의 서민들에게만 접근했기 때문에 큰 문제는 없었다고 했다. 그들은 괴상한 관광객들에게 익숙하기 때문이다. 감언이설로 그들을 꾀고, 위압하고, 뇌물을 써서 정보를 얻었다. 아무래도 돈도 훔친 듯했다. 목적 달성을 위해서라면 수단방법을 가리지 않았다. 하여튼 간에 충분히 시간을 두고 교묘하게 질문함으로써 이 시대에 관한 정보를 얻었다. 나에 관해서도 알아냈다. 일단 내가 마지막 휴일을 즐기려고 나오고, 대충 어디 있는지를 안다면 우리가 볼 수 없을 정도로 고공에서 확대 스크린을 통해 감시하고 있다가 기회가 오면 급강하해서 나를 낚아챌 작정이었다고 했다. 그렇게 해서 여기에 오게 된 것이다.

오는 9월에 그럴 예정이라고 했다. 지금은 메모리얼데이*를 앞둔 주말이다. 그는 아무한테서도 방해를 받지 않을 시간을 골라서 우리 집으로 가도록 내게 명령했다. 주로 나 자신을 피하기 위해서 말이다. (피와 살을 가진 나 자신과 마주본다면 어떤 기분일까?) 나는 그때 부모님과 수지와 함께 샌프란시스코에 가 있을 것이다. 내일이면 요세미티 국립공원으로 놀러간다. 월요일 아침이 될 때까지는 돌아오지

* memorial day, 미국의 전몰자 추도 기념일. 주로 5월의 마지막 월요일에 거행된다.

않을 것이다.

내 아파트에 있는 사람은 그와 나뿐이었다. 다른 학생들이 사는 세 집도 모두 비었다는 사실을 나는 알고 있었다. 모두 휴일을 즐기기 위해 집으로 돌아갔기 때문이다.

흐음, 앞으로도 그가 내 '명예를 존중' 해 줬으면 좋겠다. 내 옷차림이 마치 남자 혹은 푸타* 같다는 저질 농담을 한 번 했다. 나는 다행히도 ─ 천만 다행히도 ─ 발끈하며 일어서서 우리 고향에서는 내 옷이 품행 방정한 여성의 옷이라고 항의했다. 그러자 그는 내게 사과 비슷한 말을 했다. 내가 이단이기는 하지만 백인 여성이므로 사죄한다고 했던 것이다. 인디오 여자의 감정은 고려 대상이 아니다. 물론.

이젠 무슨 짓을 할 작정일까? 내게서 뭘 원하는 걸까? 잘 모르겠다. 아마 그 자신도 자신이 뭘 원하는지 정확히 모르고 있을 수도 있다. 아직은. 만약 내게 비슷한 기회가 주어진다면, 나는 그것을 어떻게 쓰려고 할까? 신이나 다름없는 힘이다. 그 조종간을 잡고 있으면 냉정해지기가 쉽지 않다.

"오른쪽으로 돌아요. 이제는 천천히."

유니버시티 애비뉴 상공에서 미들필드 가(街)를 가로지르자 광장이 보였다. 내가 사는 집은 저쪽에 있다. 그렇다. "멈춰." 우리는 멈췄다. 나는 거의 어깨 너머로 20피트 전방, 10피트 아래쪽에 있는 네모난 건물을 내려다보았다. 창문들이 희미하게 보인다.

"저기 위층에 내 방들이 있어요."

"이 전차를 넣을 공간이 있소?"

마른침을 삼켰다.

"흐음, 그래요. 제일 큰 방은 가능하겠군요. 저기 저 모퉁이의 창

---

* puta, 갈보.

문들 뒤로 몇 피트——" 빌어먹을. 정확히 몇 피트였더라? "——3피트쯤 안으로 들어간 곳에 있어요."

당시의 스페인에서 쓰던 피트가 내가 쓰는 영국식 피트와 별로 다르지 않다고 가정하는 수밖에 없다.

내 생각이 옳았다. 그는 몸을 앞으로 수그리고, 그쪽을 들여다보고, 거리를 가늠했다. 내 심장은 방망이질쳤다. 식은땀으로 피부가 따끔거린다. 그는 공간을 통해 양자 점프를 함으로써 (아니, 엄밀하게 말하자면 공간을 통하는 게 아니다. 공간 주위를 돌아간다고 해야 하나?) 내 아파트 거실에 출현할 작정이다. 혹시 어떤 물질 안에서 실체화해 버린다면 어떻게 될까?

오, 갈라파고스의 은신처에서 이런저런 실험을 해 보기는 했다고 들었다. 제정신인 사람이라면 도저히 할 수 없는 일들을! 그 과정에서 이런저런 발견을 했다. 그는 내게 그것을 설명해 주려고 시도했다. 내가 이해할 수 있었던 한도 안에서 20세기의 표현을 써서 말하자면, 타임머신은 한 시공연속체 좌표에서 다른 시공연속체 좌표로 도약한다고 했다. 아마 일종의 '웜홀'을 통해 (「사이언티픽 아메리칸」이라든지 「사이언스 뉴스」, 「애널로그」 따위에서 읽은 기사들의 내용이 어렴풋하게 떠오른다) 그러는지도 모르고, 그 순간 탑승자나 타임머신이 점유하는 차원은 제로가 된다. 그리고 다음 순간에는 목적지에서 다시 원래 크기로 확산하고, 무엇이든 원래 그 자리에 있던 것을 밀어낸다. 공기 분자 얘기임이 명백하다. 앞에 뭔가 작은 고체가 있을 경우에는 옆으로 밀려난다는 사실을 루이스는 알아냈다. 큰 물체일 경우 타임머신은 탑승자를 태운 채로 그 옆에 내려앉는다. 정확한 목표 지점에서 조금 떨어진 공간에 말이다. 상호 변위(變位)라고나 할까. 작용과 반작용은 같다. 맞죠, 서 아이작*?

물론 한계는 있었다. 계산을 완전히 잘못해서 벽 안에서 실체화해 버린다고 하자. 벽의 간주(間柱)가 산산조각 나고, 못이 내 배를 찌르고, 박살난 치장 벽토나 회반죽이 대포알처럼 내 몸을 강타하고, 이 무거운 것을 탄 채로 10여 피트 아래로 추락하는 광경이 머리에 떠오른다.

"성 제임스의 가호가 있기를."

그는 말한다. 그가 손을 움직이는 것이 느껴진다. 휙!

집이다. 방바닥에서 몇 인치 떨어진 공간에 떠 있었다. 그는 방바닥에 착지했다. 집이다.

창문을 통해 희미한 거리의 빛이 들어온다. 안장에서 내려왔다. 무릎이 후들거린다. 앞으로 가. 정지──강철 같은 손이 내 팔을 움켜잡고 있다. "멈춰." 그가 명령했다.

"그냥 불을 밝히려고 했을 뿐인데."

"일단 확인부터 해 봐야겠소, 레이디."

그는 나를 따라왔다. 내가 전등 스위치를 켜고 방 안이 밝아지자 그는 흑 하고 숨을 들이켰다. 내 팔을 잡은 손에 아플 정도로 힘이 들어간다. "아!" 그는 내 팔을 놓고 주위를 둘러보았다.

산타 크루스에서도 불이 들어온 전구를 보았겠지만, 푸에르토 아요라는 작고 가난한 마을이고, 아마 연구소 직원의 집 안까지 들여다보지는 않았을 것이다. 그의 눈을 통해 이 모든 것들을 보도록 하자. 쉽지 않다. 내게는 너무나도 당연한 것들이기에. 이토록 이질적인 환경에 둘러싸인 상태에서, 그가 실제로 보고 이해할 수 있는 것은 얼마나 될까?

시간 바이크가 양탄자 위를 거의 점령하고 있었다. 그 탓에 책상과 소파와 TV 캐비닛과 책장이 있는 내 거실은 정말 비좁게 느껴졌다.

* Sir Isaac Newton, 물리학자 아이작 뉴턴을 말한다.

여기에 출현하면서 의자 두 개를 넘어뜨렸다. 한쪽 벽에 난 문은 짧은 복도로 이어진다. 방 왼쪽에는 화장실과 붙박이 수납장이 있고, 오른쪽에는 침실과 벽장이 있으며, 앞쪽에는 부엌이 있다. 문들은 모두 닫혀 있다. 비좁은 집이다. 보나마나 16세기에는 거상(巨商)이라도 되지 않는 이상 이런 곳에서 살지는 못했을 게 뻔하다.

그를 가장 놀라게 한 것은 다른 것이었다.

"저렇게 책이 많다니? 성직자도 아니면서."

어, 교과서를 포함해도 백 권이 채 안 되는데. 게다가 구텐베르크는 콜럼버스 전의 인물이 아니었나?

"하지만 장정들이 정말 초라하군."

그것에서 다시 자신감을 얻은 듯했다. 아마 그가 살던 시대에는 책이 여전히 희귀하고 비쌌던 듯하다. 페이퍼백 따위는 물론 없었겠고.

그는 잡지 두어 권을 보며 고개를 설레설레 흔들었다. 표지가 지나치게 화려한 탓이리라. 다시 거친 목소리로 명했다.

"집 안을 안내해 주시오."

나는 그를 안내하며 가급적 자세히 설명했다. 그는 푸에르토 아요라에서 수도꼭지와 수세식 변소를 흘끗 본 적이 있었다. (보게 될 것이다.)

"정말이지 목욕을 할 수 있다면 얼마나 좋을까."

나는 한숨을 쉬었다. 뜨거운 물로 샤워하고 깨끗한 옷으로 갈아입을 수만 있다면, 천국을 가지든 뭐든 해도 좋아요, 돈 루이스.

"원한다면 지금 해도 좋소. 하지만 다른 일을 할 때와 마찬가지로 내가 볼 수 있는 곳에서 해야 하오."

"뭐요? 아니 그럼 그, 그때조차도?"

그는 난처한 표정이었지만 단호하게 말했다.

"정말 유감이오. 얼굴을 돌리고 있겠소. 당신이 뭔가 나를 함정에 빠뜨리려고 하지 않는다는 것을 확인할 수 있을 정도로는 보고 있어야 하지만 말이오. 왜냐하면 나는 당신이 용감하다는 걸 알고, 내가 상상도 할 수 없는 지식이나 장치를 구사할지도 모른다고 생각하기 때문이오."

하. 속옷 밑에 45구경 권총을 숨겨 놓을걸. 사실 똑바로 세워 둔 진공청소기가 총이 아니라는 사실을 설득하는 데도 좀 애를 먹었다. 결국 그가 명하는 대로 거실로 끌고 가서 시연을 해 보여야 했다. 그제서야 씩 웃는다. 웃으니 평소보다 훨씬 더 인간적으로 보인다.

"하녀에게 맡기는 편이 훨씬 낫소. 미친 늑대처럼 울부짖지는 않으니까."

우리는 그것을 거실에 놓아 두고 복도로 갔다. 부엌 겸 식당으로 가자 그는 점화용 불이 달린 구식 가스레인지에 감탄했다. 나는 말했다.

"음식…… 샌드위치하고 맥주를 먹을 거예요. 당신은 배 안 고파요? 며칠 동안 미지근한 물하고 반쯤 익힌 거북이 고기밖에는 못 먹었잖아요?"

"나를 손님으로 맞이하겠다는 거요?"

놀란 어조였다.

"뭐, 그렇게 생각해도 좋아요."

그는 잠시 생각에 잠겼다.

"아니, 됐소. 고맙긴 하지만 양심상 도저히 당신의 환대를 받을 수가 없소."

은근히 가슴이 찡했다.

"구식이군요, 당신? 내 기억이 맞는다면 보르지아 가문은 당신 시대에서 활동하고 있었을 텐데. 아니, 그것보다 더 전이었던가? 하여튼, 서로 적이기는 해도 일단은 협상을 위해 한 자리에 앉았다고 간주

해도 좋아요."

그는 고개를 까닥하고 투구를 벗더니 카운터 위에 올려놓았다.

"그대의 친절에 감사를."

요기를 하면 내게는 큰 도움이 될 것이다. 아마 그도 경계를 풀지 모른다. 나는 그럴 생각만 있으면 남자를 상대로 매력적으로 굴 수 있다. 그러면서 가능한 한 많은 정보를 얻는 것이다. 정신을 바싹 차리자. 긴장을 늦추지 않으면서도──빌어먹을, 정말이지 흥미롭기 그지없다.

그는 내가 커피 기계로 커피를 만드는 광경을 바라보았다. 냉장고를 열자 흥미를 느낀 듯했고, 맥주 두 병의 마개를 따자 깜짝 놀랐다. 나는 첫번째 병에서 한 모금을 마시고 그에게 건넸다.

"보시다시피 독약 같은 거 안 탔어요. 의자에 앉아요."

그는 식탁을 앞에 두고 앉았다. 나는 빵과 치즈 따위로 샌드위치를 만들기 시작했다.

"기이한 음료로군."

그가 말했다. 그의 시대에도 물론 맥주가 있었겠지만, 우리 것과는 보나마나 많이 달랐을 것이다.

"와인을 마시고 싶다면 그것도 있어요."

"아니, 그러면 감각이 둔해지니까 사양하겠소."

캘리포니아의 맥주로는 고양이조차도 취하게 할 수 없다. 정말 유감이다.

"조금 더 당신 얘기를 해 주시오, 레이디 완다."

"나한테도 그래 준다면 그러겠어요, 돈 루이스."

나는 그와 함께 음식을 먹었다. 우리는 말을 나눴다. 정말이지 놀라운 인생을 살아 온 인물이었다! 상대방도 내 인생에 관해 비슷한 인상을 받은 것 같았다. 흐음, 내가 여자라서일까. 그의 시대 기준으로 보면, 나는 자식을 낳고 가정을 돌보고 기도를 하는 데 전념해야 한다. 내가 이사벨라 여왕이라도 되지 않는 한은 말이다——아, 정신 차리자. 이런 생각을 할 때가 아니다. 상대방으로 하여금 나를 과소평가하게 만들어야 한다.

그러기 위해서는 테크닉이 필요했다. 속눈썹을 깜박이며 남자가 자기 자랑을 늘어놓도록 추켜세우는 일에는 익숙하지 않다. 꼭 그래야 한다면 그럴 수 있지만 말이다. 데이트가 레슬링 시합으로 악화되는 걸 방지하는 방법 중 하나이기도 하다. 그런 남자와는 두 번 다시데이트를 하지 않지만. 내가 원하는 남자는 나를 동격으로 간주하는 남자였다.

루이스 또한 돼지 같은 인종은 아니었다. 내게 약속한 대로 결코예의에서 벗어나는 법이 없었다. 결코 뒤로 물러나지 않는 완고함을가지고 있지만, 예의 바른 사내였다. 살인자, 인종차별주의자, 광신자, 반드시 약속을 지키는 사내, 두려움을 모르고, 왕이나 전우를 위해 언제든 죽을 준비가 되어 있다. 샤를마뉴처럼 위대한 인물이 되고싶은 꿈을 가지고 있고, 어머니에 대한 작지만 소중한 추억을 갖고 있는, 가난하지만 자존심이 센 스페인 사람이다. 유머와는 인연이 없어보이지만, 열정적인 낭만주의자다.

손목시계를 흘끗 보았다. 자정에 가깝다. 하느님 맙소사, 이렇게오래 앉아서 얘기하고 있었단 말인가?

"앞으로 무슨 일을 할 생각인가요, 돈 루이스?"

"당신 나라의 무기를 입수할 생각이오."

침착한 목소리. 미소 띤 입술. 내가 충격받은 것을 알아차렸다.

"이 얘기를 듣고 놀라셨소, 레이디? 그것 말고 내가 뭘 갖고 싶어할 것 같소? 나는 이곳에 머물 생각은 없소. 하늘에서 보면 천국의 문처럼 보이지만, 지상으로 내려와서 악마처럼 포효하며 미친 듯이 돌아다니는 그 기계들을 보면 오히려 지옥에 가깝다는 생각이 들 정도요. 이방인들, 이방의 언어, 이방의 방식. 이단적 종파와 문란하고 부도덕한 일이 횡행하고 있다고 하지 않았소? 아, 용서해 주시오. 그런 옷을 입고 있어도 당신은 정숙하다고 믿소. 그렇다고는 해도 당신은 이단이 아니오? 여자의 역할에 관한 하느님의 법을 당신이 어기고 있다는 사실은 명백하지 않소." 그는 고개를 설레설레 저었다. "그렇소. 나는 나의 고향으로, 나의 나라가 있는 시대로 돌아갈 것이오. 충분한 무장을 갖추고."

오싹했다.

"어떻게?"

그는 턱수염을 잡아당겼다.

"생각을 해 보았소. 당신들이 타고 다니는 그 마차는 길이나 그것을 달리게 할 연료가 없으면 별 소용이 없소. 게다가 나의 용감한 플로리오나 내가 손에 넣은 이 전차(戰車)에 비하면 너무 크고 거추장스럽소. 그렇지만 당신들은 우리 머스켓총보다 훨씬 더 발달한 무기를 가지고 있을 것이 틀림없소. 우리의 머스켓총이 인디오들의 창과 활보다 훨씬 발달한 무기인 것만큼이나 말이오. 손에 들 수 있는 총. 그렇소. 그게 가장 좋겠소."

"하지만 난 아무 무기도 갖고 있지 않아요. 손에 넣을 수도 없고."

"그게 어떤 것인지는 알고, 또 어디에 보관되어 있는지도 알 것 아니오. 이를테면 군대의 무기고 같은 곳 말이오. 앞으로 며칠 동안 물어볼 일이 많소. 그런 다음에는 흐음, 나는 엄중히 잠겨진 문과 쇠창살을 아무도 모르게 통과해서, 원하는 것을 가지고 나올 수 있는 수단을 갖고 있소."

사실이다. 성공 가능성도 높아 보인다. 처음에는 정보를 얻기 위해 나를 이용하고, 그 다음에는 안내역으로 쓸 것이다. 거기에서 벗어나올 방법은 없다. 영웅적인 저항을 해서 그가 나를 죽이도록 유도하지 않는 한은 말이다. 그래 봤자 또 다른 곳으로 가서 같은 시도를 하는 것이 고작이겠고, 어느 시대 어딘가에 내버려 두고 온 스티븐 삼촌을 구할 가능성도 영영 사라지게 된다.

"그럼 당신은 어떻게 — 어떻게 그 총들을 쓸 작정인가요?"

엄숙한 표정.

"결국은 신성로마제국 황제의 군대들을 규합해서 승리로 이끌게 되겠지. 투르크인들을 몰아낼 것이오. 북방에서 루터 추종자들이 소요를 일으켰다는 소문을 들었는데, 그것도 뿌리를 뽑고. 프랑스인과 잉글랜드인들에게는 패배의 굴욕을 맛보게 하겠소. 그리고 나서 마지막 십자군을 일으킬 것이오." 깊게 숨을 들이쉰다. "우선, 신세계의 정복을 완료하고 그곳에서의 내 지위를 공고히 해야겠지. 그렇다고 해서 특별히 명성에 걸신이 들리거나 한 것은 아니오. 그렇지만 이건 하느님의 뜻이니까."

방금 들은 계획 중 가장 사소한 것만 실행에 옮겨지더라도 얼마나 소름 끼치는 상황이 야기될까를 생각하니 머리가 핑핑 돌았다.

"그런다면 지금 이전 세계가 존재하지 않게 될지도 몰라요! 나도 아예 태어나지 않은 게 되어 버리고!"

그는 십자를 그었다.

"그게 하느님의 뜻이라면 어쩔 수 없지. 하지만 충실하게 봉사해 준다면 당신을 함께 데리고 가서 편하게 살 수 있도록 해 줄 용의가 있소."

하. 16세기의 스페인 여자로서 편하게 산다 이거군. 내가 존재할 수 있다면. 우리 부모님은 존재하지 않게 된다. 안 그런가? 확실히는 알 수가 없었다. 나는 루이스가 그나 나의 상상을 초월한 엄청난 힘을, 마치 당장이라도 눈사태가 일어나기 직전인 눈밭에서 놀고 있는

어린애처럼 갖고 놀고 있다고 확신했다. 예외가 있다면 타임 가드 Time Guard 정도일까.

타임 가드! 지난해에 만났던 에버라드라는 사내. 그는 왜 스티븐 삼촌에 관해 꼬치꼬치 캐물었을까? 왜냐하면 스티븐 탬벌리는 과학 재단을 위해 일하고 있던 것이 아니기 때문이다. 그는 타임 가드를 위해 일하고 있었다.

틀림없이 그들의 업무 중에는 대재앙 방지가 포함되어 있을 것이다. 에버라드는 내게 명함을 주었다. 전화번호가 쓰인. 그걸 어디 뒀더라? 오늘밤 우주의 운명은 거기 달려 있을지도 모른다.

"우선 내가…… 떠난 뒤에 페루에 무슨 일이 일어났는지를 알고 싶소. 그런다면 어떻게 역사를 고쳐야 하는지를 알 수 있으니까. 얘기해 주시오."

루이스가 말하고 있었다.

몸을 부르르 떨었다. 이 악몽과도 같은 느낌을 떨쳐 버리고 싶다. 내가 할 수 있는 일에 집중하자.

"몰라요. 그걸 내가 어떻게 알겠어요? 무려 400년도 더 된 일인데."

단단하고, 강인하고, 땀투성이의 사내. 사라진 과거에서 온 유령이 현실의 접시와 커피잔과 맥주캔을 사이에 두고 반대편에 앉아 있다.

머리가 폭발할 것 같은 느낌.

목소리를 낮춰. 아래를 내려다봐. 얌전하게.

"물론 역사책들이 있어요. 아무나 들어갈 수 있는 도서관들도 있고. 가서 그런 책들을 찾아 올게요."

그는 껄껄 웃었다.

"대담하시군. 하지만 내가 이런저런 일들을 확실하게 파악했다는 판단을 내리기 전에는 이 방을 떠나면 안 되고, 내 시야에서 벗어나서도 안 되오. 내가 외출할 경우는——주위를 둘러보든지, 잠을 자든지, 하여튼 어떤 일을 하든 간에——나는 내가 출발했을 때와 같은 시각으로 돌아올 거요. 그러니 방 한복판으로는 가지 마시오."

타임머신이 나와 같은 공간에 출현한다면, 쾅! 아니, 그냥 옆으로 몇 인치 정도 난폭하게 밀쳐질 가능성이 더 높다. 벽에 쾅 부딪치든가 해서. 골절될 위험도 있다. 불필요하게.

"흐음, 그럼 역사를 잘 아는 누군가와 말을 나눌 수도 있어요. 우리는…… 몇백 몇천 마일이나 되는 먼 곳까지 전선을 통해서 말을 전달할 수 있는 기계를 갖고 있거든요. 거실에 그런 게 하나 있죠."

"그런 것에 대고 당신이 잉글랜드의 언어로 무슨 말을 하는지 내가 어떻게 알란 말이요? 그 장치에는 절대로 손을 대게 할 수 없소." 그는 전화가 어떻게 생겼는지 모르지만, 그가 눈치 채기 전에 누군가와 통화할 수는 없게 되었다.

그는 적대적인 태도를 완전히 벗어던지고 열성적으로 나를 설득하기 시작했다.

"레이디, 제발 부탁이니 내게 악의가 없다는 사실을 이해해 주시오. 나는 단지 내 친구들과 내 나라와 나의 교회를 걱정하고 있을 뿐이오. 그걸 받아들일 현명함이나, 자비심이 없는 건 아니지 않소? 나는 당신이 교육을 받은 식자(識者)라는 사실을 알고 있소. 그러니 뭔가 도움이 될 책을 갖고 있지는 않소? 무슨 일이 일어나든, 나는 나의 신성한 의무를 실행에 옮길 것이라는 사실을 잊지 마시오. 내게 협력해 준다면, 당신이 사랑하는 사람들을 위해서도 그런 과정을 덜 끔찍하게 만들 수 있단 말이오."

흥분된 감정은 희망과 함께 스러져 가기 시작했다. 나는 내가 얼마나 녹초가 되었는지를 자각했다. 몸 안의 모든 세포가 욱신거리는 느낌. 협력. 그런다면 나를 자게 해 줄지도 모르겠다. 그러면서 무슨 악몽을 꾸든 간에 이렇게 억지로 깨어 있는 일만큼이나 끔찍하지는 않을 것이다.

백과사전. 몇 년 전에 동생인 수지한테서 생일 선물로 받은 것. 만약 스페인이 유럽과 중동과 남북 아메리카를 정복한다면 수지는 사라질 운명에 처해 있다.

얼음장 같은 것이 등골을 훑고 지나갔다. 생각났다! 나는 책상 서랍에, 잡다한 물건들을 보관하는 왼쪽 위 서랍에 에버라드의 명함을 넣어 두었다. 전화는 그 바로 위쪽에, 타이프라이터 옆에 놓여 있다.

"세뇨리타, 몸을 떨고 계시는군."

"그러면 안 될 이유라도 있다는 건가요?" 일어섰다. "따라와요." 몸 안을 스치고 지나가는 차가운 바람이 피로를 몰아낸다.

"그런 정보가 포함된 책이 한두 권쯤 있어요."

그는 내 뒤를 바싹 따라왔다. 마치 그림자처럼 붙어 다닌다. 무게를 가진 그림자.

책상 앞으로 갔다.

"기다리시오! 그 서랍에서 뭘 꺼낼 작정이오?"

나는 거짓말을 잘 못하는 성격이다. 그러나 고개를 돌려 그를 외면하고, 목소리가 좀 떨려도 이런 경우에는 당연하지 않겠는가.

"얼마나 책들이 많은지 봐요. 필요한 권을 찾으려면 우선 그 내용에 관한 기록을 확인해야 해요. 자, 봐요. 화승총 따위는 숨겨 놓지 않았어요."

손목을 잡히기 전에 재빨리 서랍을 연다. 순종적인 태도로 서서, 그가 서랍 안을 뒤져 보고 안심할 때까지 기다린다. 잡다한 물건들 속에서 명함이 튀었다. 내 맥박 만큼이나.

"미안하오, 레이디. 당신을 의심할 기회를 안 준다면, 나도 절대로 거칠게 굴지 않겠소."

서랍에 손을 넣고 뒤지는 척하면서, 인쇄된 면이 보이도록 슬쩍 뒤집는다. 자연스럽게. 다시 읽었다. 맨스 에버라드. 맨해튼의 미드타운 주소. 전화번호, 전화번호를 확인해야. 단단히 기억한다. 서랍 안 여기저기를 뒤진다. 도서관 카탈로그라고 변명할 수 있는 게 뭐가 있더라? 아, 내 자동차 보험증서. 몇 달 전에 ─ 아니, 지난달인 4월에 ─ 가벼운 접촉 사고를 냈을 때 꺼내 놓았다가, 안전한 곳에 보관하는 걸 잊고 있었던 것이다. 그것을 들여다보는 시늉을 하자.

"아, 여기 있군요."

좋아. 이제는 어디에 전화를 걸어 도움을 요청하면 되는지 안다. 문제는 그것을 실행에 옮길 기회가 많지 않다는 사실이다. 정신을 바싹 차리고 있자.

타임 바이크 곁을 슬쩍 지나 책장으로 간다. 루이스가 바싹 붙은 채로 따라온다. 백과사전. Payne에서 Polka까지. 그는 Peru라는 글자를 읽고 놀란 듯한 소리를 냈다. 글을 읽을 줄 아는 것이다. 그러나 영어는 모른다.

번역한다. 초기의 역사. 피사로의 여정. 툼베즈까지 온갖 고생을 하며 갔다가, 결국 원군을 불러오기 위해 스페인으로 돌아갔다. "그렇소. 나도 들었소. 그 얘긴 정말이지 자주 들었지." 1530년에는 파나마로, 1531년에는 툼베즈로. "그때는 나도 함께 있었소." 전투. 소규모 분견대가 만난을 극복하고 산맥을 넘었다. 카하말카에 입성해서 잉카를 포로로 잡고 몸값을 요구했다. "그런 다음엔? 그 다음엔?" 엉터리 재판을 통한 아타후알파의 사법 살인. "아, 안 됐군. 흐음, 피사로 대장은 그럴 필요가 있다고 판단한 것이 틀림없소." 쿠스코 진군. 알마그로의 칠레 원정. 피사로가 리마를 건설하다. 그의 꼭두각시 잉카 황제였던 만코는 탈출해서 침략자들에 대항해서 반란을 일으켰다. 쿠스코는 1536년 2월 초부터 알마그로가 원정에서 돌아온 1537년 4

월까지 포위당해 있었다. 제국 전역에서 쌍방의 필사적인 전투가 계속되었다. 스페인군이 힘겹게 승리를 거둔 뒤에도 인디오들은 여전히 게릴라전을 벌였고, 피사로 형제와 알마그로는 서로 반목하게 된다. 1538년에 이 두 진영은 격전을 벌였고, 전투에 패한 알마그로는 포로로 잡혀 처형당한다. 이에 격분한 그의 혼혈 아들과 친구들은 음모를 꾸미고 1541년 6월 26일에 리마에서 피사로를 암살한다. "안 돼! 성신(聖身)의 이름에 맹세코, 절대 그런 일은 일어나지 않을 거야!" 신성로마제국 황제 카를 5세가 새로 파견한 총독은 페루를 장악하고 알마그로 일파를 소탕한 후 그의 아들을 참수형에 처했다. "끔찍해, 너무 끔찍해. 기독교인이 기독교인과 싸우다니. 맞아, 그런 불행한 일이 일어나자마자 강력한 지도자가 나타나서 사태를 진화할 필요가 있어."

루이스는 검을 뽑았다. 무슨 짓을 하려는 걸까? 나는 놀란 나머지 백과사전을 떨어뜨리고 타임머신 옆을 지나 내 책상까지 뒷걸음질쳤다. 그는 두 무릎을 꿇었다. 칼날을 거꾸로 잡고 십자 모양이 되도록 장검을 들어 올린다. 가죽 같은 뺨 위로 흘러내린 눈물이 새까만 턱수염으로 떨어진다. "전능하신 하느님, 성모님," 그는 훌쩍였다. "이 종에게 힘을 주십시오."

기회일까? 생각할 틈은 없다.

벽 가에 세워 둔 진공청소기를 움켜잡았다. 거꾸로 잡고 높이 치켜든다. 그는 소리를 듣고 무릎을 꿇은 채로 이쪽을 돌아보고는 도약하려는 듯이 몸을 수그린다. 곤봉 치고는 너무 무겁고 불편하다. 타임바이크 너머로, 혼신의 힘을 다해 내리쳤다. 모터가 달린 본체가 그의 머리와 격돌했다.

그는 축 늘어졌다. 피가 콸콸 솟구친다. 네온사인처럼 새빨간 피가. 머리가 찢어진 상처에서. 기절했을까? 그런 것을 확인할 시간 따위는 없다. 쓰러진 그의 몸 위로 진공청소기를 내던지고 전화를 향해 후다닥 달려간다.

뚜우. 전화번호가? 정확하기를 바랄 따름이다. 띠, 띠, 띠. 루이스가 신음소리를 흘렸다. 엉금엉금 기며 일어서려고 한다. 띠, 띠.

뚜르르.

뚜르르. 뚜르르. 루이스는 선반을 움켜잡고 가까스로 몸을 일으킨다.

기억에 있는 목소리가 말한다. "맨스 에버라드의 자동 응답기입니다."

오 하느님, 안 돼!

루이스는 머리를 세차게 흔들고 눈에서 피를 닦아 냈다. 눈가에 피가 잔뜩 묻고, 아래로도 뚝뚝 떨어진다. 믿기 힘들 정도로 양이 많고, 믿기 힘들 정도로 선명하다.

"지금은 전화를 받을 수가 없습니다. 메시지를 남기신다면 가급적 빨리 답변을 드리겠습니다."

루이스는 양팔을 힘없이 늘어뜨린 채로 힘겹게 서 있었지만, 나를 잡아먹을 듯이 쏘아보며 말했다. "그래." 그는 중얼거렸다. "배신했군."

"삐 소리가 난 뒤에 메시지를 남겨 주십시오. 감사합니다."

그는 허리를 굽히고 검을 들어 올린 다음 다가왔다. 비틀거리며, 냉혹하게.

비명을 지른다. "완다 탬벌리. 팰러앨토. 시간 여행자." 날짜가 언제였더라. 도대체 날짜가 언제였지? "메모리얼데이 전의 금요일 밤. 도와줘요!"

칼끝이 내 목에 닿는다. "그걸 떨어뜨려." 그는 으르렁거렸다. 나는 수화기를 떨어뜨렸다. 칼끝에 밀려 책상까지 뒷걸음질쳤다. "지금

한 짓의 대가로 죽여야 할지도 모르겠군. 아마 그럴지도."

혹은 내 정절이 어쩌고 하는 약속 따위는 잊고──

그래도 에버라드에게 단서는 하나 남길 수 있었다. 그렇지 않은가?

쉬익. 첫번째 타임머신 위에 두번째 타임머신이 출현했다. 거기 탄 두 사람은 천장에 닿지 않도록 상체를 바싹 눕히고 있었다.

루이스가 고함을 질렀다. 후다닥 뒤로 물러나더니 자기 타임머신의 조종 안장에 올라탄다. 칼을 쥔 채로. 다른 손이 제어반 위에서 춤추듯이 움직였다. 워낙 공간이 좁은 탓에 에버라드는 빨리 움직이지 못했다. 손에 총을 쥐고 있다. 그러나 쉬익 소리가 나더니 루이스는 사라졌다.

에버라드는 기계를 착륙시켰다.

머리가 핑핑 돌고, 귀가 울리고, 눈앞이 어두워진다. 나는 여지껏 기절해 본 적이 없다. 그냥 앉아서 조금 쉴 수만 있다면.

## 1987년 5월 23일

그녀는 잠옷 위에 목욕 가운을 걸치고 복도에서 거실로 들어왔다. 착 달라붙는 가운 탓에 유연한 몸매가 돋보인다. 파란 가운 색깔도 눈동자와 잘 어울렸다. 서쪽 창문에서 들어오는 햇살이 그녀의 머리를 황금빛으로 물들였다. 그녀는 눈을 깜박였다.

"어머. 벌써 오후군요. 얼마나 오래 자고 있었죠?"

그녀는 중얼거렸다.

소파에 앉아 그녀의 책을 읽고 있던 에버라드는 일어섰다.

"14시간쯤 된 것 같군요. 어차피 푹 잘 필요가 있었습니다. 다시 돌아오신 걸 환영합니다."

그녀는 주위를 둘러보았다. 타임 사이클도 안 보이고, 핏자국도 없다.

"제 동료가 당신을 침대에 눕힌 다음에, 저와 함께 세제 따위를 가지고 와서 최대한 깨끗하게 거실을 청소했습니다. 그런 다음 그녀는 떠났죠. 비좁게 여러 사람이 있을 필요는 없으니까. 물론 만일의 경우를 위해 경비를 설 사람이 필요했습니다. 나중에 시간이 나면 주위를 둘러보고 모든 게 원래대로인지 확인하는 편이 나을 겁니다. 과거의 당신이 돌아와서 난투 흔적을 발견하면 안 되니까요. 사실 당신은 그걸 눈치 채지 못했고."

에버라드가 설명했다.

완다는 한숨을 쉬었다.

"그래요. 전혀 몰랐어요."

"그런 식의 패러독스를 방지해야 합니다. 그런 게 없어도 워낙 상황이 복잡해서."

게다가 위험해. 에버라드는 생각했다. 그것도 보통 위험이 아니라 엄청난 위험이지. 기운을 차리도록 해야겠군.

"그건 그렇고, 배가 엄청나게 고플 텐데요."

그녀의 웃음소리가 마음에 든다.

"속담에 나오듯이 말이라도 통째로 먹어치울 수 있을 것 같아요. 감자튀김을 곁들이고, 디저트로는 애플파이가 좋겠네요."

"흐음, 그럴 것 같아서 식료품을 좀 사다 놓았습니다. 괜찮으시다면 점심을 함께 먹을까요."

"괜찮으시다면? 배고파 죽겠어요!"

에버라드는 자기가 주방에서 요리를 하는 동안 그녀는 식탁에 앉아 있으라고 강권했다.

"스테이크하고 샐러드에는 좀 자신이 있습니다. 당신은 지독하게 힘든 일을 겪었으니 좀 쉬십쇼. 대다수의 사람들은 여전히 망연자실한 상태에서 빠져나오지 못했을 겁니다."

"고마워요."

그녀는 그의 제안을 받아들였다. 1분 동안은 그가 요리를 하는 소리만이 고요를 깼다. 이윽고 그녀는 그를 찬찬히 바라보면서 말했다.

"당신은 타임 가드에 소속되어 있죠. 안 그래요?"

"예?" 에버라드는 주위를 흘끗 돌아보았다. "예. 영어로는 보통 타임 패트롤이라고 부릅니다만." 그는 말을 멈췄다. "외부인들에게 시간 여행의 존재를 알리면 안 되는 걸로 되어 있습니다. 특별히 허가를 받지 않으면 얘기해 줄 수 없지만, 지금이 바로 그런 특별한 상황이군요. 명백합니다. 당신은 그 사실과 억지로 대면한 거나 다름없으니. 그리고 제겐 그런 결정을 내릴 권한이 있습니다. 그러니까 모두 얘기해 드리겠습니다, 미스 탬벌리."

"그렇다니 다행이군요. 어떻게 저를 찾으셨죠? 자동 응답기가 나왔을 때는 정말 절망했었는데."

"아직 시간 여행 개념에 익숙하지 않으시군요. 생각해 보십쇼. 당신이 남긴 메시지를 들은 뒤에는 당연히 구출대를 보내지 않았겠습니까? 우리는 저 창밖의 공중에 정지해 있다가 그 사내가 당신을 위협하는 걸 보고 집 안으로 도약했던 겁니다. 유감스럽게도 실내가 너무 붐빈 탓에 그 친구가 줄행랑치기 전에 총으로 쏠 수는 없었습니다만."

"왜 더 과거로 돌아가지 않았던 거죠?"

"그렇게 해서 당신이 불쾌한 경험을 아예 안 하도록 한다? 미안합니다. 과거를 바꿀 경우의 위험에 관해서는 나중에 얘기해 드리겠습니다."

그녀는 미간을 찌푸렸다.

"이미 조금 알아요."

"흠. 아마 그렇겠군요. 하지만 완전히 회복할 때까지 이런 얘기는 미뤄 두는 편이 낫지 않을까요. 이틀쯤 쉬면서 충격을 극복하는 겁니다."

그녀는 고집스런 표정으로 고개를 들어올렸다.

"고마워요. 하지만 그럴 필요까지는 없어요. 저는 어디를 다치거나 하지 않았고, 배가 고픈데다가, 호기심 때문에 미칠 지경이거든요. 걱정도 되고. 우리 삼촌이 ─ 아, 그러니까 기다리거나 할 필요는 없어요. 부탁이니 얘기해 줘요."

"헛, 정말 터프하시군요. 알겠습니다. 그럼 당신이 어떤 경험을 했는지부터 얘기해 주시지 않겠습니까. 천천히 말입니다. 이쪽에서 이런저런 질문을 하게 될 겁니다. 타임 패트롤은 모든 걸 알아야 하니까요. 당신이 생각하는 것 이상으로."

"이 세상이 아는 것 이상으로?"

그녀는 몸을 부르르 떨고 마른침을 삼킨 다음 식탁 가장자리를 꽉 붙잡고 얘기를 시작했다. 에버라드가 시시콜콜한 세부까지 빠짐없이 다 알아냈을 무렵에는 식사를 반쯤 끝낸 상태였다.

그는 암울한 표정으로 말했다.

"예, 상황이 정말로 안 좋습니다. 하지만 당신이 용기를 가지고 그토록 현명하게 행동하지 않았더라면 지금보다 훨씬 더 나빠졌을 겁니다, 미스 탬벌리."

그녀의 얼굴이 발그레하게 물들었다.

"아, 완다라고 불러 주세요."

그는 억지로 웃어 보였다.

"알겠습니다. 그럼 저는 맨스라고 불러 주십쇼. 1920년과 30년대의 미국 중서부에서 자란 탓에, 그때 배운 예절이 몸에 배어 버린 것 같군요. 하지만 서로 퍼스트네임을 부르는 쪽을 선호한다면 저는 아무 이의도 없습니다."

그녀는 그를 한참 바라보았다.

"그래요. 가급적이면 예의 바른 시골 소년으로 남고 싶다는 거로군요? 그렇게 역사 여기저기를 방랑하고 다니는 통에, 고향의 사회적 변화에 적응하지 못했을 테니까."

머리가 좋군. 그는 생각했다. 게다가 아름다워. 강인한 아름다움이라고나 할까.

그녀는 걱정스러운 표정을 지었다.

"우리 삼촌은 어떻게 되는 거죠?"

그는 움찔했다.

"유감입니다. 돈 카스텔라르는 스티븐 탬벌리를 같은 대륙에, 그러나 머나먼 미래에 남겨 두고 왔다는 얘기밖에 하지 않았습니다. 장소도, 정확한 시간도 알려주지 않았습니다."

"삼촌을 찾을—시간은 충분하잖아요."

에버라드는 고개를 가로저었다.

"그랬으면 좋겠지만 사실은 그렇지 못합니다. 스티븐 탬벌리를 찾기 위해서는 몇천 인년(人年)이나 되는 시간이 필요하지만, 그럴 만한 여유가 전혀 없습니다. 타임 패트롤은 인력이 너무 부족합니다. 통상적인 업무에 더해서 이런 비상사태에 대처할 수 있는 최소한의 인원이 있을 뿐입니다. 인년이 한정되어 있는 것은, 모든 타임 패트롤 대원은 늦든 빠르든 간에 언젠가는 죽거나 더 이상 임무를 수행할 수 없게 되기 때문입니다. 그리고 이번 사태는 완전히 상궤를 벗어났습니다. 동원 가능한 모든 인력을 동원해서 정상으로 되돌려 놓아야 합니다 ― 그럴 수 있다면 말이지만."

"루이스가 삼촌을 다시 찾아가지는 않을까요?"

"그럴지도 모르겠지만, 그러지는 않을 것 같군요. 그보다는 더 중요한 일들에 정신이 팔려 있으니까 말입니다. 다친 데가 나을 때까지 숨어 있다가, 그 다음에는 ―" 에버라드는 먼 곳을 바라보는 듯한 눈을 했다. "타임머신을 타고 도망친 자는 강인하고, 머리가 좋고, 무자비하고, 무모한 인물입니다. 어느 장소에도, 어떤 시대에도 나타날 수 있습니다. 그런 인물은 무제한적으로 피해를 끼칠 수 있습니다."

"스티븐 삼촌은 ―"

"스스로 묘수를 생각해 낼지도 모릅니다. 정확히 어떤 수인지는 모르겠지만, 일단 살아남기만 한다면 뭔가 계획을 세울 겁니다. 머리가 좋고 강인하니까요. 그가 당신을 왜 제일 귀여워했는지 알 것 같습니다."

그녀는 왈칵 눈물이 쏟아지려는 것을 억지로 참았다.

"빌어먹을, 난 울지 않을 거예요! 나중에 ― 나중에 단서를 찾으면 그럴지도 모르지만. 그런데 내 스…… 스테이크가 식었네요. 빨리 먹어야지."

그녀는 마치 원수를 대하듯이 스테이크와 격투했다.

에버라드도 다시 먹기 시작했다. 이유는 잘 모르겠지만 그들 사이에 흐르던 침묵은 긴장된 것에서 친숙한 것으로 변했다. 잠시 후 그녀는 조용한 어조로 물었다.

"진실을 모두 제게 얘기해 주지는 않을 건가요?"

"대략적인 윤곽을 얘기해 드리겠습니다. 그것만 해도 두 시간은 걸릴 겁니다."

에버라드는 동의했다.

……잠시 후, 눈을 크게 뜨고 소파에 앉아 있는 그녀 앞에서, 에버라드는 왔다갔다 하기 시작했다. 주먹으로 손바닥을 친다.

"라그나로크 같은 상황입니다. 하지만 전혀 희망이 없는 건 아닙니다. 완다, 스티븐 탬벌리의 운명이 어떻게 되든 간에, 결코 개죽음은 되지 않을 겁니다. 카스텔라르를 통해서 그는 당신에게 두 이름을, <고양주의자>라는 이름과 <마추픽추>라는 이름을 전달했으니까요. 당신이 그런 엄청난 상황에도 불구하고 정신을 바싹 차리고 카스텔라르에게 유도신문을 해준 덕택입니다. 그러지 않았더라면 결코 알아내지 못했을 겁니다."

"얼마 되지도 않는, 작은 정보잖아요."

"폭탄도 폭발하기 전까지는 조그맣게 보일 수 있습니다. 그 <고양주의자>들 말인데, 나중에 더 자세히 얘기해 드리겠습니다만, 간단하게 말하자면 상당히 먼 미래에서 온 무법자 집단입니다. 자기들 시대에서도 무법자가 되었다가, 타임머신 몇 대를 강탈해서 시공연속체 속으로 감쪽같이 자취를 감췄습니다. 지금까지도 몇 번이나 그자들이 저지른 일들의 뒤처리를 해야 했습니다. 여기서 '지금까지도'라는 표현은 제가 살아 온 주관적 시간선상에서 그렇다는 얘기입니다만. 그러나 그자들은 잡히지 않고 도망쳤습니다. 흐음, 당신은 그자들이 마추픽추에 있었다고 했죠. 스페인인들에 대한 저항이 완전히 사그라들었을 때까지 현지인들이 그 도시를 완전히 포기하지는 않았다는 사실을 우리는 알고 있습니다. 따라서 당신이 카스텔라르에게서 얻은 정보에 따르면, <고양주의자>들이 그곳에 있던 시기는 그 직후라는 얘기가 됩니다. 그 정도의 단서가 있으면 정찰대를 보내서 정확한 시기를 지정할 수 있습니다.

우리 타임 패트롤 요원 하나는 피사로가 도착하기 몇 년 전에, 잉카의 궁정에 이방인들이 출현했다는 보고를 '이미' 한 적이 있습니다. 아무래도 그자들은 문제가 있는 후계자 지정을 저지함으로써 훗날 소수의 침략자들만으로 제국 전체가 무너지는 계기가 된 내전의 싹을 잘라 버리려고 시도했다가 결국 실패한 듯합니다. 당신이 들려준 얘기에 비추어 보아서, 저는 그들이 역사를 바꾸려고 한 <고양주의자>들이었음을 확신하게 됐습니다. 그 시도가 실패하자 그들은 적어도 아타후알파의 몸값이나 강탈해야겠다고 생각했던 겁니다. 그 자체만으로도 충분히 파장이 클 거고, 그로 인해 그들은 그보다 더한 악행을 저지를 수도 있습니다."

"왜 그런 짓을?"

그녀는 속삭였다.

"왜? 물론 미래 전체를 전복시키기 위해서입니다. 자신들을 지배자 자리에 앉히는 거죠. 처음에는 아메리카 대륙에서, 나중에는 전 세계에서. 그런다면 당신이나 저는 결코 존재하지 않았던 것이 되고, 미국도, 데이넬리아인의 태동도, 타임 패트롤 자체도 존재하지 않은 것이 되어 버립니다……. 그자들이 자기들이 만들어 낸 일그러진 역사를 보위할 자기들 자신의 타임 패트롤을 만들지 않는 한은 말입니다. 지배자가 된다고 해서 오랫동안 그럴 수 있을 것 같지는 않지만. 그자들이 갖고 있는 종류의 이기심은 결국은 자멸의 길로 나아가게 마련이니까요. 그런다면 시간을 넘나드는 전투와, 변화를 넘어선 혼돈이 오고— 시공연속체의 구조가 얼마나 오래 그런 변화를 견뎌낼 수 있을지는 의문입니다."

완다의 얼굴에서 핏기가 가셨다. 그러고는 휘파람을 불었다.

"하느님 맙소사, 맨스!"

에버라드는 왔다갔다하는 것을 멈추고 그녀 앞으로 와서 상체를 숙이더니 그녀의 턱밑에 손을 대고 고개를 들게 했다. 그는 뒤틀린 미소를 지으며 이렇게 물었다.

"당신이 우주를 구했을지도 모른다고 생각하니 기분이 어떻습니까?"

# 1610년 4월 15일

우주선은 칠흑처럼 검었다. 지구상에 있는 누군가가 해가 뜨기 전이나 해가 진 뒤에 갑자기 머리 위를 빠르게 지나가는 별을 보고 감시당하고 있다는 사실을 알아차리는 것을 방지하기 위해서였다. 그러나 한쪽 측면에 빛을 한쪽으로만 투과시키는 넓은 창문이 있는 덕택에 우주선 내부는 빛으로 가득 차 있었다. 에버라드가 도착했을 때 우주선은 지구의 낮 부분 위에서 궤도 주회 중이었다. 푸르고 흰 거대한 구름이 소용돌이치며 에워싸고 있는 불그스름한 덩어리들은 대륙이다.

그가 탄 타임 호퍼가 발착 격납고에 도착하자마자 그는 안장에서 뛰어내렸다. 평소와는 달리 잠깐 멈춰 서서 감탄한 표정으로 지구의 모습을 구경하거나 하지는 않았다. 인공 중력 발생기가 작동 중인 덕택에 우주선 내부의 중력은 지상에 있을 때와 마찬가지였다. 그는 서둘러 조종실로 갔다. 안면이 있는—태어난 시기는 몇 세기씩이나 차이가 났지만—요원 세 사람이 그를 기다리고 있었다.

"정확한 시점을 알아낸 것 같아요. 여기 재생 데이터를 보세요."

움환두마가 재빨리 말했다.

지구 상공에서 마추픽추를 감시하고 있는 또 한 척의 우주선이 찍은 영상이었다. 에버라드가 타고 있는 우주선은 지휘선이다. 공간을 가로질러 타임 패트롤 지부를 통해 전달된 메시지를 받자마자 에버라드는 이곳으로 점프했다. 영상은 4분 전의 것이었다. 빛이 대기를 통과한 뒤에 최대한 확대한 것이기 때문에 흐릿했다. 그러나 영상을 정지시키고 자세히 들여다보자, 머리와 몸통에서 금속이 번득이는 사내의 모습을 볼 수 있었다. 그 사내와 다른 한 명의 사내가 타임 호퍼 곁에서 일어서는 장면이다. 타임 호퍼는 거대한 죽은 도시와 주위의 산들을 조망할 수 있는 플랫폼 위에 정지해 있었다. 검은 옷을 입은 사람들이 주위에 몰려 있었다.

에버라드는 고개를 끄덕였다.

"틀림없어. 카스텔라르가 정확히 언제 탈출할지는 모르겠지만, 앞으로 2, 3시간 안에 그럴 것 같군. 우리는 그 직후에 〈고양주의자〉들을 덮쳐야 해."

그 전에는 물론 그럴 수 없다. 왜냐하면 그런 일은 일어나지 않았기 때문이다. 이런 금지된 사건의 시간 연쇄조차도 건드릴 위험을 감수할 수는 없다. 그러나 적은 수단을 가리지 않고 무엇이든 한다. 그래서 그자들의 씨를 말려야 하는 것이다.

움환두마가 미간을 찌푸렸다.

"쉽지 않겠군요. 저런 경우에는 언제나 탐지기를 충분히 장비한 호퍼를 공중에 띄워 놓잖아요. 경고를 받자마자 도망칠 게 뻔합니다."

"흐음, 그렇겠지. 하지만 모두가 한꺼번에 타고 도망치기에는 타임 호퍼의 수가 부족해. 그러니까 교대로 그래야 하겠지. 아니, 타임 호퍼에서 떨어진 곳에 있었을 정도로 운이 나빴던 동료들을 그냥 버리고 갈 가능성이 높겠군. 우리 공격 부대의 인원 수는 그리 많을 필요가 없어. 그럼 준비하기로 하지."

잠시 후 두 척의 우주선 내부는 무장한 타임 호퍼와 그 기수들로 가득 찼다. 타이트빔 통신이 우주선들 사이를 왕래했다. 에버라드는 계획을 세우고, 부하들에게 임무를 할당했다.

그런 다음에는 기다려야 했다. 곤두선 신경을 가라앉히고, 작전 개시를 기다리는 것이다. 완다 탬벌리 생각을 하니 마음이 침착해졌다.

"실시!"

그는 안장으로 뛰어올랐다. 사수(射手)인 모토노부 데츠오는 이미 자리를 잡고 앉아 있었다. 에버라드는 번개처럼 제어반을 조작했다.

그들은 광활한 푸른 공간에 떠 있었다. 멀리서 선회하는 콘도르의 모습이 보였다. 장대한 미로처럼 보이는 산악 지대의 지형이 눈 아래에 펼쳐져 있었다. 눈이 아플 정도로 선명한 초록색. 유일한 예외는 높은 봉우리에 쌓인 흰 눈과 응달진 깊숙한 협곡들뿐이다. 돌로 만들어진 도시 마추픽추의 위용이 눈에 들어온다. 저것을 만들어낸 문명이 멸망하지 않고 살아남았다면, 어떤 위업을 이룩했을까?

이번에도 이런 의문을 곱씹을 시간 여유는 없었다. <고양주의자>들의 초병(哨兵)은 겨우 몇 야드 떨어진 곳에서 부유하고 있었다. 엷은 공기와 눈부신 햇살 사이로 그의 얼굴을 뚜렷하게 볼 수 있었다. 경악하면서도 사나운 표정으로 허리에 찬 총을 뽑으려고 한다. 모토노부는 에너지총을 발사했다. 번개가 번득이고 벼락이 떨어졌다. 사내는 새까맣게 타 버린 채로 마치 루시퍼처럼 지상으로 추락했다. 타임 호퍼는 균형을 잃고 공중에서 비틀거렸다.

저건 나중에 회수하면 돼. 자, 강하!

에버라드는 타임 호퍼를 지상으로 직접 도약시키지는 않았다. 전체적으로 조망하고 싶었기 때문이다. 타임 호퍼가 급강하하자 주위를 감싼 눈에 보이지 않는 역장(力場) 주위에서 바람이 포효했다. 건물들이 급격히 시야를 채웠다.

동료 패트롤 대원들은 적들에게 총화(銃火)를 뒤집어씌우고 있었다. 지옥불 같은 광선이 난무했다. 에버라드가 지상에 도착했을 무렵

전투는 끝나 있었다.

해가 지면서 서쪽 하늘이 노란 빛으로 물들었다. 협곡들 안에서 어둠이 올라오며 마추픽추의 벽들을 휘감았다. 냉기가 몰려오며 정적이 흘렀다.

에버라드는 적을 심문하는 데 썼던 집에서 나왔다. 두 명의 대원이 밖에 서 있었다.

"남은 대원들을 모두 불러 모아서 포로들을 데리고 나오게. 기지로 돌아갈 준비를 해."

그는 지친 목소리로 말했다.

"뭔가를 알아내셨습니까?"

모토노부가 물었다.

에버라드는 어깨를 으쓱했다.

"뭔가를 알아내긴 했어. 물론 나중에 정보 담당자들이 더 많은 걸 알아내겠지만, 별로 쓸모가 있을 것 같지는 않군. 유배 행성에서 편하게 지낼 수 있는 권리와 교환으로 협력하겠다는 자가 하나 있었지만 말야. 문제는 내가 알고 싶어 하는 정보를 갖고 있지 않다는 점이야."

"도망친 자들이 어느 시대의 어느 장소로 갔는지 말입니까?"

에버라드는 고개를 끄덕였다.

"두목인 메라우 바라간이란 자는 카스텔라르가 도망칠 때 휘두른 칼을 맞고 중상을 입었어. 치료를 하려고, 부하 두 명이 바라간만이 아는 장소로 옮겼다는군. 그래서 우리가 나타났을 때 재빨리 도망칠 수 있었던 거야. 그자들 말고 세 명이 더 도망쳤고."

그는 허리를 폈다.

"아. 하여튼 기대했던 만큼의 성공을 거뒀군. 놈들 대다수를 죽이거나 체포했으니. 도망칠 수 있었던 소수는 여기저기로 흩어졌을 거야. 다시는 서로를 찾지 못할지도 모르지. 체계적인 음모는 분쇄됐어."

모토노부는 아쉬운 듯이 말했다.

"조금만 더 일찍 와서 적절하게 매복을 했더라면 일망타진할 수 있었을 텐데."

"우리는 그러지 않았기 때문에 그럴 수가 없었어. 우리 행동이 곧 법이라는 걸 잊었나?"

에버라드가 날카롭게 말했다.

"예. 그래도 그 미친 스페인인과 그자가 저지를지도 모르는 위험천만한 일들을 생각하면…… 어떻게 그자를 따라잡을 수 있을까요─때가 늦기 전에?"

에버라드는 대꾸하려다가 생각을 바꾼 듯이 입을 다물었고, 타임 호퍼들을 주차해 놓은 바깥쪽 둑 쪽을 바라보았다. 동쪽으로 고개를 돌리자 능선 위에서 하늘을 배경으로 검게 솟은 〈태양의 문〉이 눈에 들어왔다.

# 1987년 5월 24일

현관문을 노크하자 완다는 문을 열어주었다.

"안녕하세요! 괜찮아요? 어떻게 됐어요?"

그녀는 숨가쁘게 말했다.

"잘 됐습니다."

그가 대답했다.

그녀는 에버라드의 두 손을 잡고 나직한 목소리로 말했다.

"정말로 걱정했어요, 맨스."

그런 소리를 들으니 정말 기분이 좋다.

"오, 제 앞가림은 알아서 잘 하니까 그렇게 걱정 안 해도 됩니다. 이번 작전에서는, 흐음, 대부분의 악당들을 잡을 수 있었죠. 우리는 아무 피해도 입지 않고 말입니다. 마추픽추는 다시 깨끗해졌습니다."

깨끗하게 남아 있었다고 해야겠지. 우리가 떠난 뒤에는 3세기 동안 고독하게 그 자리에 있었으니까 말야. 시끄러운 관광객들도 없이. 그러나 타임 패트롤 대원이라면 가치 판단을 내리거나 하면 안 돼. 인간의 역사를 상대로 임무를 수행하려면 신경이 무딘 편이 차라리 나아.

"정말 잘 됐군요!"

그녀는 충동적으로 그를 껴안았다. 그도 그녀를 껴안았다. 그러고는 서로 흠칫하며 혼란된 표정으로 뒤로 물러섰다.

"10분 전에 왔더라면 나를 못 찾았을 거예요. 아무 일도 안 하고 앉아만 있으려니 좀이 쑤셔서 길고 긴 산책을 나갔다 왔거든요."

그녀가 말했다.

그는 가슴이 철렁하는 것을 느끼며 딱딱거렸다.

"집을 떠나지 말라고 했잖습니까! 당신은 아직 안전하지 않습니다. 침입자가 있을 경우에 대비해서 탐지 장비를 설치해 뒀지만, 계속 뒤를 따라다니며 경호할 수는 없는 노릇이고. 빌어먹을, 카스텔라르가 아직도 맘대로 돌아다닌다는 걸 알잖습니까!"

그녀는 콧잔등을 찡그렸다.

"그럼 집안에 틀어박혀서 벽이라도 기어오르란 말인가요? 카스텔라르가 나를 다시 쫓아올 리가 없잖아요?"

"20세기와의 유일한 접촉점이었습니다. 자기를 추격할 단서를 우리에게 줄지도 모르고. 혹은 앞으로 그럴 가능성을 두려워할 수도 있고."

그녀의 표정이 심각해졌다.

"사실, 그럴 수 있어요."

"예? 그게 무슨 뜻입니까?"

그녀는 그의 손을 잡아당겼다. 정말 따뜻하다.

"자, 이제 좀 긴장을 풀어요. 맥주를 가져다 줄게요. 그런 다음 얘기를 해요. 산책을 한 덕택에 머리가 맑아졌어요. 그러면서 지난 일을 회상하고, 그 경험 자체를 다시 검토해 봤어요. 물론 두려움이나 낯선 것에 대한 놀라움까지 다시 곱씹을 필요는 없었지만. 그러다가, 루이스의 목적지가 어디인지를 깨달았어요."

에버라드는 그 자리에 우뚝 멈춰섰다. 심장이 느리게 박동하는 것을 자각한다.

"어떻게?"

파란 눈이 탐색하려는 듯이 그의 얼굴을 훑어보았다.

"함께 있다보니 친해졌어요. 물론 소위 친밀한 사이가 된 건 아니지만, 함께 있는 동안에는 아주 가까운 관계를 유지했죠. 그는 괴물이 아녜요. 우리 기준으로 보면 잔인하지만, 그건 태어난 시대의 산물이라고 하는 쪽이 더 정확해요. 야심적이고 탐욕스럽지만—마음속으로는 자신을 고결한 기사로 여기고 있어요. 그에 관한 기억을 샅샅이 뒤져 보았어요. 밖에 선 제3자 입장에서 두 사람 사이의 교류를 관찰했다고나 할까. 그러던 중에, 인디오들이 반란을 일으키고 프란시스코 피사로의 형제들이 있는 쿠스코를 포위했고, 그 뒤로 이런저런 내전이 일어날 거라는 얘기를 듣고 그가 어떤 반응을 보였는지 생각나더라구요. 만약 그가 기적처럼 거기 출현해서 포위를 풀어 준다면, 그들은 주저없이 그를 전군의 사령관으로 임명할 거예요. 그러나 맨스, 그런 계산과는 별도로, 그는 반드시 거기 가야 해요. 자기 명예를 위해서."

그녀는 낮은 목소리로 말했다.

# 1536년 2월 6일 [율리우스력]

고지대의 새벽빛 아래서 잉카 제국의 수도가 불타올랐다. 불화살과 기름 먹인 솜에 싸서 불을 붙인 돌이 운석처럼 하늘을 갈랐다. 초가지붕과 목재가 밝게 타올랐다. 이런 용광로를 돌벽이 에워싸고 있었다. 불길이 높게 솟구치며 포효하고, 불똥이 분수처럼 쏟아지고, 짙은 연기가 바람에 날려 소용돌이쳤다. 강들이 합류하는 지점의 수면은 매연으로 거무스름하게 물들어 있었다. 온갖 소음 속에서 소라고둥이 낮게 울려 퍼지고, 사람들은 절규했다. 몇만 명에 달하는 인디오들이 쿠스코 주변에서 들끓고 있었다. 마치 갈색의 흐름처럼 보였고, 그 안에서 족장들의 깃발과 깃털 장식과 구리 날이 달린 도끼와 창이 번득였다. 그들은 스페인인들의 가느다란 대열을 향해 거세게 몰려들어 격렬하게 싸우다가 피를 흘리며 혼란스럽게 후퇴했고, 다시 파도처럼 몰려왔다.

카스텔라르는 주요 전장의 북쪽에 위치한 성채 상공에 도달했다. 흘끗 내려다보니 거대한 성채 내부에는 원주민들이 우글거리고 있었다. 당장이라도 급강하해서 죽이고, 죽이고, 또 죽이고 싶다는 충동을 느꼈다. 아니다. 전우들이 싸우고 있는 곳은 바로 저곳이다. 그는 오른손에 장검, 왼손에 조종간을 쥐고, 공중을 가르며 그들을 구원하기 위해 갔다.

미래에서 총을 가지고 오지 못했지만 그게 뭐 대수인가? 그의 칼은 날카롭고, 팔은 강인하며, 전쟁의 대천사가 투구를 쓰지 않은 그의 머리 위에서 날개를 펼치고 있다. 그러나 그는 경계를 늦추지 않았다.

적이 하늘에 숨어 있거나, 갑자기 허공에서 튀어나올 가능성이 있었기 때문이다. 그럴 경우 시간을 도약해서 추격을 따돌리고, 떠났던 곳으로 거듭 돌아오며 반격하기로 하자. 마치 늑대가 사슴을 공격하는 것처럼.

그는 불길에 완전히 휩싸인 거대한 건물이 있는 중앙 광장 상공으로 날아갔다. 말을 탄 기병들이 거리를 달려갔다. 그들이 든 강철 무기가 번득이고, 삼각기가 바람에 휘날린다. 적의 주력을 향해 역습을 감행할 작정인 것이다.

카스텔라르는 그 즉시 결단을 내렸다. 옆으로 잠시 비켜서서 몇 분쯤 기다리다가, 적과 아군이 전투에 들어간 뒤에 공격하기로 하자. 복수의 신 같은 이런 모습이 돕는 것을 본다면 스페인인들은 신이 자신들의 기도를 들어주었다고 생각하고 공황 상태에 빠진 적들 사이를 가르고 과감하게 나아갈 것이다.

누군가가 상공을 날아가는 그의 모습을 보았다. 위를 올려다보는 얼굴들을 보았고, 고함소리를 들었다. 기병 돌격의 벽력 같은 소리와 함께 굵은 함성이 울려퍼졌다.

"성 이아고의 이름으로 돌격!"

그는 도시의 남쪽 가장자리를 넘어 선회한 다음 돌격을 위한 태세를 갖췄다. 이제는 이 기계에 관해 잘 알고 있고, 얼마나 훌륭하게 그의 명령에 반응하는지도 안다. 이 바람의 말을 타고, 해방된 예루살렘으로 입성하는 것이다. 그리고, 그리고 마침내, 이 지상의 구세주를 직접 알현할 수 있을까?

야-아-아!

바로 옆에서 두 사내가 올라탄 다른 비행 물체가 나타났다. 그는 제어반의 스위치를 재빨리 눌렀다. 격심한 고통이 불타올랐다. "성모님, 자비를 내려주소서!" 그의 말은 죽었다. 허공으로 추락한다. 적어도 그는 싸우다가 죽었다. 사탄의 무리들에게 지기는 했지만, 그리스도의 병사를 위해 활짝 열린 천국의 문을 닫지는 못할 것이다.

그의 영혼은 핑핑 돌며 어두운 밤으로 빨려들어갔다.

# 1987년 5월 24일

"매복은 거의 완벽하게 성공했습니다."

카를로스 나바로가 에버라드에게 보고했다.

"우주 공간에서 카스텔라르를 찾아내자마자, 전자파 발생기를 켜고 그자가 탄 호퍼 옆으로 도약했습니다. 전자파는 그가 탄 타임 호퍼로 하여금 그에게 강한 전기 충격을 주게 했습니다. 호퍼 자체도 전자 회로가 엉망이 되어 무력화되었죠. 다 아시는 얘기겠지만 말입니다. 만일의 경우를 위해 스터너로 기절시킨 다음에 지상에 추락하기 전에 공중에서 낚아챘습니다. 그러는 동안 화물 운반기가 나타나서 고장난 타임머신을 회수해 갔습니다. 상황은 2분 안에 종료됐습니다. 지상에 있던 사람들 몇몇은 우리를 목격했겠지만, 혼란된 전투 상황이었던 데다가 흘끗 본 것에 불과하기 때문에 문제 없을 겁니다."

"잘 해줬어."

에버라드가 말했다. 그는 낡고 허름한 안락의자에 등을 기댔다. 그가 지금 편하게 앉아 있는 뉴욕의 아파트 거실에는 이런저런 기념품들이 널려 있었다. 홈바 위에 걸려 있는 청동기의 투구와 창, 바닥에 깔린 바이킹 시대의 그린란드에서 가져온 북극곰 가죽 깔개 등이다. 외부인이 보아도 별로 의아해하지 않겠지만, 그에게는 많은 추억이 깃든 물건들이다.

그는 이번 작전에 직접 참가하지는 않았다. 그런 식으로 무임소 대원의 인생을 허비할 필요는 없기 때문이다. 카스텔라르가 또 재빨리 도주해 버릴 위험성을 제외하면, 어차피 별다른 위험 요소는 없었다. 전자 기기가 있는 덕에 그런 일을 미리 방지할 수 있었다.

"사실, 자네가 방금 치르고 온 작전은 이미 역사의 일부라네."

그는 이렇게 말하며 안락의자 옆의 작은 탁자 위에 놓인 프레스코 트*의 역사서를 가리켜 보였다.

"이걸 읽고 있었네. 스페인의 연대기에 따르면 불타는 비라코차 신전 위에 성모와 성 제임스가 나타나서 병사들을 고무했다고 하더군. 나중에 그 자리에 성당이 세워졌지. 그건 종교적 전설로 간주되었지. 광란 상태에 빠진 사람들이 본 환영이라는 식으로 말이야. 하지만 실제로는——아참, 포로 상태는 어떤가?"

나바로가 대답했다.

"제가 떠나왔을 때는 진정제를 투여받고 휴식을 취하고 있었습니다. 화상을 입었지만 흉터 없이 나을 겁니다. 그 친구를 어떻게 할까요?"

"그건 몇 가지 결과에 달렸어."

에버라드는 재떨이 위에 올려놓았던 파이프를 집어 들고 다시 빨아들여 불기를 살려냈다.

"해야 할 일 목록의 맨 앞에는 스티븐 탬벌리가 있지. 그 친구를 아나?"

"압니다. 피할 수 없는 일이긴 하지만, 불행히도 카스텔라르가 탄

---

* William Hickling Prescott (1796-1859), 미국의 역사가. 스페인의 아메리카 정복에 관한 일련의 책으로 유명하다.

타임 호퍼를 꿰뚫은 고압 전류는 그것이 갔던 장소와 시간의 분자 기록을 지워 버렸습니다. 궁금해 하실 걸 알고 있었기 때문에 카스텔라르에게 카이라덱스를 씌우고 예비 질문을 해 보았지만, 며칠날 어디에 탬벌리를 남겨 두고 왔는지 기억을 못하더군요. 몇천 년 전이었고, 태평양에 면한 남아메리카 해안이었다는 사실을 제외하면 말입니다. 필요할 때면 언제든 정확한 데이터를 불러낼 수 있다는 걸 알고 있었고, 또 그럴 가능성이 별로 높지 않다는 것도 알고 있었습니다. 그래서 아예 좌표를 외울 생각을 안 했다더군요."

에버라드는 한숨을 쉬었다.

"아무래도 그럴 것 같았어. 완다가 안됐군."

"예?"

"아, 별거 아니야. 이제 가도 좋네. 시내로 가서 즐거운 시간을 가지게나."

에버라드는 연기를 빨아들이며 스스로를 위로했다.

"함께 오고 싶은 생각은 없으신지?"

나바로가 공손한 어조로 말했다.

에버라드는 고개를 가로저었다.

"당분간은 여기서 대기하고 있겠네. 탬벌리가 구조 신호를 보내는 어떤 방법을 고안해 냈을 가능성은 희박하지만 전무한 건 아니거든. 그렇다면 그는 우리 패트롤 기지 어딘가로 가서 보고를 했을 거야. 문의를 해 보니 내가 그 친구 일에 관여했다고 하더군. 따라서 보고가 들어오겠지. 물론 그런 보고는 우리가 이번 임무를 완전히 끝낸 다음에 들어올 거야. 아마 조금 뒤에 연락을 받을지도 모르겠군."

"알겠습니다. 감사합니다. 그럼 안녕히 계십시오."

나바로는 거실에서 나갔다. 에버라드는 의자에 고쳐 앉았다. 어둠이 깔리기 시작했지만, 그는 불을 켜지 않았다. 그냥 생각에 잠긴 채로, 조용히 기다리고 싶었기 때문이다.


## 기원전 2930년 8월 18일


　강이 바다와 합류하는 지점에 있는 마을에는 흙으로 지은 집들이 옹기종기 모여 있었다. 해변에 끌어다 놓은, 통나무를 파서 만든 카누는 두 척뿐이었다. 바다가 잔잔한 덕에 다른 어부들은 모두 고기를 잡으러 나갔다. 여자들도 대부분 맹그로브 늪 가장자리로 나가 호리병박, 호박, 감자, 목화를 심은 밭에서 일을 하고 있었다. 언제나 노인 하나가 지키고 있는 공용 화덕에서 천천히 연기가 피어오르고 있었다. 다른 여자들과 나이 든 남자들은 집에서 자기 할 일을 하고 있었고, 어린아이들은 더 어린 아이들을 돌봤다. 사람들은 풀을 엮어 만든 단순한 허리 가리개를 하고, 조개껍질, 동물 이빨, 깃털 등으로 치장하고 있었다. 그들은 웃음을 터뜨리고, 시끄럽게 잡담을 나눴다.

　토기 만드는 사람은 자기 집 문간에 책상다리를 하고 앉아 있었다. 오늘은 단지나 사발을 만들어서 불에 구워 딱딱하게 만들 생각이 없는 듯했다. 그러는 대신 그는 공중을 응시하며 말없이 앉아 있었다. 사람 말을 하는 법을 배우고, 놀라운 물건들을 만들기 시작한 이래 곧잘 그러곤 했다. 사람들은 조심하며 그런 그를 건드리지 않았다. 그는 친절했지만, 가끔 돌발적으로 그런 상태에 빠지곤 하는 것이다. 아마 아름다운 토기를 만들 계획을 짜고 있거나, 정령들과 얘기를 나누고 있는 것인지도 모른다. 엄청나게 큰 키에 하얀 피부, 엷은 빛깔의 머리카락과 눈동자, 엄청나게 긴 수염을 가진 그가 특별한 존재라는 사실은 누가 보아도 명백했다. 어깨에 걸친 망토가 그를 뜨거운 태양으로부터 보호해 주었다. 보통 사람들에 비해 피부가 약했기 때문이다. 그의 집 안에서는 그의 여자가 맷돌로 야생 씨앗을 갈고 있었다. 살아남은 자식들 둘이 옆에서 자고 있다.

고함소리가 들렸다. 밭을 갈고 있던 사람들이 몰려왔다. 마을에 있던 사람들도 무슨 일인가 하며 서둘러 집에서 나왔다. 토기 만드는 사람도 일어서서 그들 뒤를 따랐다.

강둑을 따라 낯선 사람이 성큼성큼 걸어오고 있었다. 물물교환할 물건들을 가지고 마을로 오는 사람들은 곧잘 있었지만, 이 사내는 처음 보는 얼굴이었다. 우람한 근육을 가지고 있다는 점을 제외하면 마을 사람들과 똑같은 용모를 하고 있었다. 그러나 입고 있는 옷이 많이 달랐고, 허리에 찬 가죽집에는 뭔가 딱딱하고 반짝이는 것이 꽂혀 있었다.

어디서 온 사내일까? 계곡을 따라 왔다면 거기 나가 있는 사냥꾼들이 이미 며칠 전에 목격했을 것이다. 그가 큰 소리로 인사를 하자 여자들이 새된 탄성을 질렀다. 노인들은 여자들더러 뒤로 물러나 있으라고 하며 점잖은 인사를 건넸다.

토기 만드는 사람이 왔다.

한참 동안 탬벌리와 탐험가는 우뚝 선 채로 서로를 응시하고 있었다. 원주민과 같은 민족에 속해 있군. 오랫동안 동경하던 것이 마침내 눈앞에 와 있는데, 이렇게 침착할 수 있다니 기이한 느낌이었다. 그래야겠지. 단순한 석기시대 사람들을 상대한다고 해도, 불필요한 의문을 일부러 만들어 낼 필요는 없으니까 말야. 허리에 찬 저 총은 어떻게 설명할 생각일까?

탐험가는 고개를 끄덕였다.

"반쯤 예상하고 있었어. 내 말을 알아듣겠나?"

그는 느린 시간어로 말했다.

탬벌리의 경우는 오랫동안 안 쓴 탓에 조금 녹이 슨 듯했다. 그렇지만——

"알아듣겠네. 자네가 오기를 줄곧 기다리고 있었어. 지난…… 7년 동안 말이야."

"나는 퀼렘 시스네로스라고 하네. 31세기에 태어났지만, 고향은 할라 보편체(普遍體)야."

시간 여행이 실현된 후에 생겨난 나라이기 때문에 그 국민은 누구나 시간 여행을 할 수 있다.

"그리고 나는 스티븐 탬벌리야. 20세기 출신이고, 패트롤의 현지 역사가라네."

시스네로스는 웃음을 터뜨렸다.

"그럼 악수를 해야겠구먼."

마을 사람들은 외경심에 찬 얼굴로 그들이 악수하는 광경을 바라보았다.

"여기 표류했던 거군?"

시스네로스는 불필요한 질문을 했다.

"응. 타임 패트롤에게 보고를 해야 해. 기지로 데려다 줘."

"물론이네. 여기서 10킬로미터 쯤 상류로 간 곳에 내 호퍼를 숨겨 놓고 왔어."

시스네로스는 주저했다.

"나는 방랑자로 위장하고 잠시 여기 머물면서 고고학상의 수수께끼를 풀 예정이었어. 아무래도 자네가 그 해답인 것 같군."

"맞아. 구조대가 오지 않으면 줄곧 여기 갇혀 있어야 한다는 걸 깨달았을 때, 발디비아 토기 생각이 머리에 떠오르더군."

탬벌리가 말했다.

그가 태어난 시대에서, 이것은 서반구에서 발견된 가장 오래된 질

그릇으로 간주되었다. 일본의 신석기시대인 조몬[繩文]시대 토기의 복제품에 거의 가깝다. 학자들은 표류 중에 태평양을 횡단한 어선의 승무원들이, 상륙한 곳에 살던 현지인들에게 토기 제조법을 가르쳐 줬기 때문이라고 추측했다. 그러나 별로 설득력이 없는 설명이다. 그러기 위해서는 무려 8천 해리에 달하는 항해에서 살아남아야 하고, 그 배에 탄 선원들이 당시에는 여성의 전유물이었던 일련의 복잡한 기술을 우연히 알고 있었다는 식의 가정이 필요해지기 때문이다.

"그래서 나는 그걸 제조했고, 누군가가 확인하러 오기를 기다렸던 거야."

그런 과정에서 타임 패트롤이 수호하려는 원칙을 완전히 깼다고는 할 수 없었다. 필요상 신축적으로 적용되기 때문이다. 지금 같은 상황에서는 생환하는 쪽이 더 중요했다.

"실로 독창적인 아이디어로군. 이곳에서의 삶은 어땠나?"

시스네로스가 말했다.

"아주 착한 사람들이야."

탬벌리는 대답했다.

아루나하고 자식들에게 작별을 고할 때는 가슴이 아프겠지. 내가 성인이었다면 딸을 주겠다는 아루나 아버지의 제안을 결코 받아들이지 않았겠지. 하지만 7년은 정말 오랜 세월이었고, 영원히 이렇게 살아가지 않을 거란 보장도 없었어. 여기 남겨 둔 가족들은 나를 보고 싶어 하겠지만, 내가 남긴 권위가 워낙 강하니까 곧 새로운 남편을 찾을 수 있을 거야. 그녀를 어렵지 않게 먹여살릴 수 있는 힘 센 남편을. 아마 울라마모일지도 모르겠군. 그런 다음에는 부족의 그 누구 못지않게 행복하게 잘 살아가겠지. 단순하기는 하지만 앞으로 오게 될 미래의 인류 대다수보다 훨씬 더 나은 삶을 말야.

그러나 의구심이나 가책을 완전히 떨쳐버릴 수는 없었고, 앞으로도 완전히 그럴 수 없다는 사실을 알고 있었다. 그러나 마음속에서 기뿜이 깨어났다. 고향으로 돌아가자.

# 1987년 5월 25일

부드러운 조명, 고급 도자기, 은식기, 와인 글라스. <어니즈>가 샌프란시스코 최고의 레스토랑인지 아닌지는 모르겠지만──사실 이건 취향의 문제이므로── 적어도 열손가락 안에 드는 것만은 확실하다. 맨스는 오너들이 은퇴하기 전인 1970년대의 민게이-야로 언젠가 나를 데려가고 싶다고 했지만 말이다.

그는 셰리주잔을 들어 올렸다.

"미래를 위해."

나도 잔을 들어올렸다.

"그리고 과거를 위해."

짤깍. 정말 좋은 셰리다.

"이젠 얘기할 수 있습니다."

미소를 지으면 그의 얼굴은 주름이 잡히고 놀랄 정도로 매력적으로 변한다.

"삼촌이 안전하게 돌아왔으니 저녁식사를 하자고 달랑 전화만 한 건 미안합니다. 하지만 난로 위의 벼룩처럼 여기저기를 뛰어 다니느라고 정신이 없어서. 이번 일의 뒤처리를 해야 했거든요."

나는 그를 놀렸다.

"일을 모두 마친 다음에 몇 시간쯤 과거로 돌아와서 안달하고 있는 나를 안심시켜 줄 수는 없었나요?"

그의 얼굴이 심각해졌다. 아, 입 밖에 내지는 않았지만 그의 대답에 슬픔이 어려 있는 것을 알 수 있다.

"아니, 그런 일은 너무 위험합니다. 타임 패트롤 대원들은 휴가를 얻어 즐거운 시간을 보낼 수 있지만, 그러기 위해서 일상사를 복잡하게 만드는 건 어불성설이니까요."

"아아 맨스, 농담이었어요." 리넨 냅킨 너머로 손을 뻗어 그의 손등을 톡톡 쳤다. "하여튼 그 덕택에 정말 멋진 저녁식사를 하게 됐군요. 안 그래요?" 게다가 이렇게 우아한 드레스를 입고, 머리도 손질한 상태로 말이다.

"충분히 그럴 만한 일을 했습니다."

그는 시공연속체를 활보하며 온갖 모험을 하는 우람하고 터프한 사내 치고는 소심해 보일 정도로 안도한 기색을 보였다.

그건 됐다. 일단은. 지금은 물어 볼 일이 너무 많다.

"스티븐 삼촌은 어떻게 됐어요? 구출되었다고는 했지만, 지금 어디 있는지는 얘기 안 해줬잖아요."

맨스는 껄껄 웃었다.

"그건 별로 중요한 일이 아닙니다. 안 그렇습니까? 어느 시대의 어느 장소에 있는 디브리핑 센터라고 하는 걸로 충분합니다. 다시 임무에 복귀하기 전에, 런던에 있는 아내와 함께 충분히 긴 휴가 기간을 가질 겁니다. 그때가 되면 틀림없이 당신과 친척들을 방문할 테니까 걱정 안 해도 됩니다. 느긋하게 기다리는 겁니다."

"그리고…… 그 다음엔?"

"흐음, 시간 구조를 원래 상태로 유지하는 식으로 일을 끝맺을 필요가 있겠죠. 1533년, 에스테반 타나킬 수도사와 돈 루이스 카스텔라르를 그 보물 창고 안에 다시 되돌려 놓을 겁니다. <고양주의자>들이 그들을 납치한 지 1, 2분 뒤에 말입니다. 그런 다음 그들은 걸어서 창고에서 나오고, 그걸로 끝입니다."

미간을 찡그렸다.

"어, 보초들이 걱정이 되어서 안을 들여다보고 아무도 없다는 걸 발견했다는 얘기를 전에 하지 않았던가요? 그래서 온갖 소문이 돌았다고. 그걸 바꿀 수 있나요?"

그는 활짝 웃었다. "정말 머리가 좋군요! 날카로운 질문입니다. 예, 이번처럼 어떤 사건에 의해 과거가 변형되어 버린 경우에는, 타임 패트롤은 그 사건에서 야기된 일들을 무효화합니다. 바꿔 말해서 바뀐 역사를 '오리지널' 역사로 되돌려 놓는 겁니다. 최대한 오리지널에 가까운 형태로 말입니다."

걱정이 된다. 이상하게 가슴이 아프다.

"하지만 루이스는 어떤가요. 그런 일을 겪은 뒤의 일인데."

맨스는 셰리를 한 모금 마시고, 손가락으로 글라스를 빙빙 돌리며 안에 든 호박색 액체를 응시했다.

"타임 패트롤에 입대하라는 권유를 할까도 했지만, 그의 가치 기준은 우리 것과는 양립할 수 없다는 결론이 나왔습니다. 그래서 비밀엄수 조치를 받게 될 겁니다. 그 자체로서는 아무 해도 없고, 단지 당사자가 시간 여행에 관한 그 어떤 비밀도 누설할 수 없게 하는 효과를 가질 뿐입니다. 만약 비밀을 누설하려고 한다면──보나마나 그러겠지만──목이 메이고 혀가 굳어 버립니다. 얼마 안 되어서 포기할 겁니다."

고개를 설레설레 흔들었다.

"루이스에게는 끔찍한 일이겠군요."

맨스는 침착했다. 산을 연상케 하는 사내다. 그 위에 조그맣고 수줍은 꽃들이 피어 있긴 하지만, 그 아래에 있는 것은 단단한 바위 덩어리다.

"차라리 죽이거나, 아니면 기억을 지워서 백치나 다름없는 삶을 살게 하는 편이 낫다고 생각합니까? 우리에게 그토록 큰 골칫거리를 안겨 준 친구이지만, 우리는 그에게 아무런 원한도 갖고 있지 않습니다."

"하지만 루이스는 그럴 거예요!"

"그렇겠죠. 하지만 보물창고에서 당신 삼촌을 공격하지는 못할 겁니다. 타나킬 수도사는 문을 열고 보초들에게 일이 끝났다고 얘기할 거니까요. 그렇지만 타나킬 수도사를 계속 그곳에 놓아 두는 것은 현명한 일이 아니겠죠. 아침이 되면 그는 마치 명상을 하면서 산책하려는 것처럼 어딘가로 걸어가지만, 그 후로는 두 번 다시 모습을 보이지 않습니다. 워낙 선량한 인물이라 병사들 사이에서도 인기가 좋았기 때문에 수색대가 그를 찾아 나서지만 결국 찾지 못하고, 어떤 식으로든 변을 당했다는 결론을 내리고 더 이상의 수색을 단념합니다. 돈 루이스는 동료들에게 자신은 아무것도 모른다고 말할 겁니다."

맨스는 한숨을 쉬었다.

"그 홀로그래피 프로젝트는 단념해야겠지요. 흐음, 누군가가 그 보물들이 원래 자리에 있었던 시점으로 돌아가는 수도 있겠군요. 타임 패트롤은 다른 요원들을 파견해서 피사로의 남은 생애를 감시하게 할 겁니다. 당신 삼촌은 다른 임무를 맡게 됩니다. 아내가 원했듯이 행정직으로 갈지도 모르겠고."

나는 금빛 액체를 천천히 들이켰다.

"그럼 루이스는 어떻게 ─ 어떻게 되나요?"

그는 내 얼굴을 찬찬히 바라보았다.

"그가 상당히 마음에 든 모양이군요. 안 그렇습니까?"

얼굴이 뜨거워지는 것을 느꼈다.

"무슨 로맨틱한 관심을 가진 건 물론 아니에요. 한시라도 곁에 두고 싶은 마음은 없어요. 하지만 워낙 잘 알게 된지라."

그는 또다시 씩 웃었다.

"그랬군요. 흐음, 실은 그 부분에 대해서도 조사를 해 보았습니다. 패트롤은 만일의 경우를 위해서 돈 루이스 카스텔라르의 여생을 감시할 겁니다. 그는 빠르게 적응합니다. 계속 피사로의 부하로 남아 있으면서 쿠스코 전투와 알마그로의 반란 진압에서 공을 세우죠." 내심의 쓰디쓴 암울함을 감추고 말이다. "훗날 페루가 정복자들의 손에 의해 분할된 뒤에는 넓은 땅을 소유한 지주가 됩니다. 여담이지만 그는 인디오들과 가급적 합리적인 거래를 하려고 한 몇 안 되는 스페인인들 중 한 명입니다. 나중에 아내가 죽은 뒤에는 종교에 귀의해서 수도사로서 일생을 마칩니다. 아내 사이에 자식들이 있었고, 그 자손들은 번창합니다. 그들 중에는 북아메리카에서 온 배의 선장과 결혼한 여인이 하나 있었습니다. 그렇습니다, 완다. 당신과 함께 돌아다니던 그 사내는 바로 당신의 조상입니다."

휴우!

1분쯤 지나 정신을 차렸다.

"정말 시간 여행이란 굉장하군요."

모든 시대를 마음대로 돌아다닐 수가 있다.

이제 메뉴를 볼 때다. 하지만.

이제 좀 진정해, 심장. 이럴 때 무슨 표현을 쓰더라? 하여튼 나는 몸을 앞으로 내밀었다. 어떤 이유에선가 전혀 두렵지 않았다. 그가 나를 저렇게 처다보고 있는 지금은. 떨리는 것은 단지 내 목소리뿐이다. 서늘하고 작은 번개가 등골을 오르락내리락 하는 느낌.

"나—나는 어떻게 되죠 맨스? 나도 비밀을 알잖아요."

그는 말했다. 정말이지 상냥한 어조로.

"아, 그렇죠. 자기가 아닌 다른 사람들을 먼저 걱정해 주다니 당신

답군요. 흐음, 당신 역할은 이제 끝났습니다. 우리는 당신을 갈라파고
스 섬으로 돌려보낼 겁니다. 납치됐을 당시와 똑같은 옷을 입히고, 모
습을 감춘 지 몇 분 뒤에 말입니다. 친구들과 다시 합류해서 소풍을
끝내고, 발트라에서 비행기를 타고 세상에서 가장 시끌벅적한 공항으
로 이름 높은 과야킬 공항에 도착할 겁니다. 거기서 비행기를 갈아타
고 고향인 캘리포니아로 돌아가면 됩니다."

그런 다음엔? 그 다음엔?

"그 다음에는 당신의 선택에 달렸습니다. 예의 비밀엄수 조치를
받을 수도 있습니다. 우리가 당신을 신뢰하지 않는 건 아니지만, 워낙
규율이 엄해서요. 다시 말하지만 아무 고통도, 해도 없습니다. 나는
당신이 우리를 고의적으로 배신할 리가 없다고 확신하고 있기 때문
에, 실제적으로는 거의 예전과 차이가 없을 겁니다. 그런 다음에는 20
세기의 삶을 살아갈 수 있습니다. 물론 스티븐 삼촌과 둘이서만 만날
경우에는 얼마든지 자유롭게 그런 얘기를 할 수 있습니다."

호흡을 가다듬고, 용기를 내자.

"그것 말고 다른 선택지도 있나요?"

"물론입니다. 당신도 시간 여행자가 될 수 있습니다. 아주 훌륭한
인재이니까요."

믿기 힘들었다. 내가? 그러나 예상하고 있던 일이었다. 하지만.

"하, 하, 하지만 내가 얼마나 좋은 경찰관이 될 수 있을지는 모르겠
어요."

"아마 그리 좋은 경찰관은 못 되겠지요."

넘쳐나는 환희의 물결 너머에서 그가 말했다.

"너무 독립적이니까요. 하지만 타임 패트롤은 역사시대뿐만 아니
라 선사시대도 순찰합니다. 그럴 경우에는 해당 시대에 관해 해박한
지식을 가진 현지 과학자가 필요해지죠. 살아 있는 동물들을 대상으

로 고생물학을 연구한다는 안은 어떻습니까?"

　오케이. 오케이. 너무 오버한다는 걸 나도 잘 안다. 나는 벌떡 일어나서 전투시의 함성 비슷한 환성을 발하며 평온하기 이를 데 없는 〈어니즈〉의 분위기를 깼다. 맨스가 웃는다.

　매머드와 동굴곰과 도도새를 직접 만나볼 수 있다. 만세!

타임 패트롤 시리즈 일람

## ■『타임 패트롤』시리즈 일람

1. 타임 패트롤——*Fantasy and Science Fiction* (1955년 5월호)
2. 델렌다 에스트——*F & SF* (1955년 12월호)
3. 왕과 나——*F & SF* (1959년 8월호)
4. 사악한 게임——*F & SF* (1960년 1월호)
5. 지브롤터 폭포에서——*F & SF* (1975년 10월호)
6. 상아와 원숭이와 공작새——*Time Patrolman* (1983), 중편집, Tor.
7. 오딘의 비애——*Time Patrolman* (1983), 중편집, Tor.
8. 바다의 별——*The Time Patrol* (1991), 중편집, Tor.
9. 몸값의 해——*The Year of the Ransom* (1988), 단행본, Walker.
10. *The Shield of Time* (1990)——장편. Tor.
11. *Death and the Knight* (1995)——Tales of the Knights Templar. 앤솔러지. Warner Aspect.

---